W0005333

10|18
12, avenue d'Italie — Paris XIIIe

LE POIGNARD ET LE POISON

Les Enquêtes d'Erwin le Saxon

PAR

MARC PAILLET

10|18

INÉDIT

« Grands Détectives »
dirigé par Jean-Claude Zylberstein

Si vous désirez être régulièrement tenu au courant
de nos publications, écrivez-nous :
Éditions 10/18
12, avenue d'Italie
75627 Paris Cedex 13

ISBN 2-264-02129-2

PRÉFACE

En cette année 796 où l'abbé saxon Erwin et le comte Childebrand sont envoyés en mission à Autun par Charles, roi des Francs et des Lombards, la constitution de ce qui deviendra un empire (Charles étant sacré empereur à la Noël de l'an 800) a déjà été menée fort avant. Les territoires conquis ou sous contrôle s'étendent de la mer du Nord aux Pyrénées et à l'Italie centrale, de la côte Atlantique aux confins de la Bavière. Le roi Charles apparaît comme le souverain chrétien le plus puissant d'Occident, le bras séculier de la papauté.

Comment les « barbares » francs sont-ils parvenus à élever leurs chefs jusqu'à ce degré d'autorité ? Par la guerre et par les conquêtes. Des Mérovingiens comme Clovis, qui se convertit au christianisme, ou Dagobert régnaient déjà sur de vastes territoires. Mais la royauté mérovingienne dégénéra, le royaume se disloqua, des guerres intestines engendrèrent désordres et ravages. A la cour de certains rois, le pouvoir réel passa aux « maires du palais », chefs de clans puissants.

En Austrasie, royaume dont la principale capitale était Metz et qui comprenait les territoires arrosés par le Rhin, la Meuse, la Moselle, l'Escaut... et même des pays du Massif central, ces maires du palais constituèrent une véritable dynastie avec des hommes tels que Pépin l'Ancien (début du VIIe siècle), Grimoald, Pépin de Herstal (fin du VIIe-début du VIIIe siècle). Leur pouvoir cependant vacillait à la mort de ce dernier quand l'un de ses fils, un bâtard, Charles, par une série de victoires reconstitua un royaume et écarta la menace d'une invasion de la Gaule en écrasant à Poitiers, en l'an 732, l'armée musulmane de l'émir d'Espagne Abd al-Rahmân qui périt au combat. Bien que cette victoire ait été loin d'empêcher définitivement les incursions des Sarrasins, elle valut à Charles Martel un regain de prestige et d'autorité.

Il revint à son fils, Pépin le Bref, de franchir le pas : celui-ci fit enfermer dans un couvent le « roi » mérovingien Childéric, et se fit reconnaître lui-même comme roi par le « peuple » franc à Soissons, après quoi il reçut l'onction des mains de Boniface, évêque de Germanie, qui sera sanctifié. Il devenait ainsi élu de Dieu et non plus seulement du peuple.

En septembre 768, Pépin meurt après avoir ordonné (selon le principe que le royaume est propriété personnelle du souverain) le partage de ses possessions entre ses deux fils Carloman et Charles. La mort prématurée de Carloman en 771 laisse Charles seul à la tête de l'héritage royal. Il se lance alors dans une série de campagnes pour affermir son autorité et agrandir son territoire. C'est ainsi qu'à son titre de roi des Francs il put ajouter celui de roi des Lombards quand il eut vaincu ces derniers. Après avoir été proclamé « empereur des Romains » par le pape Léon III, il aura donc créé en Occident un empire, chrétien, face à l'Empire d'Orient, gouverné jusqu'en 802 par l'impératrice Irène, et face à l'empire musulman de l'Abbasside Haroun al-Rachid.

Formellement, il s'agit d'une restauration, celle de l'Empire romain, un monde parlant le latin. En réalité, la société qui s'est mise en place n'a plus que de lointains rapports avec la Rome antique. Elle s'inspire, certes, fortement de ce qu'étaient les structures et coutumes « barbares », notamment franques, mais elle s'en différencie de plus en plus. C'est un monde nouveau que celui dans lequel Erwin et Childebrand mènent leurs investigations, nouveau dans ses structures de production, dans son organisation sociale, dans ses pouvoirs, nouveau quant aux pratiques religieuses, quant aux rôles de l'Église et quant aux mentalités. C'est un monde à la fois familier et étrange, déconcertant souvent en dépit de sa logique apparente, un monde enfin qui se veut plus policé mais où la violence affleure constamment.

D'ailleurs, tous ces territoires, dont beaucoup ont été récemment conquis et placés sous l'autorité du roi par les armes, sont loin de constituer un tout homogène. Charles a largement préservé les particularités politiques, juridiques et autres de chacune des composantes de son royaume, puis de son empire. Les habitants du sud de la Francie conservent vivace le souvenir de leur passé gallo-romain. Fiers de leur ascendance, ils considèrent les envahisseurs du Nord avec dédain. Ils continuent à habiter des *villae* à la romaine ou s'y efforcent, en contraste avec le type de demeure qui prévaut au Nord et à l'Est. Les noms de personnes continuent à rappeler les origines diverses des uns ou des autres : ceux qui sont de consonance wisigothique, lombarde, franque, burgonde, etc., n'ont pas chassé les noms latins. Pas d'unité linguistique non plus. Le latin est certes langue officielle, celle des actes, de la correspondance, celle de la diplomatie, celle aussi de la culture et de la religion. Mais, à la cour de Charlemagne, on utilise surtout le francique, langue germanique. Les parlers burgonde, frison, alémanique, lombard, sans parler du basque ou du breton, sont bien vivants. Quant au latin populaire, en terre gallo-romaine, il a évolué en dialectes romans qui se différencient de plus en plus les uns des autres. Le latin classique n'est plus entendu du peuple, ce qui engendre une différence sociale et culturelle considérable entre ceux qui le parlent et l'écrivent et les autres. Ainsi l'unification politique, la réunion de territoires divers, la constitution d'un empire étendu sous une même souveraineté ont laissé subsister d'énormes différences d'un territoire à un autre. Comment cependant imposer et maintenir une cohésion indispensable ?

Pour y parvenir Charles, roi puis empereur, a imposé à peu près partout une administration reposant sur deux piliers : le comte (aux frontières le marquis) et les *missi dominici*. Chaque territoire est donc administré par un « compagnon » du souverain, un comte, choisi généralement au sein d'une grande famille franque. Il est nommé par le roi, reçoit de lui, avec sa charge, le domaine devant assurer sa subsistance et celle de sa famille, et peut être révoqué par lui. Ses pouvoirs qui sont comme une délégation de ceux du souverain comprennent le maintien de l'ordre, l'exercice de la justice, les services militaires, les travaux publics. Il lève les impôts et assure l'exécution des capitulaires (ordonnances) royaux. Il peut lui-même en édicter pour son comté. Il perçoit un casuel, en particulier un pourcentage sur les peines pécuniaires que son tribunal prononce, des taxes particulières, et compte surtout sur les revenus du domaine qui lui est alloué et les corvées qu'il peut imposer à ceux qui y travaillent. Comme dans son lot peuvent figurer des terres « ecclésiastiques », des litiges opposent souvent comtes et évêques ou encore comtes et abbés.

Le comte est assisté d'un vicomte nommé par le roi sur sa proposition et d'autres fonctionnaires subalternes. Le vicomte et ces derniers exercent les responsabilités que leur délègue le comte dans la gestion du « pays ». Chacun d'eux peut recevoir un domaine à titre précaire.

Cependant comté et diocèse ayant souvent les mêmes limites, les attributions et pouvoirs de l'évêque, nommé en fait par le roi et dépendant de lui, entrent parfois en concurrence avec ceux du comte, d'autant que Charles le Grand, selon les cas et les personnalités, peut privilégier l'un ou l'autre de ses représentants. En dépit des distinctions qui séparent, en principe, pouvoir temporel et pouvoir spirituel, il considère *ses* évêques comme des administrateurs à peine différents des autres.

Pour bien tenir en main ses royaumes, le roi dispose d'un instrument redoutable et redouté, « l'envoyé du maître », le *missus dominicus*, plus connu sous sa forme au pluriel *missi dominici* car ils vont presque toujours par deux : un comte et un évêque (ou un abbé). Le souverain leur assigne pour chacune de leurs inspections un territoire sur lequel ils ont plein pouvoir pour tous les problèmes de gestion et d'administration, de justice, de conscription, de propriété, d'imposition, de statut personnel et même pour les affaires ecclésiastiques. Les *missi dominici* doivent non seulement procéder aux enquêtes et vérifications nécessaires, mais encore se saisir des litiges portés devant eux, soit pour les juger eux-mêmes, soit, s'ils dépassent leur compétence, pour en référer au tribunal du roi. Ces pouvoirs très étendus des *missi* sont définis par des ordonnances (capitulaires) portant le sceau même du souverain.

La société carolingienne comporte fondamentalement deux catégories de personnes : les puissants et le peuple. Les puissants constituent une aristocratie qui fournit aux royaumes dont Charles est le souverain son haut personnel laïque et religieux : dignitaires de la cour, généraux, comtes et marquis, évêques et abbés, etc. Ils sont généralement, mais pas nécessairement, d'origine franque; beaucoup sont apparentés, fût-ce lointainement, au roi. Ils sont à la tête de domaines qui peuvent atteindre de grandes dimensions, des milliers et même des dizaines de milliers d'hectares lorsqu'il s'agit de parents et proches du souverain, de grandes familles et de puissantes abbayes, sans parler des biens de la couronne. Des intendants veillent férocement, mais pas forcément avec efficacité, au rendement de ces domaines.

Le peuple, lui, ne comprend, en principe, que deux sortes de personnes : les libres et les non-libres. Les premiers disposent donc librement d'eux-mêmes et de leurs familles. Ils prêtent serment au roi, lui doivent le service militaire (l'ost), peuvent participer à sa justice. Les autres n'ont aucun droit, sont soumis entièrement aux tâches et contraintes que leur impose leur maître, voire à ses caprices; celui-ci peut rompre à sa guise leurs unions matrimoniales; leurs enfants et eux-mêmes peuvent être vendus. Tel est notamment le statut des esclaves qui demeurent nombreux dans le royaume, car les conquêtes et les déportations en génèrent toujours de nouveaux. Sont esclaves ceux qui sont nés de parents, voire d'un seul parent, esclaves ; ceux qui ont été condamnés pour dettes ou autre délit jugé grave peuvent être réduits à la servitude, ce qui, d'ailleurs, entraîne de nombreux abus judiciaires.

Dans les faits, au temps de Charlemagne, entre ces deux statuts extrêmes — libres et non-libres — se situent de nombreux états intermédiaires, la situation variant souvent d'une région à l'autre, voire d'un territoire à un autre dans une même région.

Au centre du système agraire, concernant les exploitants directs, se situe le manse (de *mansio* : maison), ensemble de labours et de pâturages, comprenant verger, potager, taillis, et naturellement demeure, étable, grange..., d'une surface jugée suffisante pour la vie d'une famille. Sa superficie varie considérablement d'un pays à l'autre, d'un site à l'autre. Elle tourne autour de dix bonniers (un bonnier valant très approximativement un hectare et quarante ares, soit 14 000 m^2).

Les paysans libres disposent au moins d'un manse. Mais ils peuvent acquérir d'autres terres ou en prendre en location. Certains se trouvent donc à la tête de plusieurs manses. Cependant ils sont aussi menacés par l'avidité des puissants qui cherchent à s'approprier tout ou partie de leurs biens voire à les réduire à l'état de colons, usant parfois à cette fin, de manière abusive, de leurs pouvoirs.

Le domaine dont dispose un maître (par exemple un comte) comporte, généralement, deux sortes de terres : celles qu'il cultive ou plutôt fait cultiver directement, par des esclaves, celles qu'il confie à des tenanciers ou colons. Parfois ceux-ci disposent d'un manse, voire davantage, par famille, parfois chaque manse est divisé en tenures plus ou moins fécondes. Il arrive ainsi que trois ou quatre familles de colons soient installées sur un seul manse.

Quant aux esclaves, le maître leur confie des tâches agricoles sur son domaine propre ainsi que (dans sa *villa*) des besognes artisanales. Cependant, du temps de Charlemagne, nombreux sont ceux qui, affranchis ou non, sont « casés », c'est-à-dire reçoivent maison et tenure, devenant en quelque sorte des colons.

En somme, le statut des uns et des autres est moins rigide que les apparences juridiques pourraient le laisser croire, des glissements vers « le haut » ou « le bas » étant susceptibles d'intervenir sans cesse. Ce qui ne change guère, ce sont les redevances et services que doivent au maître tous ceux qui vivent sur une tenure : des volailles et des œufs, du bétail et du lait, du grain, des légumes, du vin, du foin, etc., et même de petites sommes d'argent. Il leur faut assurer les labours, l'ensemencement, l'engrangement, la fenaison, la garde des troupeaux... ainsi que les charrois de toutes sortes, souvent même la vente au marché rural et en outre participer aux travaux de gros œuvre et d'entretien des voies de communication, etc.

Les hommes libres, qui ont prêté au roi (à l'empereur) serment de fidélité, lui doivent d'abord le service d'ost. Chaque année, le souverain, par l'intermédiaire des autorités locales et des *missi*, convoque à ce service armé un pourcentage de mobilisables qui dépend des campagnes envisagées. L'endroit où le rassemblement doit s'effectuer s'appelle Champ de Mai car la revue des troupes a lieu en ce mois-là.

Chaque homme doit se présenter avec son cheval et ses armes, à savoir une épée longue, une épée courte, une lance, un écu (bouclier), un arc et douze flèches, et pour les chefs, en outre, un broigne (cuirasse de cuir couverte de plaques de métal) et un casque. Il doit amener avec lui trois mois de vivres. Le tout est à ses frais et représente environ cinq sous d'or, somme considérable. Il faut quatre manses environ pour pourvoir à l'équipement d'un combattant. Ceux qui les possèdent sont mobilisables. Ceux qui ne les possèdent pas s'associent et l'un d'eux peut être appelé pour l'ost. Dans les comtés et pays, une partie du contingent peut être affectée, notamment par les *missi*, à la constitution d'une garde locale.

Les hommes libres cherchent souvent à échapper à cette obligation du « ban de l'ost » qui pèse lourdement sur le royaume (Charlemagne a mené plus de cinquante campagnes en quarante-six années de règne). Mais les dispenses sont rares. Certains essayent de monnayer une exemption auprès des services du comte, de payer un remplaçant ou de se faire engager dans la milice du lieu. Mais l'ost est, du temps de Charlemagne, sous une surveillance rigoureuse. Les dérobades sont lourdement sanctionnées : amende de soixante sous d'or, servitude pour les insolvables. Quant à la désertion, elle est punie de mort.

Les hommes libres sont aussi astreints à l'impôt (ce qui ne veut pas dire que les colons y échappent forcément). En fait, la perception des impôts directs dus au trésor royal est très irrégulière et dépend souvent du comte qui en assure la collecte. Il consiste en un cens (soit par personne, soit sur les biens), lequel tend à disparaître. Ce n'est pas le cas de la dîme qui est au bénéfice exclusif de l'Église et qui est perçue sans défaillance.

Les ressources fiscales essentielles proviennent des tonlieux qui sont des droits sur les transports par route ou par eau, sur le passage des ponts et des écluses, sur l'accès aux marchés, etc. Il ne s'agit en principe que de taxer le commerce. En fait, ces tonlieux, perçus sur place par des agents souvent avides, donnent lieu à de fréquents abus et font l'objet de récriminations populaires.

Mention à part doit être faite des « dons » que la couronne demande aux puissants, sorte d'impôt sur la fortune réputé volontaire, en fait obligatoire. Le roi peut aussi compter, outre les revenus de ses domaines, sur les bénéfices provenant de la frappe des monnaies, laquelle est effectuée en plusieurs villes du royaume, et sur les droits de chancellerie. Le souverain conserve comme biens propres le butin des guerres, ce qui lui permet de récompenser les fidélités et les courages.

Le pouvoir du roi repose donc moins sur la fiscalité que sur ses forces armées, son administration, largement nourrie sur place en quelque sorte, et, naturellement, sur l'exercice de la justice en ce sens qu'il demeure, pour toute cause importante, le recours, l'arbitre, bref l'autorité suprême, et qu'elle est rendue en son nom.

La justice ne concerne guère que les hommes de statut libre, les autres étant presque entièrement soumis à l'arbitraire de leurs maîtres. Il n'existe pas de code valable pour tous et par tout le royaume. Chacun doit être jugé selon son statut juridique, celui que lui confère son appartenance ethnique : les Francs saliens sont soumis à la loi salique, les Burgondes à la loi gombette établi par leur roi Gondebaud... en 502, les Gallo-Romains au droit romain, etc. Cette personnalité des lois entraîne une grande diversité des peines et suppose chez les juges une connaissance étendue des droits et des coutumes.

En matière de justice, le comte, dépositaire de l'autorité royale, occupe une place essentielle. Devant son tribunal viennent toutes les causes majeures, notamment les affaires criminelles, les autres étant du ressort de subordonnés, vicaires ou centeniers. Ce tribunal, le « plaid » comtal, est composé, outre le comte lui-même, d'assistants appelés « rachimbourgs » ou en latin *boni homines* qu'on traduira par « prud'hommes » ou « notables ». Peu à peu ils sont remplacés, en raison de la complexité du droit, par un corps de magistrats professionnels, les *scabini*, scabins ou échevins, qui éclairent le jugement du comte.

Tout délit ou crime doit être porté devant le tribunal par un plaignant sauf lorsque l'autorité du roi et les intérêts du royaume sont en cause, auquel cas le plaid comtal s'en saisit de lui-même. Il en est ainsi lorsqu'il y a infraction au « ban » royal (impérial), c'est-à-dire aux ordres proclamés du souverain qui concernent notamment les atteintes à l'ordre public et au bien d'autrui, les rapts, la fraude monétaire et fiscale, la désertion, etc. Il s'agit donc d'un domaine judiciaire très étendu et qui d'ailleurs tend encore à s'étendre.

Quant à la procédure, elle demeure fondée largement sur les déclarations sous serment et les témoignages (les faux serments et le parjure étant châtiés sévèrement), sur l'aveu, pouvant, en certains cas, être obtenu par la torture, et, si nécessaire, sur le jugement de Dieu, l'ordalie. L'accusé peut subir alors l'épreuve des braises ardentes, de l'eau bouillante... Lorsque deux justiciables soutiennent des opinions radicalement contradictoires, on peut recourir au duel judiciaire, Dieu étant censé soutenir le juste ; le vainqueur est innocenté, le vaincu, s'il n'est pas mort, condamné. Erwin le Saxon, quant à lui, fait partie d'une école nouvelle qui commence, parallèlement aux procédures traditionnelles, à utiliser les enquêtes pour déterminer innocence ou culpabilité. Il est vrai qu'il dispose, pour ce faire, de toute l'autorité d'un « envoyé du souverain ».

Car les *missi dominici* possèdent des droits de justice étendus. Ils peuvent présider le tribunal du comté ou convoquer des assises exceptionnelles. Ils peuvent juger tous les représentants du roi sur leur territoire de mission, casser une sentence du comte et faire venir devant eux une cause en appel. Eux seuls peuvent trancher les litiges successoraux... Lorsqu'il s'agit d'affaires d'importance, mettant notamment en cause des Grands du royaume, ils peuvent décider de les porter devant le tribunal du roi. Celui-ci juge en dernier recours, y compris pour les causes qui n'ont pas été tranchées par les tribunaux ecclésiastiques. Le souverain ne préside lui-même ce tribunal royal que pour les affaires majeures ou qu'il juge telles.

Selon le principe général, les condamnations, quand il s'agit d'hommes libres, consistent en paiement de compensations en argent sanctionnant délit, agression et même meurtre. Leur montant, selon un tarif détaillé et précis, est proportionnel à la gravité des dommages, blessures ou meurtre. Il est d'autre part fixé en fonction du statut social de la victime. Chacun a sa valeur pécuniaire, son wergeld. Plus on est « grand », plus on vaut cher, mieux on est protégé. Cependant, surtout lorsque l'accusé n'est pas un homme libre, ou encore quand le crime est jugé exceptionnellement grave, des peines beaucoup plus lourdes peuvent être prononcées : réclusion dans un monastère, servitude, châtiments corporels, yeux crevés... et la mort sous des formes plus ou moins cruelles. Il faut noter que dans les cas où une amende est infligée (un wergeld exigé) par le « plaid » du comte, celui-ci en retient une fraction comme rétribution de ses services, ce qui explique qu'il ait facilement la main lourde.

Au centre de tout le dispositif du pouvoir, en matière judiciaire comme dans les autres, se situent donc le roi (l'empereur) et sa cour, c'est-à-dire la Chancellerie avec ses clercs, ses notaires[1], qui rédigent les capitulaires, assurent la correspondance, le service des archives, etc., le camérier ou chambellan qui veille sur le trésor, les officiers de bouche comme le sénéchal ou le bouteiller, le comte de l'étable (connétable) qui, avec les *mariscalci*, les maréchaux, ses adjoints, s'occupe des chevaux... sans oublier les fils, filles, cousins et autres parents de Charles, ses familiers et ses nombreux amis. Parmi ceux-ci figurent, à l'époque où se déroule l'enquête d'Erwin et de Childebrand à Autun, de nombreux savants, lettrés, poètes, érudits que le roi a séduits, qu'il a su s'attacher et dont il a réuni les meilleurs en une Académie de beaux esprits : le grammairien et poète Pierre de Pise, le théologien Paulin de Frioul, le chroniqueur Paul Diacre, l'astronome Dungal, le géographe Dicuil, l'évêque d'origine hispanique et grand helléniste Théodulf, Angilbert, Clément le Scot, et surtout Alcuin, Angle

1. Du latin *notare* : le notaire est celui qui prend des notes, un « secrétaire », voire un gestionnaire.

d'origine, qui eut, à partir du moment où il se mit au service du souverain franc, la haute main sur ce qu'on appelle la Renaissance carolingienne.

Pour Charlemagne et ses sages, il s'agit de faire de l'Occident le centre rayonnant du christianisme, de renouveler l'étude et la connaissance des poètes, philosophes, historiens et savants latins, voire grecs, et, à la base, d'ouvrir auprès des évêchés et monastères de nombreuses écoles afin que le royaume (l'empire) dispose de clercs, de notaires, d'administrateurs, de scabins convenablement instruits, d'évêques sachant célébrer les offices et prêcher, d'abbés compétents, de comtes et de marquis capables de gouverner. « Du latin, de la grammaire, du calcul, de la lecture, du chant et de bons livres », telle est la recommandation impérative que Charles le Grand adresse sans cesse à ceux qui le servent.

Elle comporte deux obligations : l'une concerne les moyens, l'autre les hommes. Quant aux moyens, il s'agit d'abord de remédier à une pénurie de manuscrits. Les textes sacrés dont disposent au départ évêques, prêtres, moines et abbés, sont le plus souvent fautifs, lacuneux, confus. Quant aux classiques latins, tout en souffrant des mêmes défauts, ils n'offrent qu'un pâle reflet, et déformé, de la culture antique. Il est donc primordial de doter les bibliothèques de manuscrits nouveaux permettant une connaissance plus approfondie, plus étendue, plus éclairée de cette culture. Ces manuscrits, il faut les acheter, souvent à prix d'or, et les acheminer sous bonne garde. Il faut de même se procurer des textes sacrés fiables, complets et en ordre. Dès lors, on peut corriger ceux que l'on possède déjà. Il faut faire de tous ces manuscrits des copies nombreuses et exactes. Peuvent alors être établis des manuels à l'usage de tous ceux qui sont invités fermement à étudier les fondements du savoir : les enfants (essentiellement de notables), ces notables eux-mêmes, les Grands, les gens de cour, le roi Charles donnant l'exemple.

La tâche est immense : inventorier les bibliothèques, vérifier l'état et la valeur des manuscrits, visiter les *scriptoria* où les moines copient et recopient les textes, en s'assurant de leur compétence et sérieux, contrôler les connaissances de ceux qui doivent jouer un rôle essentiel dans la diffusion du savoir à commencer par les clercs, évêques ou abbés, faire acheter les textes indispensables qui viennent souvent de loin, d'Italie voire de l'Orient byzantin ou musulman, par des filières complexes, s'occuper du système scolaire peu à peu mis en place, non sans difficultés ni lacunes, car les enseignants qualifiés n'abondent pas.

Pour mener à bien toutes ces tâches, les proches du roi sont largement mis à contribution (Alcuin s'épuisera à la besogne). Eux-mêmes ne peuvent compter que sur un nombre insuffisant d'érudits parmi lesquels figurent assez souvent des clercs d'origine irlandaise, angle ou saxonne comme l'abbé Erwin. Ceux-ci doivent parcourir des milliers de lieues, d'un comté à l'autre, d'un diocèse à l'autre sur la vaste étendue d'un empire où les communications ne sont ni faciles, ni rapides. Aussi tout déplacement, à commencer par ceux des *missi dominici*, est-il l'occasion d'inspections concernant le réveil culturel de l'Occident.

Au centre de cet effort, ainsi que dans tous les autres domaines, se situent Charlemagne et sa cour. Comme le roi (l'empereur), sauf dans les dernières années de son règne, est constamment en campagne, il s'agit largement d'une cour itinérante. Peu à peu, cependant, Aix, où Charles a fait construire une merveille de chapelle, va devenir sa capitale favorite, d'autant qu'il est de plus en plus difficile de promener çà et là des services centraux de plus en plus lourds. Aix-la-Chapelle va donc apparaître comme le centre de l'univers carolingien, le lieu où il fait bon vivre auprès d'un monarque dont le règne est exceptionnel.

Pour ceux de son époque, l'Empire carolingien apparaît comme la réalisation d'un grand dessein, un motif d'orgueil, une ère de relative stabilité après des siècles de désordres, le signe de l'unité occidentale retrouvée, et sous la bannière du Christ, après des morcellements anarchiques. On pense à Rome mais on vit une aventure nouvelle.

Pour nous, il s'agit de la mise en place de structures religieuses, ethniques, culturelles et politiques qui vont marquer durablement l'histoire, heureuse ou tragique, de l'Europe et continuent d'influencer notre temps. Cela ne vaut pas seulement pour les grands traits de sa destinée. Le monde carolingien est à la fois très loin et très proche de nous dans sa quotidienneté. C'est là sans doute son intérêt. Là réside son attrait.

Je voudrais exprimer ici mes remerciements à Laurent Theis qui, pour cette enquête d'Erwin le Saxon, m'a fait bénéficier de son érudition rigoureuse et de ses conseils précieux.

Ils vont aussi aux animateurs des archives et de la bibliothèque d'Autun où j'ai pu récolter nombre de détails et circonstances permettant d'établir ce récit, et concernant notamment les dimensions et l'allure de la cité à l'époque carolingienne, la topographie et les domaines du comté, la lignée des comtes d'Autun et leur parenté avec Charles Martel, donc avec Charlemagne, la liste des évêques et jusqu'à certaines péripéties.

Sur l'époque et la société carolingiennes on consultera avec profit :

Louis Halphen *Charlemagne et l'Empire carolingien*, Ed. Albin Michel

Pierre Riché *Les Carolingiens, une famille qui fit l'Europe*, Ed. Pluriel-Hachette

Pierre Riché *La Vie Quotidienne dans l'Empire carolingien*, Ed. Hachette

Laurent Theis *L'Héritage de Charles*, Ed. du Seuil-Histoire

Philippe Wolff *L'Éveil intellectuel de l'Europe*, Ed. du Seuil-Histoire

et aussi :

Jacques Le Goff *La Civilisation de l'Occident médiéval*, Ed. Arthaud — Les Grandes Civilisations

Eginhard *La Vie de Charlemagne*, traduction et annotations de Louis Halphen, Ed. Les Belles Lettres

CHAPITRE PREMIER

Depuis qu'il avait quitté Aix, le comte Childebrand n'avait pas cessé de maugréer. Ce n'était certes pas la première mission qu'il accomplissait sur ordre du roi Charles et d'habitude il les acceptait de grand cœur. Mais cette fois-ci, en plein hiver, par un froid à foudroyer les corbeaux en plein vol, sur des routes où il fallait sans cesse se garder de tout et de tous, des pièges de la nature, des colères du ciel et des méfaits des hommes, il ne cessait de penser avec nostalgie à sa famille qu'il avait laissée là-bas, à sa femme Elsa et à ses fils Konrad et Waldo, de regretter son hôtel dont la construction était en cours près du palais du roi : l'édification en était, elle, enfin terminée en cette vingt-huitième année de son règne[1]. Il pensait avec amertume aux agréments de la vie de cour, aux banquets, aux bains de Quirinus où il se rendait si souvent, moins d'ailleurs pour prendre les eaux que pour converser avec ses amis. De tels regrets ne lui venaient jamais à l'esprit quand, au printemps, il partait en

1. Soit en 796. Charles n'était encore que roi des Francs et des Lombards, et sa résidence principale, Aix (Aachen en allemand), ne possédait pas alors cette chapelle qui la rendra célèbre. Charles sera sacré empereur le 25 décembre de l'an 800.

campagne à la tête de son escadron sous la conduite de Charles lui-même ou d'un de ses fils pour quelque opération qui étendait le royaume du Christ et celui des Francs, tout en procurant au trésor royal et aux vainqueurs des ressources bien méritées.

Mais, en l'occurrence, il ne s'agissait ni de butin, ni de gloire. Relisant l'ordre de mission signé de la main du roi, il ne comprenait pas pourquoi celui-ci avait éprouvé le besoin d'envoyer deux missi dominici à Autun, cité que les invasions et les affrontements civils ainsi que les guerres avaient ruinée, afin d'y mener une inspection liée à des plaintes sans grand intérêt. Était-ce parce que Thiouin, comte d'Autun, était son cousin, apparenté à Charles Martel, ou bien parce que Martin II, titulaire de l'évêché, et auteur de ces plaintes, appartenait à l'ambitieuse famille des Welfs ? De toute façon, trancher un différend qui opposait de tels protagonistes, loin d'être une mission plaisante, risquait d'être source de déboires.

Cependant, ce qui irritait particulièrement Childebrand, c'était que le roi eût désigné avec lui comme envoyé Erwin, abbé originaire de Northumbrie[1], homme passablement étrange et qui n'avait rien d'un joyeux compagnon avec lequel il eût été possible, à l'occasion, de se divertir. Le comte pensait, non sans regrets, à l'évêque Claude de Langres en compagnie duquel il avait mené plusieurs missions, honorable clerc et aussi bon vivant.

Childebrand, à la cour, avait parfois rencontré Erwin dans l'entourage de l'Académie des beaux esprits dont Charles s'était entiché et que le comte, lui,

1. Royaume fondé en Grande-Bretagne au ve siècle par les Angles et peuplé au temps de Charlemagne d'Angles et de Saxons. Capitale : York. Alcuin en était originaire.

n'appréciait que médiocrement. L'abbé avait aussi accompagné des expéditions militaires dirigées par le roi en personne, sans jamais, selon toute apparence, prendre part aux combats. C'était un homme de haute taille, élancé jusqu'à paraître maigre, avec un visage énergique, souvent inexpressif quand il réfléchissait, le regard au loin, en se caressant lentement le menton, parfois aussi avec un pincement des lèvres et des lueurs dans les yeux trahissant des pensées ironiques. Sa désignation pour la mission à Autun résultait d'une initiative d'Alcuin, principal conseiller du roi. Il avait imaginé qu'Erwin pourrait en profiter pour procéder à une inspection concernant les livres sacrés dont se servaient clercs et moines. La plupart des bibles en effet étaient lacuneuses, fautives voire fantaisistes, aucune ne ressemblait à une autre, et Alcuin avait entrepris l'établissement d'un texte complet et correct, s'imposant à tous — véritable travail d'Hercule — d'où la tâche particulière confiée à son ami.

Aussi Childebrand devait-il accepter qu'aux différentes étapes de leur voyage Erwin se livrât à des vérifications qui n'avaient rien à voir avec la mission proprement dite. Il se faisait ouvrir les bibliothèques et, avec l'aide d'un certain Timothée, il en établissait l'inventaire, vérifiant l'état des manuscrits un à un. Il inspectait évêchés et couvents pour examiner les textes et psautiers qu'utilisaient les desservants du culte et les lecteurs, relevant par écrit, à l'intention d'Alcuin, fautes et lacunes, ou dénonçant des additions suspectes.

A chaque étape, Erwin, aidé de deux notaires, dressait des états et établissait rapport sur rapport. Le voyage s'en trouvait ralenti. Au lieu que le convoi demeure au relais juste le temps de faire reposer les hommes et leurs montures, de changer les animaux de trait, d'effectuer les réparations les plus urgentes, et aussi de se distraire un peu, le séjour en des cités que Childebrand jugeait désolantes se prolongeait contre son gré.

Le comte, avec ses six pieds de haut, était un colosse impressionnant, surtout quand il était sous les armes, casque en tête, revêtu de la broigne[1], la grande épée à double tranchant au côté, le glaive court au ceinturon et l'écu triangulaire au flanc. Sous cette lourde carapace de cuir et de métal, à peine laissait-il apercevoir sa face, ses yeux d'un bleu très pâle et sa courte moustache blonde. Son aspect, alors, était formidable. Il est vrai qu'à l'ordinaire il ne cheminait pas avec une telle armure, la laissant dans un fourgon. Cependant, même sans elle, il paraissait bien ce qu'il était, guerrier rude, fier de sa force et de sa résistance, et porté à juger les autres selon leur robustesse.

Avec Hermant, autre colosse, chef du détachement de cinquante hommes, gardes et serviteurs, qui accompagnait les deux missi dominici, il avait comploté de mettre Erwin à l'épreuve. Dès le départ ils avaient imprimé au convoi une telle allure et le menaient de façon si dure que, selon leur calcul, cet abbé northumbrien qu'on leur avait imposé serait obligé de demander grâce et, bientôt, de rebrousser chemin. La première étape par des routes impossibles avait duré plus de douze heures avec une longue marche de nuit; la seconde, à travers la montagne, avait été encore plus éprouvante, les hommes étant obligés le plus souvent de cheminer à pied pour épargner leur monture. Au troisième jour d'un tel régime, tous étaient fourbus et Erwin suivait le train sans le moindre signe de fatigue, à pied, pendant des

1. Tunique de cuir recouverte de plaques de fer.

heures à côté de son cheval, avec une régularité et une facilité écœurantes.

Pourtant d'Aix à la vallée du Rhin, et de la plaine d'Alsace à la Bourgogne, les difficultés n'avaient pas manqué : en maints endroits des congères barraient la route, retardant gravement la marche du convoi. A d'autres la tempête hivernale avait transformé l'itinéraire forestier en abattis inextricables qu'on devait longuement contourner. Les chevaux, tantôt enfoncés jusqu'à mi-jambe dans la neige, tantôt glissant sur le verglas malgré la garniture de leurs sabots, ne pouvaient progresser que lentement et très irrégulièrement. Le convoi en perdit beaucoup. Pour les hommes, chaque pas dans la neige fraîche et épaisse était un supplice. Les fourgons versaient et il fallait des heures pour les redresser. Le seul avantage du froid, qui rendait l'air comme cassant, était de geler lacs, étangs et rivières, dont le passage était ainsi aisé, sans qu'il fût besoin de détour pour trouver un pont en bon état. Près de Besançon trois ours affamés tentèrent d'attaquer la dernière voiture du convoi ; ils furent rapidement tués. Les peaux en furent offertes à Childebrand, Erwin et Hermant. Plus sérieux fut l'assaut d'une bande de loups qui, s'en prenant aux chevaux et mulets de secours, réussirent à en tuer deux et ne furent repoussés qu'au prix d'un véritable combat.

C'est ainsi que, surmontant tous les obstacles d'un hiver précoce et rigoureux, le convoi des envoyés du roi, jour après jour, se rapprochait d'Autun.

Bien que laconique en général, Erwin avait en chemin de brèves conversations avec ce Grec barbu, Timothée, originaire de Bithynie et qui avait fui Constantinople à la suite d'un différend obscur avec la police de l'impératrice Irène. L'abbé saxon chevauchait à son côté quand les conditions et les circonstances le permettaient et semblait prendre plaisir à échanger quelques mots en grec avec lui ; il lui arrivait même d'esquisser ce qui pouvait ressembler à un sourire. Childebrand qui n'avait tiré jusque-là d'Erwin que de courtes phrases concernant le service prenait ombrage de cette connivence qui paraissait lier le Saxon et le Grec, tout en feignant de s'en moquer.

Le comte préférait donc cheminer en compagnie de Hermant, qui, en plus fruste, était bâti sur le même modèle que lui. Dans la petite cité de Dijon, lors de leur étape à l'abbaye de Saint-Bénigne, ils reçurent le joyeux renfort d'un moine, frère Antoine, dont les connaissances concernant les différents droits et dialectes en usage en Bourgogne leur seraient précieuses. Ce fut pour Childebrand la plus heureuse des surprises : le moine était un personnage énorme et truculent qui se vantait de manger à lui seul, comme entrée, un cochon de lait garni de saucisses en le faisant passer avec un setier de Bourgogne. Il connaissait cent histoires drôles et fables et était capable de faire pleurer de rire une tablée entière rien que par la façon dont il s'esclaffait, tonitruant, faisant tressauter sa panse, tapant des poings sur la table, tête rejetée en arrière et bouche grande ouverte. Montant un cheval aussi énorme que lui, il portait toujours en chemin un dur arc en if, un carquois bien garni et, à la ceinture, quatre coutelas dans leurs gaines, disant qu'avec un appétit comme le sien il ne lui en fallait pas moins pour découper sa pitance.

Sur la route de Pouilly, peu de temps d'ailleurs après que frère Antoine eut apporté le renfort de sa gaillardise, le convoi fut attaqué par une forte troupe de brigands qui, ayant abattu des arbres devant et derrière lui pour l'immobiliser, se lancèrent à l'assaut. Tandis que tous les gardes se mettaient en défense, ils virent frère Antoine tirer flèche sur flèche avec une rapidité stupéfiante, chaque trait faisant mouche ; puis, alors qu'un bandit s'approchait de sa monture, le moine d'un geste foudroyant lança un coutelas qui se ficha dans la gorge du malandrin. Quant à Erwin, qui avait surgi d'on ne sait où, cette grande carcasse sur les qualités guerrières de laquelle le comte n'aurait pas parié un pois chiche, Erwin donc, brandissant son glaive avec calme, et combattant avec maîtrise, avait étendu devant les sabots de son cheval, morts, trois des assaillants, provoquant parmi les autres une panique. Puis, tranquillement, ayant essuyé la lame de son épée, il l'avait remise au fourreau, avait récité une prière pour le repos de l'âme de ceux qui avaient péri de sa main, et, éludant toute félicitation, avait regagné sa place dans le convoi.

Childebrand ne put s'empêcher de penser que les clercs de son entourage (si différents qu'ils fussent l'un de l'autre), malgré les vœux qui leur interdisaient en principe de verser le sang, n'avaient pas leurs pareils pour abréger le séjour en cette vallée de larmes des brigands qui avaient la malencontreuse idée de vouloir exercer leurs talents à leur détriment.

A l'occasion de cette péripétie, Childebrand, qui avait sensiblement modifié son jugement sur Erwin d'abord en raison de sa résistance puis en constatant sa vaillance, avait tenté de s'en rapprocher, proposant notamment qu'on fête la déroute des bandits, gobelet en main. Le Saxon déclina son offre : il se refusait à boire à la mort d'autrui, fût-il le pire des forbans. Il ajouta qu'en l'occurrence ceux qu'il avait été obligé d'expédier au paradis ou en enfer étaient sans doute des miséreux, affamés, moins coupables à ses yeux que bien des grands. Cette explication constitua le plus long discours qu'il eût adressé jusque-là à Childebrand.

Malgré ce refus, le comte, une fois le convoi parvenu à Pouilly, décida d'y organiser des réjouissances. Cette cité constituait la dernière ville d'étape avant Autun. Elle offrait donc la dernière occasion de se divertir entre soi, sans contrainte, car, une fois parvenu à l'ancienne capitale des Éduens, il faudrait se comporter en toutes choses et occasions avec le maintien, la dignité, la réserve, voire la componction qu'implique le service du souverain. Pour l'heure, le fait d'avoir mené à bonne fin un voyage périlleux valait bien quelque délassement.

Le séjour à Pouilly dura deux journées. La première fut consacrée au repos et marquée par un banquet au cours duquel frère Antoine soutint avec succès plusieurs paris sur ses capacités stomacales tandis qu'Erwin faisait preuve de sobriété, préférant même l'hydromel aux vins, à la grande indignation du moine bourguignon. Timothée divertit l'assistance en accomplissant quelques tours de magie avec des œufs, des gobelets et des dés. La seconde journée, elle, fut entièrement occupée à préparer la mission proprement dite, l'abbé ayant terminé ses inspections.

La nuit précédant leur départ se produisit un incident qui aurait pu avoir des conséquences fâcheuses : une femme, hagarde, le vêtement en désordre, suivie de nombreux habitants fit irruption sur la place de l'église, pointant un doigt vers ceux qui l'occupaient et hurlant qu'il se trouvait parmi eux des suppôts du diable comme le prouvait l'apparition funeste qu'elle venait d'avoir ; elle raconta en vociférant — chaque détail étant ponctué par les clameurs de la foule — qu'elle avait vu surgir devant elle dans la traversée du bois qu'elle empruntait pour se rendre au lavoir le spectre de Hermine dans un suaire ensanglanté.

Celle-ci, épouse d'un notable, avait disparu peu auparavant alors qu'elle allait rendre visite à la femme d'un colon ; on avait retrouvé son fichu ensanglanté accroché à un buisson d'épines, mais aucune trace de sa dépouille.

Le spectre, selon l'imprécatrice, avait désigné en tremblant la route du Nord (celle précisément par laquelle le détachement des missionnaires était arrivé), proférant des grognements étranges qui sonnaient comme des malédictions et des appels à la vengeance. Ce récit véhément se termina par une sorte d'anathème tandis que les assistants se faisaient de plus en plus menaçants, et que les gardes se tenaient prêts à intervenir.

A cet instant, Erwin, bientôt entouré par les plus excités, sortit de l'église, s'approcha de la femme qui continuait de hurler, fit sur elle le signe de la croix et attendit sans se soucier des bâtons et des faux brandis. Puis il dit sans hausser le ton :

— Femme, agenouille-toi et prions !

S'étant lui-même mis à genoux, il récita une prière en latin, la faisant suivre d'une très courte improvisation pieuse dans un dialecte proche de celui qui était en usage en Auxois. Dans le silence revenu, la cloche de l'église se mit à sonner.

— Marguerite, suis-moi ! ordonna Erwin qui, s'adressant aux autres, leur dit :

— Que ceux qui ont foi en la vérité attendent ici !

Un long moment s'écoula avant que l'abbé et la femme, maintenant parfaitement calme, ne ressortent de l'édifice. Erwin, avec un visage de marbre, se tourna vers les habitants rassemblés.

— Qui ne sait, énonça-t-il, que les âmes de ceux qui sont morts sans sépulture errent la nuit pour faire connaître leur peine, pour supplier qu'on les venge et qu'on les enterre enfin en terre bénite ?

— C'est bien ainsi ! répondirent plusieurs voix.

— Ne faut-il pas démasquer celui qui a ajouté la profanation au crime ?

— Il le faut !

— Oui, il le faut.

Le Saxon se tut longuement, puis reprit, écouté dans un silence impressionné :

— Savez-vous pourquoi le spectre désignait notre route ? La femme qui est devant vous le confirmera sous le regard de Dieu : parce que les hommes qui sont ici au nom du Très-Haut et du roi sont hommes de justice et bras de la vengeance ; c'est à nous que Hermine demande justice et vengeance.

L'abbé ajouta, s'exprimant toujours en dialecte bourguignon :

— Je vous le dis : peu de temps s'écoulera avant que la dépouille de cette victime ne soit retrouvée, à laquelle on donnera sépulture, et avant que son meurtrier ne soit démasqué et châtié !

Une clameur accueillit cette promesse et la foule se retira lentement dans la nuit. Quand tous furent partis, Childebrand s'approcha d'Erwin et lui demanda :

— Comment connaissais-tu le nom de cette femme ?

— Beaucoup la nommaient.

— Tu as vraiment l'oreille fine. Mais où as-tu appris à parler leur jargon ?

— A Beaune.

Le comte réfléchit un instant et ajouta :

— Par tes promesses, ne t'es-tu pas avancé à l'excès !

— Le crois-tu ? répondit le Saxon.

Childebrand s'éloigna en hochant la tête.

Le lendemain matin, c'est sous les acclamations des habitants de Pouilly que le cortège des missionnaires partit pour Autun.

Pour héberger la mission royale, le comte d'Autun, Thiouin, avait fait aménager une ancienne villa romaine située un peu à l'écart de la cité sur une éminence dominant l'Arroux. Elle comportait un corps de logis principal où s'installèrent Childebrand et Erwin ainsi que leurs notaires et serviteurs, avec une annexe pour Timothée et frère Antoine. Quant à Hermant, il prit possession avec ses gardes d'un vaste bâtiment qui jouxtait les écuries et les communs dont s'accommodèrent palefreniers et autres domestiques.

Thiouin, à l'arrivée des missi dominici, leur avait fait savoir qu'il serait honoré de leur visite. Ceux-ci déclinèrent cette proposition : dès qu'eux-mêmes auraient terminé leur installation, ils recevraient le comte d'Autun selon le privilège que comportait leur statut d'envoyé royal. Ils adressèrent le même message à Martin II.

C'est seulement après que le comte et l'évêque eurent accompli leurs visites protocolaires que les missionnaires acceptèrent les invitations qui leur avaient été faites, en commençant par le titulaire du diocèse.

Martin II ne péchait certes pas par modestie. Childebrand et Erwin durent visiter l'évêché et toutes ses dépendances urbaines pendant plus de deux heures. L'évêque ne leur fit grâce de rien. Accaparant tous les mérites, y compris ceux de ses prédécesseurs, il énuméra avec complaisance les toitures refaites, les murs rebâtis, les arbres plantés, les fontaines remises en état, la sécurité mieux assurée et les ventres mieux remplis, lançant des piques contre Thiouin et sa famille, « qui n'étaient jamais parvenus à se faire accepter en terre romaine ». Ainsi appelait-il Autun et sa région, vantant ces Éduens qui, dès les premiers temps de l'emprise de Rome, avaient été nommés « et par Cicéron lui-même » : *Aedui fratres nostri* ! D'une telle « fraternité », il voyait une suite éclatante, une consécration chrétienne dans le fait que Grégoire le Grand avait accordé aux évêques d'Autun l'honneur exceptionnel du pallium.

Quelles que fussent les louanges méritées par le zèle de Martin, ce que ses visiteurs apprécièrent le plus fut sans nul doute la beauté du paysage qui s'étageait sous les yeux de ceux qui le regardaient depuis cet oppidum épiscopal. Ils en firent compliment sincère à l'évêque qui profita de l'occasion pour se répandre en lamentations et en critiques contre les entreprises du comte d'Autun, lequel « s'était emparé, par cautèle et force, des droits et bénéfices attachés aux domaines de la Voivre, de la Porcheresse, de Couhard et de Pierre Cervau », domaines qu'il situa au moyen de gestes larges du bras à partir du promontoire où il se tenait avec ses visiteurs.

A table où les attendait un repas des plus délicats, Martin II poursuivit ses plaintes.

— Nous autres, dépositaires et gardiens des clefs du Ciel, jusqu'où ne sommes-nous pas descendus ? déplora-t-il. Ne devrions-nous pas, portant en tous lieux la parole du Rédempteur et veillant à l'observance de ses lois, être entendus de tous avec ferveur.

— Serais-tu de ces téméraires qui affirment que le pape l'emporte sur le roi ? dit Childebrand.

— Dieu m'en garde ! répondit l'évêque inquiet. Oui, Dieu m'en garde ! Mais je veux dire qu'en certains comtés...

Le comte ne lui laissa pas finir sa phrase.

— Ta plainte a été reçue à Aix. Nous sommes ici pour en juger. Nous en jugerons selon les procédures prévues lorsqu'il est fait appel à l'arbitrage du roi, ce qui est le cas présentement. Tout le monde sera entendu, en son temps. Pour l'heure, achevons ce repas qui ne nous laissera pas sur notre faim.

Le comte Thiouin, piqué au vif par le fait que les envoyés de Charles eussent réservé leur première visite à l'évêque, avait prévu pour leur réception des festivités exceptionnelles en son château. A défaut de fleurs — on était au cœur de l'hiver —, il avait fait décorer la salle où allait se tenir le banquet d'une profusion de branchages, de guirlandes, d'étoffes rutilantes, d'ornements pompeux, d'oriflammes et d'enseignes qui rappelaient sa parenté avec le roi Charles et avec la lignée de Childebrand. De nombreux braseros avaient été disposés. Sur une estrade des musiciens pimpants exécutaient des airs de danse.

Le comte d'Autun qui présidait habituellement de telles fêtes avait bien été obligé en l'occurrence de céder les places les plus prestigieuses aux envoyés plénipotentiaires du roi qu'il avait fait asseoir, côte à côte, au centre de la table d'honneur. Quant aux hôtes qui y étaient admis, un étrange protocole avait été adopté. Le comte Thiouin, placé à la droite de Childebrand, n'avait pas près de lui l'évêque Martin, comme l'aurait voulu la préséance, mais sa propre femme, Hertha. Le prélat se trouvait de cette manière entre cette dernière et un personnage de rang notoirement inférieur, l'intendant Bodert. L'intention était, à l'évidence, blessante. L'évêque, l'air renfrogné, se détournait ostensiblement du couple comtal pour mener une conversation contrainte avec Bodert, lui-même flanqué de l'archiprêtre Victorien. Celui-ci, l'air modeste et pieux, avec de rapides regards en coup de poignard sur l'assistance, semblait déjà plongé dans des patenôtres sans fin. Il avait bien tenté d'échanger quelques mots avec Guénard, chef de la garde comtale, assis à sa droite, mais il n'en avait tiré que de courtes répliques dédaigneuses.

A la gauche d'Erwin, le plan de table, décidément étrange, avait placé la femme de l'intendant, Gertrude, dont la beauté, rehaussée d'une profusion de bijoux, ne passait pas inaperçue. Le vicomte Aldric, bras droit de Thiouin, était assis à sa gauche et d'ailleurs semblait fort empressé. Quant à Oda, la femme de ce dernier, enceinte au sixième mois, elle avait été sommée de garder la chambre, à ce qu'avait appris Timothée. Mais celui-ci doutait qu'il s'agît là de la véritable raison de son absence. On murmurait en ville que Gertrude s'y entendait à contenter les puissants et qu'elle n'y perdait rien.

Au-delà du vicomte, le doyen du municipe, Donatien, et sa femme Octavie complétaient cette bizarre table d'honneur où ne figuraient ni les enfants de Thiouin, ni ceux d'Aldric. Hermant et les officiers de la garde royale, frère Antoine, que Timothée avait rapidement surnommé « le Pansu », le Grec lui-même et les notaires avaient été laissés ensemble attablés non loin de là.

La décoration de fête, la musique allègre, la gaieté apparente des propos, les éclats de rire même, rien ne pouvait dissiper un malaise sur lequel Erwin s'interrogeait, tandis que les serveurs apportaient sur les tables des pommes et des poires, du raisin sec et des noix, des amandes et aussi des dattes dans des corbeilles ornées, en prélude au premier service de ce repas d'apparat. Hermant, qui était occupé à casser des noix pour en distribuer les cerneaux à ses amis, suspendit un instant sa philanthropie de table et, désignant le banquet d'un geste large, glissa à Timothée :

— Belle assemblée de masques...

— Ça sent la haine, dit Timothée en caressant son collier de barbe.

L'évêque Martin, cependant, s'était levé et, dans un silence approximatif, récita le Bénédicité d'une voix imposante. Alors, sur un signe du comte Thiouin, le premier service commença, accueilli par un brouhaha gourmand.

Apparurent des perdrix et des coqs de bruyère, puis sur un plat d'argent soutenu par quatre porteurs un veau entier rôti, et ensuite une énorme soupière emplie de fèves cuites au lait et aromatisées avec des herbes. Un boucher, costumé en gladiateur, fendit le ventre du veau d'où se répandirent quantité de saucisses, tandis que sept colombes étaient lâchées dans la salle.

— On a multiplié le Saint-Esprit, plaisanta frère Antoine.

Une légère confusion troubla le banquet lorsque les oiseaux, affolés, volant çà et là, heurtèrent des convives qui durent abriter leur visage. On les captura enfin et les mâchoires purent entrer en action.

Sans tarder, en procession, s'avancèrent des serveurs portant des flacons de vin et ils remplirent les coupes d'une liqueur couleur de rubis. Le comte Thiouin se leva, haussa sa coupe et demanda à l'assistance de porter une santé en l'honneur des missionnaires palatins. Le ton, tranchant et aigre, démentait la cordialité de l'initiative. On le comprit parmi les invités qui se levèrent à leur tour, comme à regret, pour exprimer une sympathie mesurée aux hôtes de la cité. Seul l'évêque avait manifesté ce qui pouvait passer pour une bienveillance onctueuse.

Childebrand en réponse, comme on s'y attendait, invita toutes et tous à boire « en l'honneur et à la gloire du comte Thiouin, digne fils d'une noble lignée, à la remarquable activité pastorale de l'évêque Martin, ainsi qu'à tous les nobles sujets du roi Charles en cette ville d'Autun, joyau du royaume ». Timothée faillit pouffer, sachant que Childebrand usait toujours pour de telles circonstances d'une adresse toute faite où le « joyau du royaume » apparaissait immanquablement.

A cet instant se produisit un incident grinçant : le vicomte Aldric ayant fait mine de se lever à son tour pour une santé fut vertement rappelé à l'ordre par Thiouin lui-même. Alors, après avoir échangé quelques mots avec la femme de l'intendant, il plongea son couteau dans une perdrix rôtie qui était disposée sur un plat près de lui, la déposa dans son assiette et se mit à la dévorer avec une application rageuse, jetant par terre les os rongés et la carcasse avec des gestes de colère. Gertrude tenta manifestement de l'apaiser, mais sans succès.

Hermant signala la scène à frère Antoine qui, d'ailleurs, n'en avait rien perdu. Puis il lui dit à voix haute :

— Décidément, je ne puis jurer que par Bourgogne et le sang de ses vignes, car, par Dieu, je crois qu'il ne se trouve pas en toute la chrétienté pareil nectar.

— Si tentant, l'ami, plaça Timothée, que j'irai jusqu'à me demander si bonne tempérance n'exigerait pas qu'on le coupât.

— Le couper? Abomination, s'écria frère Antoine. Couper un tel vin! C'est bon pour les sirops de ton pays, mais ce bouquet de fruits et de soleil!...

La remarque plut. Les serveurs redoublèrent de zèle et les libations succédèrent aux libations.

Le deuxième service fit une entrée encore plus solennelle que le premier en la salle du banquet. Les viandes rôties étaient assaisonnées d'une manière relevée qui flattait le palais et accélérait encore la ronde des vins. Le service comportait en outre des tourtes d'anguille surmontées de buissons d'écrevisses.

La nature des convives se dévoilait lorsqu'ils se servaient dans les plats disposés sur les tables. Les uns, voulant manifester de la tempérance, le faisaient à chaque fois avec retenue, mais en y revenant souvent. Les autres affichaient leur gloutonnerie, les mains et le visage ruisselant de graisse et de sauce. Certains en usaient avec élégance et modestie. Thiouin affectait un détachement hautain. Childebrand donnait l'exemple d'un raffinement de cour avec une pointe de rudesse militaire. Erwin, à son côté, mangeait peu et lentement, ne répondant guère que par des hochements de tête et des politesses laconiques aux efforts que renouvelait Gertrude pour entamer avec lui une conversation.

L'abondance des mets, l'ingestion immodérée de vins dont le bouquet fruité et parfumé faisait oublier la force, l'inlassable musique, l'ardeur des conversations dans un brouhaha général et la chaleur maintenant excessive que dégageaient les braseros, tout accroissait une excitation et une tension qu'Erwin observait avec curiosité. Les convives maintenant, tout ordre hiérarchique rompu, quittaient souvent leurs places, les uns pour aller lier conversation avec un hôte situé assez loin d'eux-mêmes, les autres pour aller respirer l'air frais à l'extérieur, ou pour satisfaire un besoin naturel, ou encore pour renouveler leur capacité d'ingurgiter en se faisant vomir.

Tout à coup, le silence se fit. Les regards étaient tournés vers la table centrale : Aldric, le visage haineux, s'était approché de Thiouin et, visiblement hors de lui, il lui lança :

— Voilà donc ce que tu mijotais ! Crois-tu que j'aie fait tout cela pour en arriver à...

La fureur l'étouffait.

Le comte Thiouin sans se lever, ni paraître ému, lui dit :

— Calme-toi et regagne ta place ! Tu es ivre. Eu égard à cela, je veux bien te pardonner tes paroles et ton geste.

— Me pardonner ? cria Aldric. N'est-ce pas moi qui devrais te pardonner, tout comte que tu es ? Si je disais de quelle façon...

— Calme-toi ! répéta Thiouin.

— Me calmer ?...

Gertrude s'était levée et tentait d'apaiser le vicomte. Celui-ci tourna sa fureur contre elle :

— Ah ! toi, surtout pas toi ! lança-t-il. Au nom du Ciel, toi, tais-toi ! Ah ! Dieu...

L'intendant ayant balbutié une phrase indistincte pour prendre la défense de sa femme, Aldric pointa son doigt vers lui et hurla :

— Celui-là ! Oh ! c'est trop ! Un cocu, oh ! non, pas un cocu, car un mari comme ça n'est pas cocu. C'est un proxénète, un vil proxénète...

Il se tourna de nouveau vers Gertrude au comble de l'exaspération.

— Sa fortune, tous savent ici avec quoi il l'a bâtie... sa fortune et son rang : c'est avec...

Erwin, calme jusque-là, s'était levé et, posant une main ferme sur l'épaule du furieux, lui intima l'ordre de se taire avec une telle autorité qu'Aldric s'arrêta au milieu de sa phrase. Son visage exprima alors une détresse si poignante que ceux-là mêmes qui condamnaient sa grossièreté et se réjouissaient secrètement de l'esclandre furent pris de compassion.

S'étant de nouveau assis et se détournant de Gertrude, avec des larmes, il dit d'une voix lasse :

— De toutes les trahisons, celle-ci n'est-elle pas la plus noire ?

A l'autre extrémité de la table, Bodert l'intendant, la face couverte de sueur, lança en direction d'Aldric des regards sournois et chargés de haine.

C'est alors que Martin, dans le silence revenu, se dressa, puis se tournant vers Thiouin déclara d'une voix solennelle :

— Malheur à celui par qui le scandale arrive ! Oui, il advient aussi que le Dieu qui nous pèsera tous au Jugement dernier réclame son dû sans attendre, afin que soient frappés les pécheurs sur cette terre même. Qu'ils tremblent car Sa justice est terrible !

A ce moment, l'attention d'Erwin fut attirée par l'attitude de la femme du comte, Hertha, qui, très droite sur son siège dans sa robe d'apparat, montrait un visage douloureux sur lequel coulaient des larmes sans qu'elle fît rien pour dissimuler son chagrin.

Peu à peu les conversations reprirent, alimentées de commentaires faussement indignés. Le comte Thiouin adressa par gestes un ordre à l'intendant qui commanda au maître de table de faire commencer immédiatement le troisième service. Il débuta par des entremets ruisselants de miel tandis que des servantes faisaient brûler dans des cassolettes des parfums qui auraient dû chasser les odeurs du rôt mais qui, en fait, ne faisaient que s'y superposer. A peine avaient-elles quitté la salle qu'entrèrent trois femmes vêtues à l'orientale, avec des coiffes retenues sur le front par des bandeaux ornés de monnaies précieuses. Ondulantes et félines, elles conduisirent vers les convives une ourse énorme, tenue en laisse et muselée, qui exécuta debout une danse pataude au son des tambourins. Les hommes, comme il se devait, ne bronchèrent pas.

Les femmes imitèrent avec coquetterie une frayeur qui les mît en valeur. Certains, feignant de trouver le spectacle vulgaire, regagnaient leur place ou parlaient ostensiblement avec des amis. L'intermède fut apprécié et le tambourin que faisait circuler une montreuse pour la quête s'alourdit d'une copieuse recette.

Pendant ce temps, les serveurs avaient enlevé les reliefs du deuxième service et des entremets pour aller les distribuer aux clients du comte qui attendaient cette provende dehors, dans le froid noir, munis d'écuelles. Les tables ayant été nettoyées et les ornementations requinquées, le troisième service qui consistait en gibier allait pouvoir commencer.

A l'ours dansant avait succédé une troupe de singes costumés et de chiens savants qui exécutaient des exercices cocasses vivement appréciés par les convives, lesquels, rassasiés, touchaient à peine à l'abondance ostentatoire des mets placés à leur portée, tout en continuant à vider leurs coupes avec entrain. Certains, déjà ivres, vacillaient sur leur siège, la parole embarrassée et l'œil vague, d'autres dormaient le buste sur la table, la tête dans les bras, d'autres encore, en titubant, se levaient, livides, pour aller vomir, quelques-uns qui avaient l'ivresse mauvaise cherchaient des querelles insanes que des serveurs musclés s'efforçaient d'apaiser. C'était un va-et-vient incessant, un désordre.

Cependant, tandis que disparaissaient les singes, les chiens et leurs dresseurs, le maître de banquet s'était approché du comte Thiouin pour lui parler à l'oreille. Ce dernier, l'air stupéfait, tourna la tête vers la gauche pour regarder, au-delà des deux missi et de Gertrude, le siège où aurait dû se tenir le vicomte Aldric et qui était vide. Thiouin discuta un instant avec son officier de bouche qui hocha la tête à plusieurs reprises d'un air navré.

Peu à peu toutes les conversations particulières s'étaient tues. Tous les regards se portaient maintenant vers le comte d'Autun qui semblait hésiter sur le parti à prendre. Il se pencha vers Childebrand et Erwin avec lesquels il eut un bref échange de vues. Puis il se leva.

— Que chacun demeure à la place où il se trouve ! ordonna-t-il. Personne ne devra quitter cette salle, ni le château, avant que nous en ayons donné permission !

Une rumeur de protestation accueillit cette injonction.

— Les gardes y veilleront, poursuivit le comte. Que soient consignés en leur cuisine, office ou autre salle tous ceux qui ont préparé et servi ce banquet ! Qu'il en soit de même pour tous les domestiques et, d'autre part, pour les saltimbanques et les musiciens !

L'évêque, se dressant, interpella le comte Thiouin d'un ton indigné :

— Que signifie tout cela ? s'écria-t-il. De quelle autorité lances-tu de tels ordres ? Les nobles sujets, moi-même et tous ceux que tu as convoqués à ce banquet attendent de toi, sur-le-champ, l'explication de ta décision, qui, je dois le souligner avec la plus vive protestation, ne fait aucune distinction entre les uns et les autres, au mépris du sacerdoce, du rang et de la fortune, ainsi que...

— Tous les hommes ne sont-il pas égaux devant le Très-Haut ? dit Erwin d'une voix presque basse et qui cependant retentit dans le silence.

— Nous attendons des explications, répéta l'évêque d'un ton radouci.

Childebrand, très calmement, se tourna vers lui :

— Elles viendront sans tarder, précisa-t-il. Quelques vérifications auxquelles il va être procédé sur-le-champ vont nous permettre de fournir à tous ici présents, je dis bien à tous, les éclaircissements souhaités. Cependant, en tant que missionnaire du roi — comme l'est ici avec moi l'abbé Erwin —, je déclare approuver les mesures arrêtées par celui qui gouverne ce comté, lesquelles disposent que chacun se tiendra à sa place, effectivement quel que soit son rang ou sa fonction, élevé ou humble, jusqu'à notre retour en cette salle.

Cela dit, il se dirigea en compagnie d'Erwin, du comte Thiouin et d'Hermant, chef du détachement royal, vers le vestibule où les attendaient trois médecins. Cette pièce donnait par trois portes sur l'extérieur : au nord vers une partie du parc où se trouvaient un corps de logis avec les cuisines, une pièce d'eau servant de vivier et un jardin potager, et au sud, vers un petit bois en bordure duquel se dressait un autre bâtiment réservé aux gardes et serviteurs de haut rang. Au centre, la grande porte s'ouvrait sur l'allée d'accès.

Le vicomte Aldric était étendu sur les deux dernières marches du petit escalier de pierre qui se trouvait à la porte Nord. Un serviteur approcha une torche du visage qui apparut boursouflé, marqué de taches verdâtres et jaunâtres. La langue, noire et gonflée, sortait de la bouche entre des lèvres tuméfiées. Les médecins firent transporter le cadavre dans le vestibule pour un examen plus complet du corps, après quoi ils se consultèrent longuement. L'un d'entre eux, apparemment le plus éminent, affirma que, sans nul doute « on se trouvait en présence d'un empoisonnement d'origine criminelle, car aucune ingestion d'aliments solides ou liquides ne pouvait provoquer une telle mort si, préalablement, aucun produit toxique n'y avait été introduit ou n'avait enduit un récipient employé par la victime. Du reste, les marques qu'on observait sur le visage et sur le corps fournissaient des indications sur la nature du poison employé. Il s'agissait d'une substance à l'action progressive et qui provoquait assez rapidement un malaise, puis des étouffements, des sueurs et des vertiges avant un trépas inexorable ». Cela expliquait, selon ce médecin, que la victime se soit dirigée vers une sortie dans l'espoir que l'air froid et vif lui apporterait quelque soulagement.

Ce diagnostic comportait plusieurs conséquences immédiates : concernant les coupes et la vaisselle dont s'était servie la victime, ainsi que, d'une manière générale, les plats et flacons du service ; concernant les allées et venues des uns et des autres pour déterminer si quelqu'un avait eu l'opportunité de verser ou répandre le poison et à quel moment ; concernant enfin la recherche d'un mobile.

Erwin glissa à Childebrand qu'avant même de fournir aux convives des détails sur le crime, il était nécessaire de recueillir le plus grand nombre de témoignages possible, car ceux-ci seraient d'autant plus utiles que les modalités du drame demeureraient plus longtemps secrètes. Quant au meurtre en lui-même, la place restée vide du vicomte Aldric à la table du banquet était assez révélatrice pour que chacun en tire de lui-même la conclusion funeste.

Hermant, par précaution, fut chargé d'interroger les médecins sur place car, après tout, qui, mieux qu'un expert en poison, pouvait en disposer et en user. Childebrand, Erwin et le comte Thiouin, celui-ci l'air sombre et préoccupé, regagnèrent la salle du banquet. A leur entrée tous les regards se tournèrent vers eux : on attendait des explications. L'évêque ayant fait mine de se lever, sans doute pour une nouvelle protestation, Childebrand, d'un geste, lui intima de demeurer assis.

— Le vicomte Aldric a été assassiné, annonça-t-il. Notre enquête commence. L'abbé Erwin et moi-même la mènerons en vertu des pouvoirs discrétionnaires que comporte notre mission en pareil cas, un tel crime ressortissant à la justice du roi.

Une sourde rumeur accueillit cette annonce, tandis que le comte et l'abbé northumbrien quittaient la salle du banquet. Ils se rendirent dans une antichambre qui donnait sur cette salle et la firent évacuer. Deux tables et des sièges y furent disposés, l'une pour eux-mêmes, l'autre pour les scribes de la mission royale. Les deux missi prirent place derrière la première tandis qu'un écuyer debout, à côté d'eux, tenait l'enseigne de la mission fixée à une hampe. Les scribes, mandés, s'installèrent, un peu à l'écart, derrière la seconde table, sur laquelle ils déposèrent écritoires et plumes. Quatre gardes en armes se placèrent aux portes de l'antichambre. Ayant fait mettre en place cet appareil de justice, les deux enquêteurs royaux se concertèrent un instant avant de commencer les interrogatoires.

CHAPITRE II

Dans la salle du banquet, le comte Thiouin avait regagné son siège, où il se tenait le regard perdu, comme assommé : il avait été dépouillé, en son propre domaine, de ses droits judiciaires, sans accord préalable, avec une rapidité et une brutalité qui le laissaient pantois. Il pensait à la protestation qu'il ne manquerait pas de faire parvenir à son royal cousin. Parmi les convives et serviteurs, la stupeur n'était pas moindre : les envoyés du roi Charles, hôtes chaleureux, s'étaient en un instant mués en inquisiteurs aux pouvoirs redoutables, mettant en œuvre une procédure impressionnante, sans même y associer le comte ou l'évêque !

On vit alors un officier de la mission royale sortir de la pièce où s'étaient installés Childebrand et Erwin, s'approcher de Thiouin, s'incliner avec déférence et lui lire à voix haute ce message :

— Les missionnaires du souverain demandent à celui qui a reçu du roi la charge de ce comté de bien vouloir les faire profiter en cette circonstance tragique de son expérience et de sa sagesse. Qu'il daigne se présenter devant eux !

Les murmures de l'assistance, éberluée, accueillirent cette mise en demeure flatteuse mais comminatoire. Thiouin regarda autour de lui d'un air incrédule. Le héraut n'avait pas terminé son message dont la fin mit un peu de baume sur la plaie :

— Lorsque puissance et vertu montrent l'exemple, qui oserait ensuite se dérober à son devoir ?

Le comte, d'un pas hésitant, précédé de l'officier qui lui rendait les honneurs se dirigea vers la pièce où l'attendaient debout Erwin et Childebrand. Ce dernier précisa qu'il s'agissait là d'une formalité nécessaire à la bonne marche de l'enquête. Cette mise au point avait été faite alors que la porte était restée ouverte, de sorte qu'on pût voir les marques de courtoisie des missi et entendre les phrases d'accueil.

Puis, porte close, chacun ayant pris place, la conversation put commencer. Childebrand demanda au comte s'il n'avait pas observé de fait anormal, ou d'incident susceptible d'apporter quelque lumière sur la façon dont le vicomte Aldric avait trouvé la mort.

— Je n'ai guère bougé de ma place, ainsi que vous avez pu le constater, répondit le comte avec humeur. Mais l'important n'est pas là. Je dois dire que j'ai été surpris par les dispositions que vous venez de prendre sans même me demander mon avis... surpris et offensé... et pire encore ! Dois-je vous rappeler que toute affaire survenant en mon comté ressortit à ma justice, à celle de mon tribunal, celui que je préside assisté par mes rachimbourgs ? Dois-je alors préciser que votre procédé est tout à fait contraire aux dispositions définissant mes pouvoirs ? Qu'il est de ce fait préjudiciable, très gravement, à l'autorité que j'exerce ici conformément à la charge que mon ancêtre, le fléau des Sarrasins, a confiée à mon père, et que Pépin et Charles ont confirmée ? Dois-je vous dire que c'est une lignée royale que vous avez offensée en ma personne ? Je ne manquerai pas de le faire savoir à Charles, mon cousin.

— Bien, bien ! coupa Childebrand. Il aura ainsi, à ce sujet, deux rapports, le tien et le nôtre. Mais, puisque tu ne sembles pas avoir très bien saisi de quelle nature était notre mission, voici de quoi mettre les choses au point !

Sur un signe, l'un des notaires du détachement royal apporta un coffret à l'intérieur duquel se trouvait un document revêtu du sceau de Charles. Il s'en saisit, le déroula respectueusement et lut le début des instructions données par le souverain à ses missionnaires et qui leur octroyaient pleins pouvoirs, y compris sur ceux qui bénéficiaient d'immunités, pour enquêter sur tout différend passé, présent, ou à venir, de quelque nature qu'il soit, intervenant sur le territoire du comté d'Autun.

— Ces ordres, précisa Childebrand, ont été dictés par Charles lui-même à la suite de plaintes qui lui sont parvenues et dont tu seras instruit, mon cousin.

— Ne serait-il pas séant...

— Chaque chose en son temps !

Erwin, qui semblait prier, releva la tête à cet instant et dit :

— Ne désires-tu pas comme nous, plus que nous peut-être, eu égard aux liens qui t'unissaient au vicomte Aldric, que prompte et bonne justice soit faite ?

— Comment peux-tu formuler une telle question ? L'un de mes plus anciens compagnons... tué lâchement... empoisonné... Dieu... le poison... le poison...

Le comte d'Autun parut frappé brusquement d'une sorte d'accablement.

— Oui, dit-il, la justice, rapide, impitoyable, exemplaire, la justice et la vengeance pour que mon comté soit rendu à la sécurité et à la paix ! Aldric...

— Nous allons nous y employer, coupa Childebrand. Tu comprendras qu'il soit important pour nous de savoir si personne ne s'est approché des objets de table utilisés par Aldric — en dehors des serveurs bien entendu —, si tu n'as observé aucune démarche, aucun geste suspects ou encore si, parmi le personnel, tu n'as pas aperçu un domestique qui ne t'était pas familier, une personne à l'allure étrange.

— Mon cousin et toi révérend Erwin, répondit Thiouin, vous étiez encore mieux placés que moi à la table pour observer ce qui se passait du côté d'Aldric. Quant à la domesticité, je connais évidemment ceux qui exercent des responsabilités et, d'autre part, ceux qui s'occupent plus particulièrement de ma famille et de moi-même ; mais je suis loin de connaître et pouvoir reconnaître tous mes serviteurs et servantes. En outre, pour cette circonstance exceptionnelle, du personnel complémentaire avait été recruté par le sénéchal.

— De telle sorte qu'un criminel aurait fort bien pu se glisser parmi eux ? demanda le Saxon.

— Seul cet officier pourra vous renseigner plus avant.

— A-t-il établi une liste des serveurs occasionnels ?

— Sans doute... Est-ce tout ?

Childebrand, l'air gêné, répondit :

— Pas exactement, car il nous faut encore...

Alors que l'entretien s'était déroulé jusque-là en

latin, le comte venait de faire cette mise au point en langue germanique. Il poursuivit de même sur un ton confidentiel :

— Nous avons tous été frappés par l'algarade du vicomte formulant des reproches et des accusations obscures, s'en prenant à toi-même et, plus scandaleusement encore, à l'intendant et surtout à sa femme.

— Aldric était ivre.

— Sans doute. Mais l'ivresse fait parfois surgir la vérité, souligna Erwin.

— Chacun sait ici qu'Aldric était épris de Gertrude, épris au-delà du raisonnable.

— Lui a-t-elle cédé ? demanda Childebrand.

— Je l'ignore... Peut-être...

— Sûrement ? suggéra le Saxon.

— Chacun sait aussi, précisa Thiouin, que la femme de mon intendant n'est pas des plus farouches. On lui prête quelques aventures. Mais ne suffit-il pas aux commères en une cité comme celle-ci de surprendre une rencontre même fortuite pour en tirer cent déductions, et pas toujours fondées ?

Après un temps de réflexion, Childebrand fit observer :

— Aldric, en son ivresse, a parlé comme un amant trompé et il a aussi formulé des accusations très précises contre Bodert et Gertrude. Amant trompé par qui, au singulier ou au pluriel... première question...

— J'ai déjà dit que la femme de l'intendant...

— Certes, femme légère à ce que tu as dit... Mais elle avait peut-être suscité des rivalités qui fourniraient la clef du meurtre... Qu'en est-il d'ailleurs de ces accusations d'Aldric dénonçant en Bodert un mari complaisant, pire un époux tirant profit des infidélités de sa femme, ce qui porte un nom dans toutes les langues...

— La jalousie mène à de telles extrémités.

— Mais peux-tu dire, insista Erwin, que le couple n'a jamais acquis ainsi des avantages et des richesses non négligeables? La seule parure de Gertrude, que j'ai pu admirer de près, était digne d'une reine...

— Mon service devrait suffire à assurer le rang de celui qui a la charge principale de mon domaine, répliqua le comte d'Autun.

— Cependant la concupiscence n'est-elle pas sans limites et les femmes ne sont-elles pas souvent portées à tirer profit, au-delà du raisonnable, des appas que la nature leur a donnés surtout quand elles sont en leur jeunesse?

— Sans doute, dit Thiouin, mais ce qui vaut pour les femmes en général ne vaut pas forcément pour Gertrude en particulier.

— Mais, imagine, suggéra Childebrand, qu'Aldric ait eu l'intention de porter à ta connaissance quelque exaction scandaleuse, quelque abus commis par le couple au détriment de tes intérêts! N'y avait-il pas là un motif suffisant pour qu'on entreprenne de lui sceller les lèvres définitivement? Gertrude était placée immédiatement à côté d'Aldric. Elle avait toutes facilités pour verser le poison, profitant notamment du désordre créé par les saltimbanques.

— N'aurais-tu pu rien surprendre, toi qui étais non loin d'elle et qui n'as guère quitté ton siège? Quels risques elle aurait pris pour un bénéfice que je n'aperçois guère! D'autre part, croyez-vous que j'aie eu la naïveté de laisser la gestion de Bodert sans vérification, ni surveillance. Aldric précisément...

— Voulais-tu dire qu'il avait aussi la charge d'une telle surveillance ? demanda Erwin.

— En quelque sorte.

— Donc, il aurait pu découvrir récemment quelque chose de scandaleux ?

— Il m'en aurait immédiatement parlé.

— Mais si tu avais, en un premier mouvement, refusé de l'entendre et de le croire, voilà qui expliquerait son ressentiment à ton égard...

— Rien de tel ne s'est passé ! lança Thiouin avec agacement... En se prolongeant, cette conversation devient de plus en plus insultante !

— Un mot ! dit Childebrand. Pourquoi ton fils aîné Thierry n'était-il pas au banquet ?

— Il est en route pour Chalon où il doit rassembler pour moi, en quelques semaines, guerriers, chevaux, et équipements de guerre. A l'orée du printemps je dois, avec mon train, rejoindre le roi pour l'assister en de nouvelles campagnes, en Saxe, je crois. Et je me demande...

— Merci, comte Thiouin, interrompit Erwin. Grâce à toi, nous avons progressé et notre enquête s'en trouve grandement facilitée.

Thiouin se leva et, très droit, quitta la salle sans un regard pour les missionnaires du roi Charles.

Dès que le comte fut sorti, l'évêque se présenta devant la porte, restée ouverte, avec l'archiprêtre. Childebrand, qui s'était avancé, le loua pour son zèle « témoignant de son amour de la justice », remercia Victorien pour avoir accompagné son évêque, lui signifiant cependant que l'entretien des missionnaires avec Martin II ne devait pas avoir d'autres témoins que les notaires. L'archiprêtre rebroussa chemin sans protester et le prélat prit place avec une dignité pompeuse sur le siège qui faisait face aux enquêteurs.

— Ne croyez pas, dit-il, qu'en me présentant de mon propre mouvement devant vous j'approuve la façon dont vous en usez en la circonstance.

— Comment l'ignorerions-nous quand tu as cru bon d'exprimer publiquement ton sentiment, ponctua Childebrand.

— Mais si je me présente ainsi, c'est que je préfère en somme rester maître de mon initiative plutôt que d'être convoqué par un de vos officiers comme le fut Thiouin.

— Notre officier aurait-il été discourtois ? demanda Erwin.

— La démarche l'était assez en elle-même... Cela étant, je ne peux ignorer les pouvoirs dont vous êtes investis puisqu'ils découlent de la plainte que j'ai fait parvenir à la justice du souverain.

— L'affaire qui nous occupe maintenant est d'une tout autre nature, souligna Childebrand.

— Mais pas forcément sans rapport, répondit Martin.

Ayant parlé, il se rengorgea et attendit des questions qui ne vinrent pas. Après un long moment, l'évêque se décida :

— Le document rédigé à l'intention des services du roi et qui vous a sans doute été transmis...

Childebrand et l'abbé restèrent de marbre.

— Ce document donc, reprit Martin, ne comprend que peu d'indications concernant Aldric. Ce qui vient de se produire attire maintenant l'attention sur cet homme qui n'a pas toujours été vicomte.

Il marqua une pause et prit un air dédaigneux :

— Il vous faut savoir, dit-il, qu'il est de basse extraction. Son père tenait un modeste commerce à

Feurs et sa mère était lavandière... Vous voyez... Il se prétendait le bâtard d'une importante famille! C'était évidemment une invention destinée à faire croire qu'un sang noble coulait dans ses veines.

— Le même sang coule dans les veines de tous ceux qui, humbles ou puissants, ont reçu le baptême, murmura Erwin.

— Évidemment, évidemment!... Toujours est-il qu'Aldric en sa jeunesse avait, dit-on, fière allure...

— Il m'a semblé qu'il l'avait conservée, remarqua Childebrand.

— ... Il se servait de sa prestance pour appuyer sa fable nobiliaire et pour des séductions sans scrupule. A Feurs, il parvint à prendre dans ses rets l'héritière d'une famille ayant quelques biens. Anne, ainsi s'appelait-elle, était un laideron au visage si ingrat que, malgré la pureté de son âme, elle n'avait trouvé aucun prétendant.

— Quoi? Malgré ses espérances? demanda le Saxon.

— Aldric, en tout cas, sut la charmer, riposta l'évêque. La famille résista, soulignant l'origine vulgaire du séducteur, Anne s'entêta, ses parents refusèrent encore, elle dépérit, on céda. Le fils de la lavandière l'avait emporté. On éloigna le couple de Feurs où il faisait scandale en confiant au gendre la gestion d'un domaine situé près d'Autun, et c'est ainsi qu'il y a une dizaine d'années Aldric et Anne s'installèrent dans notre cité.

Martin demanda qu'on lui apporte un verre de vin coupé d'eau puis, s'étant désaltéré, il reprit :

— Thiouin était déjà à la tête de son comté, depuis près de deux lustres, car son père, Thierry le Grand, gendre de Charles Martel, était mort sous Saragosse lors d'une des rares campagnes infructueuses que notre grand souverain ait menées contre les Sarrasins...

— Nous savons cela, coupa Childebrand. Vas-tu enseigner à un Nibelung l'histoire de sa lignée ?

— Mais peut-être ne savez-vous pas que Thiouin eut du mal à s'imposer. Succéder à Thierry, comte à la fois prestigieux, habile et autoritaire, n'était pas une mince affaire. Thiouin souffrit d'une inévitable comparaison entre son père, dont les vertus étaient d'autant plus célébrées qu'il était mort en héros, et lui-même qui avait été tenu à l'écart de toute responsabilité véritable, comme il arrive si souvent en pareil cas au fils aîné.

Satisfait de cette remarque philosophique, Martin marqua une nouvelle pause.

— Aldric était entreprenant et point dépourvu d'habileté. Il sut approcher les serviteurs du comte, puis ses officiers, et se rendre utile. Thiouin l'admit à son service personnel. Étant enfin bien en cour dans l'entourage du comte et ayant sa confiance, il aspirait à autre chose que l'alliance d'une famille certes aisée mais ni très riche, ni très noble, du Forez. Anne, si je peux dire, n'était qu'une marche ; il voulait monter encore ; elle le gênait dans cette ascension. Je puis vous en parler en connaissance de cause puisque, une année et demie seulement après l'arrivée du couple à Autun, son ascension ayant été foudroyante, il vint me trouver à l'évêché. Je dois dire qu'il avait souvent tenté de me circonvenir, cependant, le tenant pour ce qu'il était, je l'avais toujours tenu à distance. Mais il vint...

— Et tu l'as reçu ? demanda l'abbé avec une nuance d'étonnement dans la voix.

— Par charité chrétienne... Après mille circonlocutions, il finit par me dire qu'il souhaitait se séparer de sa femme, me demandant quels étaient généralement les motifs de répudiation. Je lui répondis en lui rappelant la parole de Jésus disant que l'homme ne doit pas séparer ce que Dieu a uni.

— Le mariage n'est pas affaire d'Église, dit Childebrand.

— Hélas ! non, rares sont les bénédictions nuptiales. Mais les deux Testaments édictent des règles qui s'imposent aux époux. Aldric me parla de répudiation pour adultère et je lui répondis qu'il eût été fort étonnant que la malheureuse Anne eût trouvé un amant... « Mais si elle demeure stérile ? » demanda-t-il. Je rompis là, n'étant pas conseiller en divorce. Quelques mois plus tard, on apprit qu'elle avait regagné Feurs. Aldric reprit l'accusation de stérilité et restitua la dot.

— Tiens ?

— Il avait maintenant beaucoup mieux. Il répudia Anne. Puis il épousa Oda, fille de sang noble apparentée aux Arnouls de Metz et qui avait alors seize ans. Elle lui apporta rang et fortune. Des années après, le titre et les bénéfices de vicomte lui furent conférés par Thiouin. Étrange consécration, n'est-ce pas ?

— Peut-être... dit Erwin. Qu'est devenue Anne ?

— Elle est morte de chagrin, dit-on, peu de temps après son retour en Forez.

— Tout cela est fort instructif, mais quels rapports avec le meurtre ?

— En premier lieu, tout ce que cet Aldric a entrepris et sans y perdre rien ! En ce qui concerne les domaines dont je vous ai déjà parlé et dont l'usurpation a fait l'objet de ma plainte, c'est lui qui a mené l'affaire de bout en bout, chassant les régisseurs de l'évêché par la force, terrorisant cultivateurs et artisans, cherchant à corrompre mes diacres, et j'en passe. Deux pâtres qui nous étaient fidèles ont été retrouvés, il y a peu, dans les hauts pâturages le crâne fracassé. Et plus de troupeaux ! Le vicomte a accusé des brigands. Il a mené une expédition contre ces hors-la-loi, une expédition sanglante. L'un des malandrins, capturé, n'a avoué sous la torture ni meurtre, ni vol. Alors ?

— Toute cette affaire d'usurpation, avec ses suites, sera instruite en son temps. Pour le moment, tu manies des suppositions, fit remarquer Childebrand.

— ... que j'appelle « vraisemblances », repartit l'évêque... Et puis il y a Gertrude, son intendant de mari, ce qu'ils ont mijoté avec les uns et les autres, ce que vous avez entendu de la bouche même d'Aldric...

— Thiouin nous a instruits de la passion que celui-ci éprouvait pour cette femme, qui serait peu farouche. La confirmeras-tu ?

— Mais c'était, comte Childebrand, de notoriété publique ! Comme l'étaient les bénéfices que le couple en a retirés. Soit dit en passant (mais vous verrez que ce n'est pas non plus sans intérêt), l'intendant ne s'est pas révélé moins expéditif que le vicomte dans sa gestion. Je pourrais vous en fournir maints exemples. Ainsi...

— Bien, bien, laissons cela ! Mais si je te comprends, Martin, tu avais plus d'un motif pour ne pas porter Aldric dans ton cœur.

L'évêque regarda les enquêteurs, tout interdit.

— Quoi, balbutia-t-il, vous pourriez penser qu'un serviteur de Dieu...

— Nous ne pensons rien du tout sinon que cet Aldric s'était fait beaucoup d'ennemis et que, sauf s'il nous est révélé par miracle qui a versé le poison et comment...

— Car il a été empoisonné ? Quels temps nous vivons ! Empoisonné !... En plein banquet !...

L'évêque frissonna, puis parut prier.

— Oui, empoisonné en plein banquet avec serveurs, saltimbanques, hôtes nombreux et va-et-vient incessants, ce qui rend notre enquête particulièrement difficile. C'est le mobile surtout qui guidera notre recherche.

— Et moi qui étais venu vous aider, murmura Martin.

— Mais tu nous as beaucoup aidés, conclut Erwin doucement.

L'intendant qui avait été convoqué ensuite se présenta devant les envoyés du souverain avec un air et une attitude qui voulaient signifier déférence, franchise et bonne volonté. Mais son visage chafouin ne plaidait pas pour lui. Childebrand l'interrogea sans ménagements. Il répondit que de la place où il se trouvait, il lui était difficile d'observer ce qui se passait du côté d'Aldric. Non, il n'avait rien remarqué sortant de l'ordinaire, ni dans le comportement des hôtes, ni dans l'attitude des serveurs. Pour la table d'honneur ceux-ci avaient été triés sur le volet, mais il ne pouvait affirmer qu'aucun aide ne s'était approché de cette table. Le sénéchal serait mieux à même que lui de fournir des précisions sur ce point.

Erwin, qui avait semblé jusque-là se désintéresser de l'échange de vues, fixa tout à coup l'intendant et lui dit :

— Pourrions-nous ensemble essayer de reconstituer comment s'est déroulé le banquet ? C'est lors du premier service que s'est produit un premier incident si ma mémoire est exacte. Le comte Childebrand ici présent ayant porté une santé, Aldric s'apprêtait à faire de même et, rabroué par Thiouin, dut y renoncer, faisant passer sa fureur sur une perdrix rôtie.

— Je ne me souviens de rien de tel. Je n'ai rien remarqué.

— C'était au début du service, mais peu importe. Y avait-il déjà eu des déplacements parmi les convives ?

— Certainement pas ! Chacun attendait que le festin commence.

Erwin reprit après une courte réflexion :

— Venons-en donc à cet esclandre au cours duquel Aldric s'en est pris au comte, à ta femme et à toi-même...

— Quelle honte ! quel épouvantable scandale ! Un ivrogne débitant des propos, des insultes, des calomnies infâmes. Ah ! je vous jure...

— Tu jureras plus tard, interrompit l'abbé. Laissons cela pour l'instant. Il me semble que les va-et-vient se sont multipliés avec l'arrivée des saltimbanques.

L'intendant qui avait réfléchi un long moment parut sortir d'un songe et, fixant l'abbé, lui dit :

— Pourquoi me demandes-tu tout cela ?

— Parce qu'Aldric a été empoisonné et qu'il est essentiel de savoir qui était en position de le faire et comment.

— Empoisonné ? murmura Bodert. Empoisonné... Malgré tout, c'est affreux, n'est-ce pas ?

Il sembla méditer, les yeux dans le vague, puis se secouant, il reprit :

— Mais tu m'as demandé... Ah oui ! Après cette effroyable scène, Gertrude est venue me voir, vous imaginez dans quel état... Je me suis efforcé de l'apaiser mais sans grand succès, étant moi-même partagé entre tristesse et colère.

— Ensuite ?

— Voyons... Je me souviens maintenant : pour tenter d'oublier l'algarade d'Aldric, nous nous sommes approchés des montreuses d'ours. Beaucoup avaient fait comme nous.

— Comment a procédé celle qui a fait la quête ?

— Elle est passée à la ronde avec son tambourin.

— Ainsi, elle a très bien pu s'approcher de la place où devait se tenir Aldric. Au fait, s'y trouvait-il ?

— Je ne me souviens pas. Je n'ai pas fait attention. J'avais l'esprit ailleurs. J'ai regagné mon siège après avoir laissé aux domestiques le temps de desservir.

— Donc nous avons là quantité de personnes qui se sont approchées de la table d'honneur ?

— Sans doute.

— Et que s'est-il produit au moment où la troupe de singes et de chiens a commencé sa représentation ?

— De nouvelles allées et venues. Vous savez ce qui se passe, après des heures de banquet, quand arrive le troisième service. Je dois vous dire que, comme beaucoup, je n'ai remarqué l'absence du vicomte qu'au moment où le maître de table s'est approché du comte Thiouin pour lui parler à l'oreille.

Erwin fit signe à Childebrand que, pour sa part, il en avait terminé. Le comte, après s'être éclairci la voix et avoir bu un gobelet d'eau fraîche, déclara à l'intendant qu'aussi désagréable que ce fût pour lui, il lui fallait revenir sur le très fâcheux incident.

— Il s'agit d'abord d'accusations graves touchant

l'honneur d'une femme, la tienne, et contre lesquelles je me suis élevé de la manière qu'on sait. Accusations graves et publiques. Je dois observer qu'on n'agit pas comme l'a fait Aldric à la légère, sans motif. L'ivresse n'explique pas tout.

— Chacun sait, répondit l'intendant, qu'Aldric était très épris de Gertrude qui n'a jamais rien fait pour susciter sa convoitise. Plus il se faisait pressant, et plus elle était obligée de montrer de rigueur. Cela fait des mois qu'il la poursuit de ses assiduités, lui offrant des cadeaux qu'elle doit lui renvoyer, multipliant des occasions de rencontre qu'elle doit éviter. Je suppose qu'il en a été fâché, puis exaspéré. Dans son esprit, il a imaginé des fables, ignobles au-delà de tout. L'ivresse n'explique peut-être rien, sauf qu'elle a permis à cette rancœur venimeuse qu'il avait tenue jusque-là secrète de se déverser au grand jour.

— C'est plausible, dit Childebrand. Quant aux autres accusations, celles qui concernent l'acquisition de domaines et biens de toutes natures, la réfutation en sera aisée. Dans les plus brefs délais l'un de nos experts, Timothée, accompagné d'un notaire, consultera l'inventaire de ce que ta femme et toi possédez ainsi que tous les documents concernant tes comptes passés et présents. Il aura pouvoir d'interroger tes régisseurs et serviteurs.

La face de Bodert s'empourpra.

— La parole d'un homme honnête ne suffirait-elle pas ? lança-t-il avec humeur. Avez-vous réfléchi à ce qu'il adviendra de notre réputation quand on saura qu'il est procédé à une inquisition de cette nature, susceptible d'accréditer les calomnies d'un furieux ?

— Un furieux qui a été empoisonné ! répliqua Childebrand. Crois-moi, des accusations publiques comme celles proférées par Aldric, suivies d'un meurtre, sont infiniment plus graves pour une renommée qu'une vérification qui nous permettra d'apporter la preuve que les propos d'Aldric n'étaient que calomnies d'un homme évincé.

— Je proteste néanmoins contre cette enquête discriminatoire !

— Tu auras pour agréable de te conformer à nos ordres.

— Puis-je faire autrement ? Non, n'est-ce pas... Bien !... Le temps de rassembler et de mettre en ordre les documents que vous souhaitez consulter, et ils seront à la disposition de votre...

— Timothée ! Il fera diligence.

Comme Bodert demeurait assis, l'air hésitant, Childebrand lui demanda :

— Autre chose ?

— Je me rends compte que je ne vous ai pas parlé d'Aldric... Il faut que vous sachiez qui il était, je veux dire au-delà de son apparence... Oui, quel homme c'était vraiment !... Aldric, c'était le diable !

— L'évêque Martin n'est pas allé jusque-là, dit Erwin.

— Il vous en a donc parlé. Vous a-t-il dit quelle canaille c'était, quel monstre : exactions, forfaitures, violences, détournements, enlèvements, meurtres peut-être, voilà les degrés de son ascension ! On ne compte plus ceux auxquels il a fait du tort plus ou moins gravement. Je connais dix personnes qui pourraient vous parler de lui savamment. Tenez ! Donatien, par exemple, vous dira quel mal il a fait aux édiles municipaux et aux notables auxquels il a extorqué des sommes exorbitantes par abus de pouvoirs, menaces et violences.

— Apparemment, à ce qu'on dit, Aldric s'était

fait depuis des années beaucoup d'ennemis, souligna Childebrand. Mais, vois-tu, pour passer à l'acte et donner à quelqu'un du poison, à grands risques d'être surpris, il ne suffit pas d'une haine recuite. Il y faut un mobile plus immédiat.

— Ou une bonne occasion.

— Mais, dis-moi, reprit le Saxon, tu ne manquais pas de motifs, toi non plus ?

— J'attendais cela, répondit l'intendant. Gertrude, n'est-ce pas ? Mais on n'assassine pas un rival évincé. Ce serait plutôt l'inverse.

— Et tu es bien vivant, n'est-ce pas ?

L'intendant Bodert s'inclina devant les deux missi dominici et sortit de la salle d'audience.

Lorsqu'il eut quitté la pièce, le comte Childebrand demeura un instant songeur, puis il dit à l'abbé :

— Voilà une description bien noire ! Évidemment, elle suggère vingt meurtriers possibles, autant que d'hommes lésés, humiliés, ruinés, meurtris dans leurs sentiments, leur esprit, leurs intérêts et même dans leur chair. Ne crois-tu pas que trop, c'est trop ? Quel monstre pourrait égaler le portrait que Bodert nous a fait d'Aldric ?

— Martin avait abondé dans le même sens.

— Peut-être avait-il intérêt lui aussi à accabler la victime... ne serait-ce que pour soutenir sa plainte.

A cet instant l'officier vint indiquer aux deux missi que les médecins demandaient à être entendus. Celui qui leur servait de porte-parole, après avoir été introduit auprès des enquêteurs, confirma qu'Aldric avait bien été victime d'un meurtre par le poison. Il en décrivit minutieusement la nature et indiqua qu'il se présentait sous la forme d'une poudre qu'on pouvait soit verser dans une boisson, soit mêler à des aliments. Sous un faible volume son ingestion était mortelle. Cela signifiait qu'il suffisait d'en enduire un objet utilisé par la victime, assiette, gobelet, couteau... pour obtenir un résultat funeste.

— Avez-vous pu examiner ceux dont la victime s'était servie ? demanda Childebrand.

— Oui, sans rien découvrir de suspect. Cependant les ustensiles ont été fréquemment renouvelés. D'autre part le poison a pu être répandu à la surface des aliments, ne laissant donc aucune trace, ou très faible.

— Ne pouvait-il alors être décelable à la vue ou au goût par la victime ?

— Difficilement, surtout à cet instant du banquet, les sens étant émoussés. Car il a dû être ingéré soit à la fin du deuxième service soit tout au début du troisième, étant donné le moment probable de la mort.

— En supposant que les objets de table de ce service-ci soient demeurés en place, vous auriez pu découvrir des traces du poison. N'était-il pas plus sûr pour le meurtrier d'agir lors du deuxième service, sachant que ses assiettes et plats seraient enlevés ?

— Le temps d'action du poison dépendant de la quantité absorbée, je ne peux rien dire de certain à ce sujet.

Le médecin, après une pause, reprit :

— Je dois ajouter ceci : une coupe a été trouvée dans le vestibule sur le seuil duquel a été découvert le cadavre du vicomte. Elle était à terre. Ce qui nous a intrigués, c'est qu'elle ne contenait aucune trace de liquide. Elle avait été sans doute soigneusement essuyée ou alors n'avait pas servi.

— Poursuivez les recherches le temps que vous estimerez nécessaire, ordonna Childebrand. Nous vous rencontrerons ultérieurement. Vous avez œuvré avec art et célérité.

— Cette coupe, trouvée à terre, et propre, me préoccupe plus que je ne saurais dire, murmura Erwin après que le médecin eut quitté la pièce.

— En tout cas, cela élargit forcément le champ de nos recherches, qui se révélaient déjà bien incertaines, sur la façon dont le poison a été administré, concéda Childebrand. Cela a-t-il un sens de continuer nos interrogatoires ?

— J'aimerais bien entendre cependant la femme du comte Thiouin et aussi, évidemment, celle qui fut au cœur de cet étrange esclandre, déclara Erwin.

Childebrand acquiesça de la tête et, marchant vers la porte, indiqua que, par courtoisie, il allait quérir lui-même la comtesse Hertha.

La salle du banquet offrait un aspect lugubre. Hermant ayant veillé qu'il ne fût touché à rien, les ustensiles étaient demeurés sur les tables ainsi que les victuailles dont se dégageait une odeur écœurante. Le froid gagnait, les braseros n'étant plus alimentés. Certains convives tentaient de se reposer, appuyés sur les tables, d'autres de se réchauffer en marchant de long en large. Les serveurs, assis par terre et parlant entre eux à voix basse, avaient pris leur parti de cette longue attente, l'affaire ne les concernant guère. Les gardes, toujours debout, recrus de fatigue, titubaient à leurs postes.

Sur les visages aux traits creusés se lisaient l'ennui, l'irritation, un abattement proche de la révolte. Les femmes surtout avaient pâti de cette longue et irritante attente. On était bien loin de l'animation qui se voulait allègre et qui avait régné au début des agapes, loin même de l'émotion qu'avait suscitée la déclaration de Childebrand annonçant le meurtre d'Aldric. Les apartés étaient maintenant comme un murmure grondant et menaçant.

Quand le comte pénétra dans la salle, des cris de protestation l'accueillirent. Le chef de la garde d'Autun, Guénard, s'avança vers le comte et lui lança que « tout cela avait assez duré et que si les enquêteurs du roi ne mettaient pas fin rapidement à ce supplice, quoi qu'il dût lui en coûter, il prendrait sur lui de rendre leur liberté aux nobles hôtes du comte Thiouin ! ».

— N'en fais rien, répondit sèchement Childebrand, il t'en coûterait en effet fort cher car nos gardes, à nous, feront respecter nos ordres sans ménagements ! Mais j'étais venu précisément vous dire qu'en dehors de ceux qui avaient pris place à la table d'honneur et n'ont pas encore été entendus, tous les autres pouvaient regagner leurs demeures. Tout peut être à présent desservi. Et qu'on alimente les braseros !

Les serviteurs reprirent leurs besognes, les hôtes se dirigèrent lentement vers la porte. La vie reprit. Guénard s'étant approché pour une nouvelle protestation au nom de ceux qui étaient encore retenus, le comte lui lança :

— Cela suffit !

Puis, se tournant vers la comtesse, il la pria de le suivre jusqu'à la salle d'audience. Assise, comme perdue dans ses rêves, celle-ci parut en émerger avec peine, se leva sans un mot, visage inexpressif, et se dirigea vers la pièce où siégeaient les enquêteurs du roi.

Childebrand, après un préambule courtois, lui demanda, comme aux autres, si elle n'avait rien remarqué qui fût susceptible d'éclairer la justice.

Non, rien ne l'avait frappée. Elle répondit d'une voix lasse, et souvent par monosyllabes, aux quelques questions que le comte lui posa encore, par acquit de conscience, sur ce point.

— Aussi pénible que cela puisse être pour vous, lui dit alors l'abbé s'adressant à elle en francique, je dois évoquer l'attitude très singulière du vicomte Aldric, ses sous-entendus menaçants. Cela ne vous a-t-il pas intriguée ?

Le visage de Hertha s'assombrit, se crispa et des larmes lui vinrent aux yeux. Elle secoua la tête sans répondre.

— Voyons ! reprit Erwin. Déjà, au moment de l'esclandre, j'ai remarqué, malgré moi, combien vous en étiez affectée. Et maintenant encore...

— Je ne sais pas, je n'ai rien à vous dire, murmura la comtesse.

Puis, se redressant sur son siège, elle cria aux deux enquêteurs :

— Cela ne vous suffit-il pas ? Laissez-moi ! Laissez-moi en paix ! N'avez-vous pas déjà fait assez de mal ! Pourquoi êtes-vous venus ici ? Partez ! Laissez-moi !

Elle prit son visage entre ses mains et éclata en sanglots.

Erwin s'approcha d'elle :

— Reprenez vos esprits, ma fille, lui dit-il doucement. Prions ensemble. Dieu vous accordera la paix de l'âme.

— Laissez-moi, je vous prie !

L'abbé joignit les mains pour une courte prière, tandis que Hertha séchait ses larmes. Puis il l'accompagna jusqu'à une tenture qui dissimulait une porte par où elle pouvait gagner ses appartements directement.

Après son départ, les deux missi firent mander ensemble Donatien et sa femme Octavie. Le chef du municipe tint sur Aldric des propos qui s'approchaient de ceux qu'avaient déjà formulés l'évêque Martin et l'intendant Bodert. Lui non plus ne le portait pas dans son cœur. Quant à sa femme, elle entreprit la chronique des méfaits commis par le vicomte avec une alacrité de langue qu'une pénible attente n'avait pas entamée.

Childebrand coupa court : lors d'une nouvelle entrevue, il ne manquerait pas de faire prendre note de cet aspect des choses. Au moment où le couple se disposait à partir, le Saxon, s'adressant à Octavie, lui demanda, « comme cela en passant », si la comtesse Hertha, qu'ils venaient d'entendre, l'honorait de son amitié.

— Assurément ! répondit avec fierté la femme de Donatien. Et je crois que la pauvre a bien besoin de mon dévouement !

— Voyons, Octavie ! dit son mari, désireux apparemment de l'interrompre.

— Mais je m'en flatte ! Et puis je n'ai rien à cacher, moi. Je suis honnête femme, comme elle ! Et si entre honnêtes femmes on ne se soutient pas — même entre une grande dame comme elle et une simple notable comme moi —, ce seront toujours les garces qui triompheront.

— Cela n'intéresse pas les nobles envoyés du roi, tu le vois bien, avança encore son époux.

— C'est à nous d'en juger, trancha Childebrand.

— Tu vois bien, triompha Octavie. Je sais ce que je sais et je sais ce que je dis... Comme si tu ne savais pas toi-même de qui je veux parler !

— Il y a trop de racontars, trop de commérages, jugea Donatien. La réalité est déjà assez pénible.

— Quoi ! Ce serait un racontar, peut-être, toutes les cajoleries de Gertrude pour le comte lui-même qui dut y mettre bon ordre et...

— Assez ! cria le chef du municipe.

— Mais...

— Assez, te dis-je ! Te rends-tu compte de la portée de tes paroles, de leurs possibles conséquences ? Oublies-tu qu'un meurtre vient d'être commis et que son auteur est recherché par les envoyés du souverain ici présents ?

— La comtesse est si charitable, si bonne, dit Octavie en pleurnichant.

— Sur ce point nous sommes bien d'accord, lui répondit rudement son mari. Mais cela n'a rien à voir avec notre propos.

Childebrand demanda à l'officier de raccompagner le chef du municipe et sa femme jusqu'à la porte. Puis il fit servir une collation, accompagnée de vin chaud aux aromates, à laquelle le Saxon ne toucha guère. L'officier et les gardes, eux, accueillirent avec plaisir ce réconfort. La femme de l'intendant fut ensuite mandée.

Elle attendait cette convocation paisiblement, à sa place, conversant avec son mari qui l'avait rejointe. Elle avait eu le temps d'arranger ses vêtements, de se recoiffer et de raviver l'éclat de son visage. Elle se présenta avec aisance devant les envoyés du roi.

Après les questions inévitables sur les va-et-vient pendant les différents services du banquet, Childebrand en vint rapidement à l'esclandre qu'avait provoqué Aldric, la mettant en cause ainsi que son mari et s'en prenant même au comte Thiouin.

— Comme vous l'avez vu, répondit Gertrude, j'ai tenté de lui faire entendre raison. Mais il était hors de lui. Jamais je ne l'avais vu ainsi. Apparemment le vin lui avait complètement troublé l'esprit.

— Le vin, fit remarquer Childebrand, peut produire bien des effets. Mais lorsque le vicomte a lancé ses accusations, il n'avait rien d'un homme saisi par un délire. Exalté sans nul doute, mais non extravagant.

— Je vous assure qu'il était hors de lui, poussé aux pires divagations par une passion démesurée et une jalousie exacerbée.

— ... dont tu es à la fois l'objet et la cause ?

— Hélas ! et bien malgré moi, crois-le, soupira Gertrude. Mais qu'y puis-je, moi, s'il me poursuit de ses assiduités, s'il s'arrange pour être toujours sur mon chemin et me rencontrer à tout bout de champ ? Qu'y puis-je si je lui inspire un sentiment encombrant, excessif...

— Oublies-tu qu'il est mort ? interrompit le comte.

La femme de l'intendant prit un air contrit.

— Que Dieu m'en pardonne, dit-elle. Mais, je le répète : qu'y pouvais-je ? Devais-je m'enlaidir à plaisir, ne sortir que coiffée et vêtue à la diable, boiter, contrefaire ma taille ?...

— Donc tu n'as jamais et en rien encouragé sa passion ?...

— Que veux-tu dire ? interrompit-elle. Encouragé ? Ah ! non alors ! Mais découragé, oui, et combien de fois, jusqu'à refuser le moindre de ses cadeaux pour ne lui laisser aucun espoir !

Elle regarda Childebrand avec effronterie :

— Mais peut-on pourtant se présenter partout et en toutes occasions avec un maintien raide et un visage revêche ? Que veux-tu, mon naturel est de sourire, de rire et, bien que je m'y sois efforcée, je n'ai jamais pu tenir longtemps une allure désagréable. Mais l'encourager lui ? Non, assurément ! Ni lui, ni personne !

— L'encouragement, dit l'abbé avec un regard perçant, n'est péché et crime que lorsqu'il est conduit jusqu'à ses ultimes conséquences.

La femme de l'intendant le fixa, interdite.

— C'est bien pourquoi, répliqua-t-elle, je me suis conduite de manière qu'il n'y ait aucune équivoque.

— Bien entendu, reprit Childebrand. Mais revenons un instant à l'algarade et à ses suites.

— Est-ce nécessaire ?

— D'après ce que nous savons du moment de sa mort, Aldric a dû absorber le poison...

— Mon mari m'a appris qu'il avait été empoisonné. Croyez ce que vous voudrez mais sa mort, et aussi affreuse, m'a donné grande peine, malgré tout.

— Aussi as-tu à cœur de nous aider. Donc il a dû absorber ce poison à la fin du deuxième service ou au début du troisième. N'as-tu rien observé, toi qui étais assise à côté de lui, quelque fait, même apparemment de peu d'importance, qui soit susceptible de nous éclairer sur la façon dont la substance mortelle lui a été administrée ?

— Rien, en vérité, je vous l'assure. Après l'incident, mon mari est venu me parler pour apaiser ma colère et ma honte et me demander de prendre sur moi. J'étais prête, je l'avoue, à une riposte publique et cinglante. Finalement j'ai décidé, m'étant calmée, de reporter les mises au point à plus tard.

— As-tu pu observer si le vicomte se déplaçait ? Tu étais assise à son côté, cela n'a pu t'échapper.

— Je ne saurais dire. Je me suis moi-même levée à plusieurs reprises pour aller en particulier voir le spectacle des montreuses d'ours et des chiens savants.

— Peut-être te souviens-tu du moment où pour la dernière fois, le vicomte a quitté la table ?

— Je me suis aperçue de son absence, me semble-t-il, au début du troisième service. Oui, je parlais avec toi, comte Childebrand, et me retournant vers la gauche j'ai vu son siège vide. Tu as dû l'observer aussi. C'est peu de temps après que le maître de table est venu parler à l'oreille de notre comte.

Elle marqua une pause puis reprit :

— Je ne suis pas si sotte que de n'avoir pas compris où tu voulais en venir avec tes questions doucereuses. « Quoi de plus facile pour elle qui était assise à côté de la victime que de verser du poison dans son gobelet ou sur son manger », pensais-tu. Mais tu me vois, sous l'œil de tous, y compris sous vos regards, seigneurs, sortir une fiole de ma manche, ou bien quelque boîte emplie de poudre, ouvrir l'une ou l'autre pour en verser tranquillement le contenu dans une coupe ou sur des mets ? Et pour quelles raisons aurais-je accompli cet acte criminel, insensé ?

— Nous ne sommes pas si sots que d'avoir pensé cela, dit l'abbé d'un ton ironique.

— Voilà qui est mieux, dit-elle. Et puis, mon père, s'il fallait donner le poison à tous les galants évincés et jaloux, les honnêtes femmes devraient se le procurer par setiers ! Bien ! Je pense que vous en avez terminé ?

Comme elle faisait mine de se lever, Childebrand l'interrompit d'un geste.

— Aldric et ton mari, demanda-t-il, étaient souvent conduits à travailler ensemble à la gestion du comté et du domaine comtal ?

— Pas exactement, dit-elle après un temps de réflexion. Comme tu le sais, le vicomte devait évidemment s'occuper de tout ce qui concerne le comté, mon mari, lui, du domaine propre.

— L'une et l'autre gestions ne sont pas si séparées cependant ?

— Il est vrai. Les corvées, l'entretien des routes, la perception des redevances et aussi le remboursement des dettes...

— Tu es bien savante en ces domaines.

— J'aide mon époux du mieux que je peux. Oui, je disais que tout cela et bien d'autres choses encore appellent, je veux dire appelaient des rencontres pour que de part et d'autre on aille du même train. Tenez, quand le comte Thiouin a ramené de Frise des familles qu'il a installées sur des manses du domaine, il a bien fallu qu'Aldric, en accord avec nous, prenne des dispositions pour prévenir leur fuite.

— Donc, fit remarquer Childebrand, Aldric et Bodert avaient à examiner ensemble plus d'un problème, à prendre plus d'une décision. Et pour cela, ils étaient bien obligés de se voir fréquemment ?

— Sans doute.

— Cela se passait-il sans heurt ? S'entendaient-ils bien ?

— Nécessité fait loi, répondit Gertrude. Leurs rapports sont restés courtois jusqu'à cette détestable nuit.

— Pourtant la passion que te vouait Aldric, ses excès et cette jalousie morbide, qui ne doivent pas dater d'hier, n'étaient pas faits pour arranger les choses. Comment un mari peut-il supporter un homme, un vicomte en l'occurrence, qui se pose en rival, convoite sa femme et veut la mettre sur sa couche ?

— Quand le mari est sûr de sa femme ! répliqua Gertrude avec orgueil.

— Cela peut s'entendre de bien des façons, murmura le Saxon.

— Que veux-tu dire ? lui lança-t-elle. Moi, je ne l'entends que d'une façon : celle de mon honneur !

— Donc, conclut Childebrand revenant à sa préoccupation, le vicomte et l'intendant s'entendaient aussi bien que faire se pouvait.

— Dois-je le répéter ? Étant donné les circonstances, oui ! En avez-vous enfin terminé ?

Après que le comte eut remercié Gertrude pour sa patience et la précision de ses réponses et qu'il l'eut reconduite jusqu'à la salle du banquet où l'attendait Bodert, tandis que les serviteurs s'affairaient encore, il revint vers Erwin qui patientait, assis, les coudes sur la table, pensif et toujours aussi frais.

— Rude gaillarde, lança Childebrand. Pas facile à désarçonner.

— Fine mouche surtout, ajouta le Saxon qui s'était levé. Mais je crois, ami, que nous avons fait ample moisson. Voilà beaucoup de grain à moudre...

Timothée vint leur dire que leurs montures les attendaient, à moins qu'ils ne préfèrent une voiture où ils seraient mieux à l'abri d'un froid épouvantable qu'aggravait un fort vent.

— Nous prendrons nos montures, dit l'abbé, qui ordonna qu'on apporte leurs fourrures.

— Nous échaufferons nos chevaux qui doivent aussi avoir froid et espérer l'écurie, et ils nous réchaufferont le cul, lança Childebrand en riant.

— On peut voir les choses ainsi, répliqua le Saxon gravement.

CHAPITRE III

Le lendemain, dès le matin, les deux missi tinrent conseil avec Hermant, Timothée et frère Antoine. Puis Childebrand et Erwin, accompagnés du Pansu, quittèrent ensemble leur villa des bords de l'Arroux pour se rendre à l'évêché afin d'y poursuivre leurs investigations.

Ils y trouvèrent Martin en conversation animée avec un avoué devant une pile de documents qui avaient été déroulés et que des clercs maintenaient à plat sur une table. L'évêque ne manifesta aucune surprise. Il remercia les deux envoyés du roi de commencer sans tarder leurs vérifications concernant la possession des quatre domaines contestés. La charte royale qui fondait incontestablement ses droits était là. Il la produisit avec orgueil. Frère Antoine s'en empara pour un examen minutieux.

Les missi dominici s'entretinrent un instant avec l'avoué qui se rengorgeait, fier d'avoir été présenté à des familiers du roi, et qui se répandait en flatteries. Quand il fut parti, Martin crut devoir évoquer les événements « qui avaient endeuillé un banquet si réussi » avec des paroles d'affliction et une attitude de navrement que démentait une lueur de satisfaction allègre dans le regard. Puis il revint à son affaire.

— Je suppose, avança-t-il, que vous avez l'intention de vous rendre sur les domaines dont le comte s'est emparé. Bien que j'aie cent choses à dire sur ce que sont devenues ces malheureuses terres et sur le sort de ceux qui tentent d'y vivre, je n'en ferai rien car les faits parlent d'eux-mêmes. Mais je dois cependant vous avertir de ceci : sur certains manses vous trouverez des fermes vides ; si vous vous renseignez alentour, on vous dira qu'il n'y a pas si longtemps elles étaient encore habitées et que leurs tenanciers faisaient prospérer des bonniers[1] et des bonniers de labours et de vergers, tandis que sur les prés paissaient de gras troupeaux. Vous verrez ce qu'il en est, par places, à présent. Et vous constaterez aussi quels sont ceux qu'on a installés sur les tenures dont les bénéficiaires de jadis ont disparu.

Tandis que frère Antoine poursuivait son expertise, la conversation, un instant languissante, rebondit lorsque l'évêque en vint à évoquer les effets de la famine qui avait frappé le comté trois années auparavant, faisant des morts par charretées. Ce fut l'occasion pour le prélat de clouer au pilori « ces spéculateurs qui, ayant fait provision de grain et de vin, les revendaient au prix fort malgré les prescriptions royales, réalisant ainsi des bénéfices scandaleux ».

— De cela aussi nous nous occuperons, déclara Childebrand.

A ce moment revint frère Antoine qui avait terminé l'examen de la charte épiscopale. Avant que le clerc ne la replace dans son étui, Erwin s'en saisit avec précaution puis, l'élevant devant une ouverture que traversaient les rayons du soleil d'hiver, il la regarda, après quoi il la remit à l'évêque.

1. Un bonnier valait environ dix arpents.

Devançant les questions de ce dernier qui désirait sans doute savoir quelles étaient les conclusions de l'expertise, Childebrand lui dit :

— Tu comprendras qu'avant toute révélation sur la nature de cette charte, il nous faudra procéder à l'examen de celle qui se trouve en la possession du comte Thiouin. D'autre part, alors que notre mission portait initialement sur le litige foncier qui t'oppose à ce dernier, il s'agit maintenant d'élucider les causes et les circonstances d'un meurtre, de démasquer un assassin et de découvrir éventuellement ses instigateurs ou complices. L'expertise à laquelle il vient d'être procédé entre donc dans le cadre d'une enquête générale à laquelle pourrait nuire toute indication prématurée. Tu seras tenu au courant du résultat en son temps.

L'évêque, qui avait accueilli le retour du frère Antoine avec un sourire engageant, regarda autour de lui, semblant prendre à témoin les objets qui garnissaient la bibliothèque avec un visage rouge de colère.

— C'est inadmissible ! gronda-t-il. J'ai le droit de savoir ce qu'il en est ou plus exactement, étant absolument assuré de l'authenticité de l'acte que j'ai produit, j'entends qu'elle soit confirmée à l'instant ! Tout délai à ce sujet ne serait-il pas interprété par des esprits malveillants de la pire des façons... pour moi et aussi pour vous, étant donné que...

— Il en sera comme nous l'avons décidé et comme cela doit être, coupa le comte avec un geste qui signifiait que la discussion était close.

— Tu seras avisé avant longtemps, ajouta Erwin d'un ton apaisant.

Quand les missi accompagnés de leur volumineux expert furent de retour à leur quartier général, frère Antoine leur livra enfin ses conclusions :

— Cette charte, énonça-t-il, porte la signature de Thierry le Quatrième, en la treizième année de son règne[1], et a été établie par la chancellerie de Charles, maire du Palais. Il y est précisé que les domaines énumérés dans une annexe, également datée, sont confiés à la gestion des évêques d'Autun en raison de l'attitude de sauvegarde qu'ils ont maintenue lors du sac de la ville par les Sarrasins[2] et qui a permis de sauver des milliers de vies. Il est stipulé que les évêques devront veiller à relever tous bâtiments détruits ou brûlés, à rétablir ponts et routes, à faire de nouveau régner le bonheur, la prospérité et la paix, à la gloire de Dieu sur ces terres qui leur sont confiées.

— Les quatre domaines concernés figurent-ils expressément sur l'inventaire ?

— Il en est ainsi. Charte et inventaire sont, selon toute vraisemblance, de la même époque et établis par la même main.

— L'écriture, dit Erwin, est apparemment celle qui était en usage à la chancellerie du Palais il y a un demi-siècle.

— Quant au parchemin lui-même, reprit Antoine, rien ne permet de mettre en doute son authenticité. Pour autant que j'aie pu en juger, la peau a été travaillée de la même manière que celle qui était utilisée pour des manuscrits de l'époque considérée et que j'ai eus entre les mains. Les marques que porte cette charte royale sont normales étant donné le temps qui s'est écoulé depuis sa rédaction, et compte tenu du fait qu'elle a dû être sortie de son étui et déroulée assez fréquemment pour être consultée. Je

1. Soit en 734.
2. En 731.

peux encore préciser que l'encre utilisée n'était pas d'aussi bonne qualité que celle dont usent nos clercs aujourd'hui. Et l'écriture ne vaut pas notre nouvelle onciale...

— Cela pourrait se discuter, ponctua le Saxon.

— Ah ! j'oubliais, dit l'expert : les abréviations et les ligatures utilisées permettent aussi de conclure à l'authenticité du document.

— Sans erreur possible ? insista Childebrand.

— Pour autant que le peut une humble raison humaine !

— Dans ces conditions il ne nous reste plus qu'à nous rendre à la chancellerie comtale.

— Quoi ? le ventre vide ? protesta Antoine.

— Peut-on appeler vide une panse pareille ? répliqua Childebrand qui fit cependant apporter une collation.

— Voilà qui est un peu mieux, commenta le moine après avoir dévoré un poulet bouilli et rôti accompagné de larges rasades.

« Ce qui serait piquant, ajouta-t-il la bouche encore pleine, c'est que la charte produite par Thiouin soit également authentique. Mais, à la réflexion, cela n'aurait rien d'extraordinaire. Il est arrivé que des domaines fassent l'objet de deux attributions. Tu sais mieux que moi, mon père, si les archives ont été constituées de façon méticuleuse et complète, sans lacune, au fil des ans, à la chancellerie royale.

— Les temps troublés qui ont marqué la décadence de l'ancienne lignée royale et l'établissement au pouvoir des fils du glorieux Charles ne permettent pas de l'affirmer, répondit l'ami d'Alcuin.

— Nous verrons bien, lança Childebrand, pressant le mouvement.

Au château, le comte Thiouin qui visiblement les attendait, averti sans doute par un coursier, accueillit ses visiteurs avec une déférence aigre.

— On m'a dit, attaqua-t-il, que vous vous étiez rendus d'abord à l'évêché. Peut-être ce cher Martin avait-il encore quelque chose à vous révéler ? Son témoignage, hier soir, vous aurait-il semblé quelque peu sujet à caution ? Il y a ce qu'il dit (le comte fit un geste exprimant un doute méfiant), il y a aussi ce qu'il tait. Tenez : avec quelle férocité il fait prélever la dîme sur ses terres et aussi...

— Nous ne sommes pas venus pour mettre en cause des témoignages, dit Childebrand, ni celui de Martin ni le tien. Nous désirons avoir en main la charte dans laquelle figure l'attribution des quatre domaines contestés de la Voivre, la Porcheresse, Couhard et Pierre Cervau.

— Puis-je vous demander pourquoi ?

— N'est-il pas normal que les envoyés du souverain en mission extraordinaire que nous sommes, enquêtant sur un litige, aient connaissance d'une des pièces importantes ? indiqua Childebrand.

— Vous êtes-vous rendus à l'évêché pour la raison analogue ?

Comme Thiouin ne recevait aucune réponse, il reprit :

— Soit, je vais vous faire tenir la pièce que vous exigez, dit-il en accentuant ce dernier terme.

Un clerc, mandé aussitôt, reçut l'ordre de rechercher et d'apporter la charte royale relative aux terres faisant l'objet du litige. Il revint peu de temps après et remit l'étui au comte qui l'ouvrit avec précaution, sortit le document et le tendit à Childebrand. Celui-ci, après l'avoir déroulé et l'avoir parcouru rapidement, fit le geste de le passer à l'abbé qui déclina l'offre, indiquant frère Antoine qui se tenait un peu à l'écart. Le moine s'en empara et, accompagné du clerc, se dirigea vers une table reculée pour procéder à son examen, ce que voyant le comte Thiouin prit un air réprobateur.

L'étude minutieuse à laquelle se livra Antoine dura un interminable moment. Un silence pesant régnait dans la pièce. Personne ne tentait de relancer la conversation. On entendait seulement de temps à autre le murmure d'une question qu'Antoine posait au clerc archiviste et la réponse chuchotée de celui-ci.

Quand l'expertise fut terminée, le moine se rapprocha des missionnaires et du comte Thiouin, charte en main, Erwin l'examina puis la tendit à Childebrand qui la rendit immédiatement à Thiouin. Celui-ci replaça lui-même le parchemin dans son étui qu'il confia à son archiviste.

— Est-ce tout ? dit-il.

Puis se tournant vers frère Antoine :

— Eh bien ?

Le moine, avec respect, désigna de la main Childebrand qui expliqua à Thiouin, comme il l'avait fait à l'évêque, les raisons pour lesquelles le résultat de l'expertise lui serait communiqué ultérieurement. Le comte se contenta d'un geste exprimant une surprise indignée et raccompagna les missionnaires et leur expert jusqu'au portail sans un mot, formulant seulement sur le seuil des politesses rares et crispées.

En chemin vers leur villa, le Pansu qui avait d'habitude la plaisanterie facile ne desserra pas les dents. Quand ils furent arrivés, questionné par les deux missi, impatients de connaître le résultat de son expertise, il resta encore un long instant pensif.

— Il est bien difficile, dit-il enfin, dans une matière aussi grave et quand se trouve en cause un seigneur si important, de se laisser aller à ses impressions. Cette charte présente tous les aspects de l'authenticité ; elle porte la signature de Pépin roi des Francs et est postérieure d'une année à son sacre par le bienheureux Boniface[1]. Là encore l'écriture, les abréviations et les ligatures sont semblables à celles qui étaient en usage à l'époque à la chancellerie et sont parfaitement reconnaissables. Les formules d'attribution des tenures ne donnent prise à aucune critique. Cependant...

Le moine hésita encore.

— Tout ceci demeurera dans le secret de notre mission, bien entendu, demanda-t-il.

Le comte et l'abbé acquiescèrent.

— D'abord le parchemin. Au toucher, à l'œil, il diffère sensiblement de celui qui était employé dans les premières années du règne de Pépin, en général.

— Il m'a semblé aussi, dit le Saxon.

— Mais comme, à l'époque, les scribes employaient souvent ce qui leur tombait sous la main, si je puis dire, y compris des palimpsestes, cette différence n'a rien de significatif. Autre chose cependant m'a intrigué : la charte ne fait mention que de cinq domaines, l'un qui, m'a précisé l'archiviste, appartient depuis longtemps au comté et les quatre qui sont en litige. Il me paraît curieux que la chancellerie royale ait établi une charte particulière. Sur le document épiscopal les terres contestées figurent avec beaucoup d'autres tenures à l'inventaire. Il serait d'ailleurs intéressant de vérifier à Aix si la trace de ce dernier acte a subsisté aux archives de la chancellerie.

1. Soit 753.

— Cela demanderait de trop longues semaines, observa Childebrand.

— Autre chose, reprit le moine. La charte mentionne la parenté du comte Thierry, père de l'actuel beau-frère du roi Pépin puisqu'il avait épousé Aude...

— Bien, bien, nous savons ! coupa Childebrand.

— Évidemment. Pardonnez-moi ! Ce que je voulais dire : une telle mention était-elle habituelle sur de telles chartes ? Encore ceci : les notaires, en général, indiquaient d'un paraphe discret quel avait été le rédacteur du document. Ici, rien de tel. Enfin cette remarque : je n'ai pas été étonné que Martin produise un parchemin à l'appui de sa demande. Les clercs sont soucieux de leurs archives et les préservent avec soin, les cachant au besoin, ne serait-ce que pour s'opposer aux prétentions des comtes, ducs et autres seigneurs. Mais ceux-ci, veuillez m'en excuser à nouveau, ne s'embarrassent généralement pas de tels scrupules. Ils prennent et ils gardent. A plus forte raison, oserai-je avancer, s'il s'agit d'un très proche parent du souverain. J'avoue que j'aurais été davantage convaincu par l'absence de toute charte que par la présence de celle-ci.

— N'y en a-t-il point d'autres semblables dans les archives du comte ? demanda Childebrand.

— Justement si ! Le clerc archiviste me l'a confirmé.

— Comment : « justement si » ? demanda Erwin.

— Cela aussi m'intrigue.

Manifestement Antoine avait quelque idée en tête, mais il se refusa à en dire davantage.

— Conclusion ? interrogea l'abbé.

— Rien au stade actuel ne permet de mettre en doute l'authenticité du document.

— Mais tu t'interroges ?

— Peut-être.

— En attendant, dit Childebrand, nous avons deux chartes pour quatre domaines et cela ne va pas nous faciliter la besogne. Mais il me vient à l'esprit ceci : pour quelle raison, si la charte est signée de Pépin et que l'attribution remonte à une quarantaine d'années, Thiouin n'a-t-il fait valoir ses droits que récemment ?

— Tu as mis le doigt, seigneur, sur une question bien épineuse. Tu penses bien que lorsque j'ai vu l'année d'attribution des domaines, j'ai interrogé l'archiviste à ce sujet. Il m'a répondu que le document avait été découvert lors d'une remise en ordre ordonnée par Aldric. La charte en question, d'après son enquête, serait parvenue au château de Thierry au moment où celui-ci était en campagne contre les Sarrasins qui poursuivaient leurs incursions dans les vallées du Rhône et de la Saône. Reçue par un clerc négligent, elle aurait été classée à la diable, et mal classée, pour ne revoir le jour qu'il y a deux ou trois années, à l'initiative du vicomte.

— Plausible, n'est-ce pas ? dit Childebrand en se tournant vers Erwin avec un air dubitatif.

— Plausible, dit le Saxon. Mais je plains les comtes d'avoir perdu pendant de si longues années les revenus de si fructueux domaines.

Comme le soir tombait, Hermant revint du château où il avait passé la journée avec les régisseurs, les cuisiniers et les serviteurs pour tenter d'élucider la manière dont le poison avait pu être versé dans la boisson ou sur les aliments du vicomte Aldric.

— L'affaire se complique, dit-il sans préambule aux deux missi et à frère Antoine. Le maître de table m'a affirmé que toutes les boissons et tous les mets qui étaient servis à la table d'honneur étaient auparavant goûtés par deux serviteurs de confiance, précisément pour vérifier qu'ils ne contenaient aucune substance nocive...

— Merci pour nous qui n'avons pas bénéficié de cette protection ! plaça frère Antoine.

— ... Mais pour ne pas troubler la quiétude des convives, cette vérification fut opérée dans les cuisines avant que flacons et plats ne les quittent pour le banquet. J'ai pu converser avec les serviteurs désignés pour cette épreuve. Ils m'ont juré leurs grands dieux que rien n'avait échappé à leur vigilance de bouche.

— Reste donc le trajet entre les cuisines et la salle, fit observer Childebrand.

— Naturellement, j'y ai pensé, reprit Hermant. Les serveurs qui en avaient la charge appartiennent tous depuis longtemps à la domesticité comtale, parfois de père en fils. Il n'y a pas d'esclaves parmi eux, seulement trois ou quatre affranchis. Cela m'a pris du temps mais j'ai fait comparaître tous ceux qui étaient en cause. J'avoue ne pas en avoir tiré grand-chose car ils étaient figés par le respect ou morts de frayeur.

— Aussi tu es trop impressionnant, lança le Pansu. Naturellement, ils n'ont rien fait d'autre que transporter et servir, ils n'ont rien vu, rien remarqué.

— Je n'arrive pas à croire, dit le chef de la garde, que l'un d'entre eux ait pu prêter la main à une entreprise criminelle.

— Et quant aux aides ? demanda l'abbé.

— Des hommes et femmes connus, appartenant à des manses situés près de la ville et assez souvent sollicités pour de telles circonstances. Le sénéchal m'a affirmé qu'aucun inconnu n'aurait pu se glisser parmi eux ; mais il a reconnu qu'il y avait beaucoup de monde, beaucoup de va-et-vient...

— Tous avaient-ils reçu une livrée ?

Hermant avoua qu'il ne s'était pas occupé de ce point, mais qu'il serait facile de s'en assurer.

Timothée fit son entrée à ce moment-là dans la salle de conseil, visiblement harassé et demandant avant toute chose le réconfort d'un grand gobelet d'hydromel. Il expliqua qu'il avait passé la journée à éplucher les comptes de l'intendance.

— Pour l'instant, dit-il, je n'ai examiné que la gestion du domaine réservé. Encore n'en ai-je pas terminé. Loin de là. C'est long et compliqué. Autant de tenures, autant de situations.

— Est-il bien utile d'étudier cela dans le détail ? demanda Hermant. Ces gens-là t'intéressent-ils ?

— D'abord oui, et qui sait d'où peut jaillir la lumière ?

— Épargne-nous quand même de nous révéler ce que nous savons, dit Childebrand.

— Très bien ! répondit Timothée en caressant sa barbe. Je saute à la conclusion. Un : redevances et corvées tombent dru : volaille, bétail, laitages, fenaison, moisson, vendange, charr...

— Abrège donc, Goupil ! lança le Pansu.

— Où les intendants n'ont-ils pas la main lourde ? fit remarquer l'abbé.

— Deux : ce qui m'a frappé, c'est la complication de tout cela, reprit le Grec. Sauf pour Bodert, et peut-être sa femme, difficile de se reconnaître dans cet embrouillamini ! J'ai idée que le ménage en question le cultivait pour son plus grand profit. A vérifier !

— Trois ? suggéra Hermant.

— Eh bien, trois, demain j'expertise les comptes personnels de Bodert, son trésor, les bijoux, les...

— Et quels rapports avec les responsabilités du vicomte Aldric ? interrompit Childebrand.

— Affaire compliquée, là aussi. On ne pourra la démêler qu'en examinant les archives qui concernent le vicomte soit à la chancellerie de Thiouin, soit à la villa d'Aldric...

— ... Où nous avons l'intention de nous rendre demain pour présenter nos condoléances à sa veuve et pour avoir avec elle, si faire se peut, une conversation qui nous éclairera sur les raisons du drame, annonça le comte.

— N'ai-je pas entendu Marie-Flore nous prévenir qu'une bonne galimafrée[1] nous était servie à l'instant ! s'écria le Pansu avec un sourire gourmand.

Le lendemain, le temps sec et glacial avait cédé la place à d'abondantes chutes de neige qui retardèrent la marche des deux missi dominici se rendant à la villa du vicomte.

Ils y furent accueillis par le majordome qui, après s'être renseigné, leur dit que la vicomtesse était disposée à les recevoir, mais dans sa chambre étant donné son état et son chagrin.

L'officier les conduisit lui-même, et avec des marques renouvelées de respect, vers la pièce où elle se tenait, couchée parmi des coussins sur un lit d'apparat, pâle et le visage défait. Childebrand s'avança et lui présenta des condoléances au nom du roi lui-même et au nom de ses plénipotentiaires. Puis

1. Sorte de potée. Pour tout ce qui concerne la cuisine et la gastronomie de jadis, notamment du Haut Moyen Age, on lira avec profit et plaisir *Un festin en paroles* de Jean-François Revel (Ed. Jean-Jacques Pauvert) dont l'auteur s'est inspiré.

l'abbé s'approcha de la couche pour inviter la vicomtesse à réciter en même temps que lui le « Notre Père », après quoi il lui donna sa bénédiction.

Elle fit apporter des sièges et une table, invita ses hôtes à s'asseoir ; elle leur fit servir du vin chaud et, à la demande de l'abbé, de l'hydromel. Elle avait donné à ses domestiques des ordres en francique comme pour inciter Childebrand et Erwin à user de cette langue avec elle, rappelant par la même occasion de quelle grande famille germanique elle était issue. Puis elle demanda au comte Childebrand s'ils avaient pu progresser dans leur enquête, tout en observant elle-même qu'en si peu de temps depuis le drame il ne leur avait sans doute pas été possible de rassembler beaucoup d'indices intéressants. Elle s'était exprimée avec une voix assez ferme malgré son attitude lasse et son visage exténué.

Comme Childebrand, avec beaucoup de précautions, disait que les circonstances de ce drame avaient déjà fourni par elles-mêmes quelques pistes, la vicomtesse se dressant à demi lui dit :

— Ne prenez pas tant de peine, seigneur, pour atténuer la chose. On m'a déjà fait relation complète de ce qui s'est passé, de ce qu'a dit et fait mon époux lors de ce banquet avant d'y rencontrer son trépas. Vous pensez bien qu'on ne s'est pas privé de m'en instruire en guettant sur ma face les effets de la douleur et de l'humiliation. Mais je ne suis pas de celles qui offrent leur chagrin à l'encan. D'ailleurs les révélations de table ou prétendues telles ne m'ont rien appris.

L'abbé saxon, comme Childebrand, était vivement frappé par la dignité sobre de la vicomtesse, dont la race inspirait l'attitude et le langage.

— Je préfère vous révéler moi-même ce que, de

toute façon, vous finirez bien par apprendre et que, sans doute, vous soupçonnez déjà.

Elle s'arrêta un instant pour boire quelques gorgées d'une tisane qu'une servante avait apportée.

— Ce qu'a été ma vie avec Aldric, après qu'il eut répudié sa première femme pour m'épouser, cela ne regarde que moi. Les filles de mon sang ne se marient pas pour être heureuses, en général. Pour une fois j'ai voulu rompre la bonne règle qui veut que l'intérêt familial passe avant toute passion car l'un demeure quand l'autre inévitablement s'estompe avec le temps. J'ai cru qu'Aldric me voulait. Malgré ce qu'on disait de lui je l'ai voulu. Lui, en définitive, ne voulait que mon rang. On vous racontera ses frasques, si ce n'est déjà fait. Oui, je peux avouer sans honte que j'en ai d'abord souffert. Rapidement, me rappelant qui j'étais et qui il était avant moi, je m'en suis désintéressée pourvu que cela ne tourne pas au scandale, c'est-à-dire jusqu'au jour où cette Gertrude s'est trouvée sur son chemin.

Elle regarda Childebrand.

— Vous avez vu quelle femme elle est !

Puis, avec un rire inquiétant, elle reprit :

— N'est-ce pas un comble ? Aldric, je vous l'ai dit, n'avait eu qu'une pensée et qu'une passion : son ambition. Et, somme toute, il était parvenu à ses fins : il avait un rang, de la fortune, un titre...

Elle ajouta avec fierté :

— ... Et il m'avait obtenue, moi, montant ainsi plus haut qu'il ne l'avait jamais escompté... N'est-ce pas un comble, voilà que cet homme — oui, je parle ainsi de celui que j'ai épousé —, capable de tout pour posséder et parvenir, est tombé dans les filets d'une enjôleuse sortie d'une soue, comme un oisillon dans les rets d'un chasseur. Oui, dans ses filets, jusqu'à révéler son inconduite au grand jour, sans aucune retenue, et pire encore, jusqu'à accorder à ce ménage scandaleux des avantages exorbitants, au détriment de nos propres intérêts, de ma propre fortune... Oui, jusqu'à étaler son infamie sous les yeux mêmes des envoyés du souverain, sous vos yeux...

Son visage se crispa :

— ... tandis que j'étais ici, couchée, attendant son enfant, vivant dans la crainte de le perdre, et dans l'espoir de mener à terme la naissance, enfin, d'un héritier mâle. Quelle honte !

La vicomtesse Oda se mit à pleurer. Ni Childebrand ni Erwin n'osaient un geste ou une parole devant un tel chagrin. Essuyant ses larmes, elle dit :

— Comment alors n'aurais-je pas pu penser que Dieu l'avait puni, quelle que soit la main dont Il s'est servi ?

Elle répéta : « quelle que soit la main... ».

L'abbé, alors, lui dit sans élever la voix :

— Mais cela est un blasphème, ma fille. Et même un très exécrable blasphème. Crois-tu que le Très-Haut en use ainsi, en juge ainsi et frappe ainsi ?

— Je ne sais plus ce que je dois croire !...

— ... qu'Aldric, quels qu'aient été ses torts envers Dieu et envers les hommes, était votre époux...

— Hélas !

— ... qu'il était le père de votre fille et de l'enfant que vous portez !...

— Mon Dieu, gémit-elle.

— ... qu'il a été tué par un ou plusieurs criminels ayant utilisé le poison, l'arme des lâches...

— Le poison...

La vicomtesse secoua la tête à plusieurs reprises, répétant :

— Le poison... le poison... est-ce la seule arme

des lâches ? Et pourquoi des lâches ? Mais tous les assassins de l'ombre ne sont-ils pas des lâches ?

— Croyez-vous, reprit Erwin, qu'on puisse leur accorder la moindre indulgence ? Quelles que soient les raisons de votre amertume et de votre rancœur, n'est-il pas de votre devoir de nous aider à découvrir le ou les auteurs du crime...

S'exprimant alors en latin, l'abbé ajouta :

— ... car tu sais très bien qu'ils offensent l'ordre voulu par Dieu, et dont le roi est garant par sa justice.

Oda, assise sur sa couche, prit sa tête entre ses mains et demeura un long instant dans cette attitude de méditation douloureuse. Ce fut Childebrand qui rompit le silence, s'exprimant de nouveau en francique.

— Bien que notre enquête n'en soit qu'à ses débuts, il nous apparaît déjà clairement, dit-il, qu'Aldric par sa conduite, tant dans les affaires publiques que dans les privées, avait excité contre lui bien des haines, s'était attiré bien des ressentiments, avait suscité des colères inexorables, bref s'était créé bien des ennemis. Mais cela ne date pas d'hier, n'est-ce pas ?

La vicomtesse fit un geste évasif.

— Cependant, on ne passe pas de la haine au crime sans motif immédiat, grave, impérieux. Il a dû se produire quelque chose, récemment, voire très récemment, qui a déterminé le ou les meurtriers à agir tout de suite, à perpétrer leur acte funeste. Peut-être ce quelque chose explique-t-il l'étrange conduite de votre époux lors du banquet... Mais si vous êtes maintenant trop fatiguée, je m'en tiendrai là pour l'instant.

— Continuez, je vous prie, répondit-elle.

— Je dois vous demander si Aldric vous a paru changé ces dernières semaines, contrarié, préoccupé ou inquiet, irascible ou abattu, s'il vous a semblé tenaillé par des soucis pressants ?

— Comment une femme, une épouse ne sentirait-elle pas de telles choses ? Oui, j'ai noté de profonds changements : parfois il était comme absent, perdu dans des méditations sombres ; parfois il était pris de colères terribles pour un rien, plongeant la domesticité dans la terreur. Avec moi c'étaient tantôt des cajoleries distraites, tantôt et plus souvent des regards de haine, des reproches sordides. Comment ne pas en deviner la cause, du moins l'une des causes ?

— Gertrude, évidemment ? murmura Erwin.

— Gertrude, évidemment ! Avec l'aide de servantes qui me sont dévouées j'ai pu découvrir, ou plutôt faire confirmer, aisément, ce qui travaillait... mon époux, celui qu'en l'occurrence on aurait dû appeler plutôt son amant. Après deux années pendant lesquelles elle a su le tenir en haleine, au grand bénéfice d'elle-même et de son complice, je veux dire son mari, elle l'a petit à petit écarté de ses faveurs, pour m'a-t-on dit, tenter de s'en prendre au comte Thiouin lui-même. Ayant sans doute estimé qu'elle avait tiré d'Aldric tout ce qu'elle pouvait attendre de sa folie, elle l'a, je crois, jeté comme une coque de noix vide.

— Je comprends, oui, je comprends, interrompit Childebrand. Voilà donc ce qui explique la fureur du vicomte lors du banquet, ses accusations contre le couple, sa mise en cause de Thiouin... Mais je ne vois toujours pas pourquoi cette rupture aurait entraîné le meurtre de votre époux. Qu'il ait, lui, envisagé un acte criminel contre Gertrude, contre

Bodert, contre ceux qui s'étaient joués de lui, à la rigueur on le comprendrait, mais pourquoi est-ce lui qui a été tué ?

— Pas plus que vous, seigneur, je n'aperçois de liaison directe entre ce qu'il faut bien appeler « une trahison », scandaleuse trahison à tous égards, et le meurtre de mon époux.

— Pardonnez-moi, dit alors Erwin, mais son étrange conduite pendant les dernières semaines ne pouvait-elle pas avoir aussi d'autres causes que la rupture de cette — comment dire ? — abominable liaison ?

— Je n'en sais rien ! dit-elle d'un ton lassé. Les derniers temps nous ne nous parlions plus guère, comme si ma grossesse, dont j'avais espéré qu'elle nous rapprocherait, lui était en fait odieuse. Il n'avait jamais été très disert sur la façon dont il dirigeait les affaires du comté qui étaient de son ressort. A partir du moment où il connut Gertrude, il ne m'en dit plus rien. Avait-il des soucis de ce côté-là, et lesquels, je n'en sais rien. Je soupçonne que toutes ces intrigues autour du couple Bodert-Gertrude n'étaient pas sans conséquences à ce sujet. Mais c'est tout.

La vicomtesse se laissa retomber sur les coussins de sa couche.

— Maintenant, je vous prie, laissez-moi. Je suis à bout de forces. Voyez-vous, j'ai toute confiance en vous. Mais, malgré moi, je n'en puis plus.

— Vous avez droit, comtesse, à toute notre reconnaissance, dit Childebrand. Ce que vous avez fait ce soir est digne de votre sang.

— Je m'émerveille, ajouta l'abbé, de tant de lucidité jointe à tant de courage. Je suis certain que le Ciel vous soutient dans cette épreuve. Je prierai pour vous, demandant au Seigneur de continuer à vous accorder le secours de Sa charité et de Sa miséricorde.

— Frieda va vous reconduire jusqu'à la porte, seigneurs.

Frère Antoine avait pensé qu'il lui serait possible de parcourir aisément dans la journée la douzaine de lieues séparant Autun de Chalon. C'était compter sans la neige. Bien que partis aux premières lueurs de l'aube, lui-même et les cinq hommes armés qui l'accompagnaient étaient à peine au-delà de la Dheune quand vint la nuit. Ils firent étape sans trop de regrets à Charrecey, car ils savaient y trouver bon gîte et surtout bon vin. Le moine, pour cette mission, avait recruté sans peine cinq gardes pour lui faire escorte, car sa personne était la garantie de joyeuse chevauchée et bonne ripaille. De plus, l'événement avait démontré qu'en cas d'affrontements le Pansu avait la flèche rapide et meurtrière et le coutelas expéditif.

Comme l'avait fait Childebrand en une autre circonstance, Antoine sortit quelques sous de sa bourse pour dédommager un peu l'hôtelier-tavernier qui l'avait vu avec effroi engloutir une quantité inimaginable de victuailles et de boisson, les gardes n'étant pas en reste.

Le lendemain, avant la collation de la mi-journée, ils arrivaient à Chalon. Le Pansu soupira d'aise : il aimait cette ville lovée le long de la Saône, ville de commerce et d'argent — le roi y avait autorisé un atelier de monnayage —, ville florissante, ville secrète aussi, où il pensait trouver la clef d'une première énigme.

Il laissa ses gardes à l'hôtel où les missions royales disposaient d'un droit de *tractoriae*[1] et

1. Droit d'être logé et ravitaillé gratuitement.

s'enfonça dans le dédale des rues nouvelles, car la cité avait été en partie réédifiée après que les Sarrasins l'eurent pillée et incendiée. Il frappa à l'échoppe d'un artisan du cuir qui était surnommé Épiscope en raison de son maintien onctueux. L'homme, lorsqu'il aperçut frère Antoine entrer dans sa boutique, déposa son tranchet, repoussa le pied-de-biche, recracha les clous, se leva et fit deux pas en direction du Pansu.

— Que me veut mon frère ?... lui dit-il.

— Comme toujours, un petit renseignement !

Il montra un denier à Épiscope.

— Voilà qui ne va guère m'engraisser, dit l'artisan.

— C'est juste pour te montrer un exemplaire de bon aloi en cette ville de faussaires.

— Explique !

— Supposons, oui, supposons que je sois au service d'un seigneur pas trop scrupuleux... Quelqu'un qui aurait besoin d'un vrai, beau document, d'une charte ancienne plus authentique que nature. Supposons... Tu crois que je pourrais trouver ici un homme de très grand talent qui me rendrait ce service ?

— Depuis que le trop habile Florent a été mis à frire dans une huile un peu trop chaude, je ne vois personne ici qui pourrait te venir en aide.

— Écoute-moi, l'ami ! En fait de talent, si je faisais un petit tour dans tes réserves secrètes pour découvrir de quelle façon tu transformes les peaux nouvelles en anciennes, que crois-tu qu'il arriverait ?... Je t'en prie, pas de « si », de « mais » ou de « jamais » avec moi. Alors, tu me renseignes ou bien je te fais empaqueter par mes gardes, transporter à Autun où les missi qui s'y trouvent n'auront aucune peine à te délier la langue. Tandis que moi : quelques loyaux deniers et tu sais à quel point je suis discret.

L'artisan réfléchit un long moment, puis se décida.

— Soit, c'est lui ou moi.

— Il n'est même pas certain que tu perdes un client pour tes parchemins vierges.

— Tu trouveras l'officine de Pons un peu à l'écart de la ville, à l'orée du bois en allant sur Virey. Il s'agit apparemment d'une scierie pour bois de charpente et de batellerie — d'ailleurs elle fonctionne effectivement. Mais, à ce qu'on m'a dit, il s'y trouve aussi un atelier, très bien équipé, où quelques clercs — lesquels estimaient que leurs talents n'étaient pas suffisamment appréciés dans les *scriptoria* de leurs couvents — sont capables de fabriquer avec une précision étonnante tout ce qu'on leur demande. A condition évidemment qu'on leur fournisse un modèle, même approximatif.

— J'attends de toi un itinéraire précis.

— Au point où j'en suis, tu l'auras. Mais je te préviens : les bûcherons, scieurs et charpentiers qui y travaillent peuvent constituer à l'occasion une garde plutôt musclée pour préserver les moines industrieux qui multiplient les ayants droit. De plus, si l'on te voit venir de loin, l'atelier d'écriture possède des caches en forêt qui ne sont sans doute pas aisées à découvrir.

— Je m'y rendrai seul.

— A tes risques.

— Il doit bien exister des clients discrets qui prennent un tel risque. Je serai un de ceux-là, en grand besoin de parchemin légitimant mes turpitudes... Un mot encore : si tu préviens qui que ce soit, tu es un homme écorché vif.

— Je m'en garderai.

Antoine regagna son hôtel, prévint ses gardes que,

s'il n'était pas de retour à la nuit, ils auraient à monter une expédition armée sur telle scierie dont il fournit l'emplacement. Mais surtout rien de prématuré. Puis, ayant enfourché son percheron, il prit la route de Virey. Il découvrit sans peine ce qu'il cherchait, à l'orée de la forêt. Il demanda à deux bûcherons à l'allure impressionnante si leur patron s'appelait bien Pons, dit qu'il avait des travaux à lui proposer pour l'abbaye dont il était l'économe. Il fut dépouillé de son arc et de son carquois et accompagné jusqu'à une pièce où, près d'un brasero, se tenait un homme de petite taille qui se réchauffait les mains. Sur une table, dans la même pièce, un employé s'affairait à des écritures. Le Pansu demanda s'il était bien en présence du maître de céans et, sur réponse affirmative, déclara qu'il désirait lui parler seul à seul.

Lorsque le clerc eut quitté la pièce, Antoine s'assit sur un tabouret, regarda Pons qui se tenait toujours debout, près de son brasero et lui dit :

— J'aurais pu faire cerner ta scierie et l'atelier qui s'y cache par cinquante miliciens, soumettre charpentiers et autres compagnons à la torture, questionner énergiquement les clercs que tu emploies à de fructueuses besognes, car j'appartiens à la mission royale du comte Childebrand et de l'abbé Erwin qui enquêtent à Autun. Je te préviens que mes gardes, que j'ai laissés dans la ville, savent où je suis, tout en ignorant ce que j'y fais. S'il m'arrivait quoi que ce soit de fâcheux, en particulier qu'ils ne me voient pas revenir, tout ceci connaîtrait le sort que je t'ai dit.

— Qui me prouve que tu dis vrai ? Pourquoi ne tenterais-tu pas au moyen de fables de m'extorquer renseignements et deniers ?

— Aurais-tu donc quelque chose à cacher ?

— Rien, en vérité, dit Pons en continuant à faire le geste de se chauffer les mains.

— Écoute-moi bien, maintenant ! Si je n'ai pas soumis cette scierie et le reste à un traitement expéditif, ce n'est pas parce que j'ai quelque pitié d'individus de ton genre, mais parce que cela me priverait sans doute de la seule information que je recherche et qui doit être tenue secrète. Voici : as-tu travaillé directement ou indirectement pour le comté d'Autun ?

— Je ne comprends pas.

— L'ami, si je me mets en colère, il t'en cuira...

— Et si j'appelle mes compagnons, il ne t'en cuira pas moins...

— Dis-moi seulement ceci : as-tu livré... disons du bois de charpente au comté d'Autun.

— Du bois de charpente, c'est bien cela ? Il me semble, en effet.

— Et pour quels manses ?

— Je ne me souviens plus. Des tenures qu'on voulait remettre en état sans doute.

— Il y a longtemps ?

Pons consulta un registre qui se trouvait sur un rayonnage.

— Oui, voici, j'ai trouvé : quelques stères, exactement cinq stères il y a deux ans et sept mois.

— Cinq stères ? Bien. Du vieux bois, bien solide, bien sec. Peut-être provenant d'un chêne coupé il y a bien longtemps, du temps du roi Pépin, par exemple ?

— Ce n'est pas impossible. Oui, c'est cela !

— Et te souviens-tu de la personne qui est venue passer la commande et prendre la livraison ?

— Assez mal. Mais sans doute quelqu'un d'important auprès du comte d'Autun. Ce doit être une manie chez des gens comme vous : il m'a demandé le secret, me menaçant des pires représailles si j'ouvrais le bec.

— Très bien. Tout cela a l'air de se tenir, sauf qu'on ne débite pas le bois de charpente en stères.

— Qui le sait mieux que moi ? répondit Pons.

Frère Antoine se leva et sans un mot quitta la pièce, laissant le chef des « bûcherons » auprès de son brasero. Il reprit son carquois et son arc et regagna Chalon au crépuscule.

Ses compagnons l'attendaient dans l'inquiétude, ayant déjà imaginé un coup de main pour sa sauvegarde. Le Pansu entra en coup de vent, fit sauter un denier en l'air, le tendit au tavernier et lui commanda un muid de son meilleur vin pour arroser les chapons qui déjà cuisaient dans leur bouillon et ne tarderaient pas à être mis à la broche. Dès l'aube, après une joyeuse soirée, le moine et ses cinq gardes partirent pour Autun qu'ils gagnèrent sans difficulté, la neige ayant cessé.

CHAPITRE IV

Au lendemain de la visite que les missi avaient faite à la vicomtesse Oda, un moine partit vers le Nord à pied, par la route longeant le Ternin. Tandis que le Pansu, la veille, chevauchait vers Chalon en fier appareil, Erwin, lui, avait piètre allure. Sur des bas et des caleçons rapiécés et une tunique qui avait été blanche, il portait une coule[1] brunâtre et était coiffé d'un bonnet de fourrure mitée. A ses mains des moufles et à ses pieds des bottines enfilées sur des bandelettes de laine le protégeaient du froid. Dans une musette se trouvaient une écuelle et une cuillère en bois, ainsi qu'un vade-mecum fatigué de textes sacrés. A sa ceinture, dans une gaine apparente, il avait placé un couteau, cependant que, entre coule et tunique, il avait disposé un long coutelas et une bourse très modestement garnie. Ainsi vêtu, il figurait parfaitement un de ces moines errants qui parcouraient la Francie de pèlerinage en pèlerinage, mendiant gîte et couvert au long de leur route.

A moins d'une lieue du centre d'Autun, il s'arrêta à une ferme où la famille et les commis achevaient

1. Sorte de manteau à capuchon.

de manger la collation du matin. On lui permit d'entrer et on lui versa même une louche de soupe dans son écuelle en faisant bien remarquer qu'il s'y trouvait un morceau de lard. On lui donna également une tranche de pain et du fromage pour sa route. Quant à lui, ayant récité une prière en latin, il bénit la famille et les esclaves qui travaillaient sur le domaine. Il ne lui fut pas difficile d'entamer la conversation avec le chef de la maisonnée, qui s'appelait Justin.

— Quel hiver rude... Je ne me souviens pas d'en avoir vu de pareil, dit-il en dialecte bourguignon.

— Bien, moi non plus, mon père, répondit Justin. Et ça n'arrange rien.

— Pour sûr, ça n'arrange rien. Il pleut quand il ne faudrait pas, il fait soleil quand il faudrait qu'il pleuve. Et regarde un peu cette neige, puis le froid qui gèle tout, et encore la neige. C'est à n'y rien comprendre, ajouta le pèlerin.

— Surtout que la vie est dure pour le pauvre monde, commenta Justin.

Le Saxon avait tout de suite aperçu, à l'ameublement de la ferme, aux vêtements portés par les membres de la famille et même par les esclaves, à l'abondance de la volaille et du bétail, que ce paysan libre ne vivait pas dans la misère. Son domaine devait comporter trois ou quatre manses.

— Même quand on a un peu de quoi, dit Erwin.

— Des prés certes, des vergers, oui, mais ici, près du Ternin, on manque de terres à grain, et, dame ! le grain, c'est ce qui se vend bien au marché, surtout quand il en manque comme il y a trois ans. Et quand il faut l'acheter... Oui, cette année-là on fut loin d'avoir du pain sur notre table à suffisance, c'est sûr. Et ce n'est pas pour te faire offense, mon père, mais quand la dîme est passée par là, il ne reste plus beaucoup de deniers pour acheter au marché ce qui manque.

— A qui le dis-tu, mon fils ! Crois-tu qu'il en arrive beaucoup jusqu'à ma bourse ?

— Les évêques s'engraissent et les moines vont maigres, approuva Justin. Encore s'ils étaient les seuls, nos évêques, à nous sucer le sang ! Mais voilà que récemment, il y a de cela deux ou trois ans, ce vicomte de malheur, Dieu ait son âme, puisqu'il paraît qu'il a trouvé plus coquin que lui pour l'empoisonner...

— ... On me l'a dit en ville...

— ... cet Aldric, donc, a entrepris de nous faire payer en plus, il appelait cela un cens, moi je dis deux redevances puisqu'on doit des deniers par tête et pour chaque bonnier. Et comme j'en ai quelques-uns...

— Il y a combien de temps de cela, as-tu dit ?

— C'était il y a un peu plus de deux ans au début de l'été, tu penses si je m'en souviens... Il aurait des parchemins comme quoi ce cens était payé autrefois. Il a menacé d'amendes ceux qui ne paieraient pas, puis de confiscation. J'ai demandé à un prêtre qui vient parfois par ici. Il m'a dit qu'en vérité ces parchemins, c'étaient des histoires pour nous réduire à la misère et pour voler nos terres.

— Il t'a dit cela ? demanda Erwin.

— Comme je te vois ! Et puis, s'il n'y avait que cela. Tiens, mon père, les tonlieux, entre le « portage », le « pontage », ce qu'il faut payer pour le transport à dos de bête, par bateau ou par charrette...

— Je croyais que le tonlieu n'était dû que pour les marchandises destinées au marché ?

— Allons donc ! Si je te disais que, cet automne,

les sangsues de cet Aldric m'ont fait payer pour les grains, puis pour la fenaison que je ramenais ici... à la grange... Entre autres. Un vol, j'appelle cela ! Rien d'autre... Mais reprends un peu de soupe, mon père !

— Je te remercie, mais j'ai eu mon comptant. Je ne cheminerai pas le ventre vide... Dans quelques semaines, le printemps va arriver. Ce sera mieux pour tout le monde.

— Pas forcément.

Le Saxon dévisagea le fermier :

— Ah ! oui, dit-il, aux champs, l'ouvrage va reprendre durement.

— Ce n'est pas cela, mon père. Aux champs le labeur est agréable à Dieu et aux hommes. Sur mes terres, je travaille en chantant... Ah ! vous êtes bien heureux, vous autres moines : pas de casque, ni de tunique de cuir à revêtir, pas de carquois ni de flèches, pas de vie à risquer dans les batailles, mais quand au printemps vient le moment du ban de l'ost convoqué par le roi...

— Oui, mais le roi, surtout un sage comme Charles, ne convoque pas tous les ans la totalité des hommes libres et valides. Du moins à ce qu'on m'a dit. Tantôt un sur six, tantôt un sur quatre, presque jamais la totalité.

— Ici, tous les ans, tous ! Si, je te le dis !

Le fermier baissa la voix.

— Mais on peut se racheter, n'est-ce pas ?

— Comment cela ?

— Verser quelques deniers pour être dispensé. Alors, tous les ans, encore du bon argent qui quitte ma bourse. Et je ne peux même pas savoir ce qu'il en reste dans les caisses ou d'Aldric ou de notre seigneur Thiouin, et ce qui s'en va jusqu'à Aix. Si tant est que notre comte et notre bon roi en voient la couleur.

L'homme ferma un instant les yeux. Puis, songeur, il murmura :

— Mon père, si on nous laissait seulement vivre, comme on serait heureux ici ! A un homme de secret, un homme de Dieu comme toi, je peux bien le dire : il y a plus malheureux que moi, malgré tout. Il y en a d'autres, je veux dire des hommes nés libres... Combien ils ont été pressurés, tondus, endettés, ruinés, on ne saurait pas dire ! Jusqu'à être obligés d'engager leurs terres. Tu sais ce que c'est : le début de la dégringolade. Ils se sont retrouvés colons, dans le meilleur des cas, sur le domaine du comte.

— Au moins ils échappaient, peut-être, à Aldric.

— Pour tomber sous la coupe de l'intendant Bodert et de la Gertrude ? Merci ! C'est échapper à la lèpre pour attraper la peste.

— Qu'est-ce que tu as voulu dire tout à l'heure : « dans le meilleur des cas » ? demanda Erwin.

— Je pensais à ceux qui sont partis dans les forêts, laissant une partie de leur famille en esclavage.

— Je ne comprends pas.

— « Partis dans les forêts », je t'ai dit, mon père ! Oh, pas pour une vie de sainteté, comme toi. Non ! Hélas pour eux et pour nous. Puisses-tu ne pas en rencontrer sur ton chemin ! Par le temps qu'il fait, ils ont faim. Certains n'hésiteraient pas à te tuer pour ton quignon de pain.

— Je vais, mon fils, sous la garde du Seigneur. Puisse-t-il te protéger, toi et ta famille !

Le moine s'éloigna dans le froid après avoir une nouvelle fois béni ses hôtes et ses serviteurs qui s'apprêtaient à aller couper dans les bois des taillis et des branches mortes et, à l'occasion, assommer quelque lapin.

Quittant la vallée du Ternin, il prit un chemin qui, vers l'Est, menait à la Porcheresse, l'un des domaines en litige entre l'évêque et le comte. Il parvint d'abord à une demeure qui semblait à moitié en ruine. Il frappa à la porte. Personne ne lui répondit. Il regarda par une ouverture. La masure était visiblement inhabitée. On voyait encore près de la maison les traces de ce qui avait dû être un jardin potager, puis un espace vaguement clos qui avait dû servir de poulailler. Aux murs délabrés s'accrochait encore une treille laissée à l'abandon.

Erwin poursuivit son chemin. Après une demi-lieue, il arriva en vue d'une chaumière dont la cheminée fumait. La porte était ouverte. Il s'approcha et depuis le seuil adressa la parole à une femme très pauvrement et bizarrement vêtue qui préparait une bouillie. Elle se retourna avec un visage effrayé. De sa bouche grande ouverte ne sortait aucun son. Brusquement, elle se précipita vers la porte, tentant de bousculer cette apparition qui lui barrait la route. Le Saxon la retint avec difficulté, lui parlant doucement, l'apaisant peu à peu. D'abord, à chaque question qu'il faisait, elle ne répondit qu'avec des larmes. Enfin elle prononça quelques mots et il comprit à la fois sa peur et son allure étrange : elle s'exprimait en langue frisonne. Avec le peu qu'il en connaissait, il lui fit comprendre qui il était, qu'il ne lui voulait aucun mal. Il finit par apprendre que sa famille, après une longue et pénible marche depuis la Frise, en compagnie de milliers d'autres déportés, avait été attribuée comme esclaves à Thiouin et installée sur cette terre ingrate une année et demie auparavant. Son mari et ses deux grands fils, présentement, étaient allés écobuer une parcelle de taillis à quelques centaines de pieds de la maison. Où étaient partis ceux qui auparavant tenaient ce manse ? Elle n'en savait rien, sinon qu'ils l'avaient laissé dans un état lamentable. Sa famille avait fait ce qu'elle pouvait pour améliorer les choses. Elle aurait pu faire beaucoup mieux si les régisseurs ne l'avaient pas accablée de corvées et de redevances, ne leur laissant même pas de quoi vivre. Erwin la quitta en larmes avec quelque menue monnaie dans la main.

Après une courte marche sur un chemin qui s'élargissait, il parvint au hameau qui devait constituer le centre du domaine annexé par le comte. De loin il lui avait semblé apercevoir des paysans circulant entre les maisons. Quand il fut arrivé, il trouva la place déserte et les maisons fermées. Aucune trace de la moindre activité. Il frappa à l'huis de plusieurs masures sans résultat. Il insista, criant qu'il n'était qu'un pauvre moine se rendant au pèlerinage de Saulieu et désirant se réchauffer un peu avant de reprendre la route. Un grand gaillard, une mailloche à la main, finit par lui ouvrir sa porte. Il le fit entrer dans une grande pièce qui servait à la fois de cuisine, de chambre, d'atelier et d'étable pour deux vaches. Près de l'âtre une femme préparait une soupe. Deux jeunes filles filaient en jetant des regards curieux sur l'arrivant. Sur un établi, des planches de chêne à demi ouvragées attestaient le métier qui occupait l'hiver le colon de cette tenure.

Le pèlerin s'assit sur un tabouret qu'on lui avait désigné et fut soumis pendant un long moment à un examen muet. Le père se décida enfin à lui adresser la parole.

— Alors, comme ça, dit-il, tu vas à Saulieu. Ce n'est pourtant guère la route par ici.

— Je me suis égaré, répondit le Saxon, dans un dialecte bourguignon dont il exagérait la mauvaise prononciation.

— Tu viens de loin ? demanda le menuisier.
— D'Autun.
— Oui, mais avant ?
— De Chalon.
Nouveau long silence.
— Excuse l'accueil ! reprit l'homme. Mais ici, on doit faire attention.
— Des bandes ?
— Oui, mais, souvent, les plus à craindre ne sont pas ceux qu'on pense.
— En allant vers le Nord ? demanda Erwin.
— Là, c'est le domaine à Doremus et à ses compagnons. Ceux-là te laisseront la vie et même quelques piécettes...
— Comment cela ?
— On ne t'en a pas parlé ? Ce n'est pas vraiment une bande. Il y a là-dedans beaucoup d'anciens colons qui ont mal tourné. Aussi, les autres leur en avaient fait trop voir.
— Les autres ?
— Tu sais, ici, mon père, ce n'est pas vraiment la belle vie. Du temps de l'évêque, ce n'était déjà pas brillant, ses vicaires n'étaient pas des tendres. Quand le comte Thiouin a repris le domaine, on s'est dit que ça serait mieux. Oui, parlons-en ! Si le comte savait ce que fait ce Bodert et ce que font ses gardes... Nous, on a tellement de dégoût que pour un peu on laisserait tout tomber. Travailler comme des bêtes d'un bout de l'année à l'autre pour n'avoir même pas de quoi manger tous les jours dans son écuelle, se faire rafler ses pauvres sous par les autres pour un oui ou pour un non. Mon père, est-ce que c'est une vie, ça ? Encore, s'il n'y avait que moi... Mais elles, là, et mes fils qui par un temps pareil se crèvent sur les champs... Est-ce qu'ils ont mérité ça, eux ?

— Ne peux-tu en parler au comte ?

— D'ici au château, mon père, il n'y a pas seulement deux lieues et plus, il y a surtout les gardes. On n'est pas maître de ses pas, ici. Le comte ?... Ils empêchent qu'on le rencontre, qu'on lui parle...

L'homme dit à voix basse :

— Les coups pleuvent, c'est bien la seule chose dont ils soient généreux. Les coups, quand ce n'est pas pire... Mais je t'en ai déjà trop dit. Et puis, maintenant que te voici réchauffé, ne t'attarde pas ! Si un garde te trouve ici — et il en rôde toujours —, ça sera mauvais pour moi et surtout pour toi. Les autres, ils n'aiment pas du tout qu'on vienne fourrer son nez sur ce domaine. Et tel que te voilà...

— Bien ! Merci, mon fils, dit Erwin en se dirigeant vers la porte. Que Dieu te bénisse, toi et ta famille !

— J'en ai bien besoin, répondit le menuisier en tendant une tranche de pain noir.

En ouvrant la porte, le pèlerin tomba nez à nez avec un garde impressionnant.

— Va-t'en d'ici, chien de moine, lui lança le menuisier depuis son établi. Va mendier ailleurs ! Je ne te le répéterai pas deux fois !

— Ne t'inquiète pas, l'ami, lui dit le garde, je vais m'occuper de lui.

Il saisit Erwin vigoureusement par le bras.

— Qui es-tu, toi, la grande carcasse ? lui lança-t-il en dialecte bourguignon. Belle engeance ! D'où sors-tu ?

Il saisit la musette.

— Qu'est-ce qu'il y a là-dedans ? Du pain, un morceau de fromage... Où as-tu volé ça ? Et ce livre ? Sais-tu seulement lire ? Tu ne réponds pas ?

Le garde jeta le pain à terre, et, mangeant le fromage, ajouta :

— Je te laisse ton livre. Tu le boufferas ! En attendant, tu vas me suivre ! Tends les poignets !

Erwin fit ce qu'il avait demandé. Le colosse se mit à rire.

— Si tu n'as pas encore entendu parler de Rémi, tu ne vas pas tarder à apprendre qui je suis. Et, pour commencer, tu vas trotter.

Étant remonté sur son cheval, tenant un bout de la corde qui, à l'autre extrémité, enserrait les mains du moine, il prit à assez vive allure le chemin d'Autun, obligeant le Saxon à courir à moitié. De temps en temps, il se retournait pour regarder avec satisfaction le « moine » qui suait sang et eau en tentant de soutenir le train du cheval.

— Tu es plus résistant qu'il y paraît, on dirait, dit-il.

Il força alors l'allure. Erwin, ne pouvant suivre, fut traîné sur plusieurs centaines de pieds avant que le garde n'arrête sa monture.

— Voilà pour t'apprendre ! Bien. Mais comme Rémi est un brave homme, je vais ralentir un peu pour qu'on ne puisse pas dire encore à Autun, quand nous traverserons la cité, que je suis... je ne sais quoi. Tu ne dis toujours rien ? A ton aise. Mon chef a des moyens pour redonner la parole aux muets, je te le garantis. Et si tu t'obstines, couic !

Bientôt, ils furent en vue de ce qui restait des fortifications romaines de la ville. Le Saxon s'attendait à des moqueries : voir un grand diable de moine, misérablement vêtu, tout crotté, tenu en laisse par un cavalier, parcourir suant, soufflant, les rues menant au château, aurait dû constituer pour les badauds un spectacle divertissant. Il n'y eut rien de tel. Les boutiquiers sur le pas de leurs échoppes, les ménagères, les passants, tous regardaient sans un mot, sans un rire, sans l'esquisse d'un sourire le garde glorieux et sa piètre victime. L'abbé crut même apercevoir sur quelques visages les marques de l'apitoiement ou de l'indignation. Quelques femmes se signèrent.

Au portier du château, Rémi lança :

— Regarde le vilain renard que j'ai attrapé dans les bois.

— Avec son capuchon sur le nez, on n'en voit pas grand-chose. Mais, dis-moi, d'où l'as-tu sorti ? D'une fondrière ?

— Je lui ai fait faire un peu d'exercice. Rien de tel pour les animaux de cette espèce.

Quand ils furent arrivés au corps de garde, le « moine » fut débarrassé de ses bracelets de chanvre, enfermé dans une sorte de cage après qu'on lui eut enlevé le couteau qu'il portait à la ceinture. Celui qui faisait office de geôlier lui présenta un gobelet d'eau et un morceau de pain, en hochant la tête. L'abbé but l'eau, délaissa le pain et, se mettant à genoux, entra en prière. De temps à autre son gardien venait lui demander s'il n'avait pas besoin de boire ou de se soulager, l'appelant « mon père ».

Après de longues heures, Rémi revint, annonçant fièrement au gardien qu'il avait fini par convaincre le chef de la garde de venir jeter un coup d'œil sur sa prise, car il lui paraissait hautement suspect qu'un moine se trouvât, hors de son chemin, au hameau de la Porcheresse, suspect s'il s'agissait d'un faux moine, indicateur peut-être de quelque bande, encore plus suspect si c'était un vrai, en cheville avec l'évêché.

Un long moment s'écoula avant que Guénard lui-même, à la nuit, n'entre dans le corps de garde. Erwin fut extrait de son cachot et mis à genoux devant le chef de la garde qui tenait une cravache à la main et en caressa le dos du prisonnier.

— Voici l'homme, dit-il.

L'abbé frémit à cette évocation involontaire d'un épisode sacré.

— Dieu, qu'il est sale ! Qu'on lui relève son capuchon pour que j'aperçoive le museau de cet animal !

Avec un rire, Rémi saisit le couvre-chef par sa pointe et le tira en arrière pour dégager le visage d'Erwin qui se releva. En l'apercevant, Guénard parut frappé par la foudre et d'abord demeura stupide. Puis il tendit un doigt, incrédule, se frotta les yeux et se mit à trembler de tous ses membres, balbutiant des excuses incohérentes :

— Mon père, excellence, seigneur... c'est une méprise... effroyable méprise... pardon, pardon... excellence, comment croire... mais qu'est-ce qui...

Il tomba alors à genoux, tête courbée, comme si le bourreau levait déjà sa hache pour lui trancher le cou. L'abbé fit signe à Rémi de s'agenouiller derrière son chef. Au gardien qui lui avait apporté pain et eau, il dit qu'il pouvait rester debout. A ce moment, Guénard, toujours tremblant mais qui reprenait ses esprits, crut expédient de s'en prendre à son subordonné :

— Imbécile, abominable crétin, voilà encore un de tes tours, lui lança-t-il. Il faut que tu fasses l'avantageux, jusqu'aux pires forfaits, commettant sottise sur sottise, maltraitant ceux que tu as charge de protéger... Mais cette fois-ci, c'est terminé. Tu as déjà fait trop de mal comme cela. Au mépris de mes ordres, contre...

Le Saxon le laissa divaguer, sans rien dire, un long moment.

— Je t'assure, dit Guénard, relevant légèrement

la tête, que sa bêtise, sa méprise, son offense, son crime, vont recevoir leur juste châtiment. Avant la fin du jour qui va se lever, ce criminel aura payé de sa vie l'injure qu'il t'a faite, seigneur...

— Tais-toi ! ordonna Erwin. Et n'aggrave pas ton cas, oui, ton cas ! Mais nous verrons cela plus tard !

Alors, avec une rapidité stupéfiante, le Saxon sortit de sous sa coule son long coutelas effilé et le posa sur le cou de Guénard qui était toujours à genoux.

— Un geste, lui dit-il, et je te tranche la nuque.

Puis se tournant vers le geôlier :

— Toi, vite, ordonna-t-il, prends son glaive... Bien. Celui de Rémi aussi... Bien. Donne-moi l'un des deux. Porte l'autre sur la table. Toi, Guénard, si tu bouges seulement un doigt, tu es un homme mort. Maintenant, geôlier, prends ces chaînes qui pendent. Attache les mains de celui-ci ! dit-il en désignant Guénard. Fais ce que je te dis ! Attache l'autre extrémité de la chaîne à ce crochet, qui est hors de sa portée. A l'autre maintenant !

Sur ordre de l'abbé qui avait replacé son coutelas dans sa gaine et tenait le glaive de Guénard dans sa main droite, le geôlier lia les poignets du garde Rémi avec la corde qui était restée sur place, puis il en remit l'autre extrémité au moine.

— Étant donné l'aide que tu m'as apportée, je ne vais pas te laisser ici en butte à leurs représailles, dit Erwin à son aide improvisé. Agenouille-toi : je te fais auxiliaire de la garde royale. Prête serment en répétant après moi ce que je dirai !

Lorsque l'ancien geôlier qui croyait vivre un rêve eut prononcé la formule rituelle, l'envoyé du roi lui commanda de prendre l'arme qui était sur la table et de décrocher le flambeau qui éclairait le corps de garde. L'homme s'empressa.

— Ce glaive est désormais le tien, précisa l'abbé ; il devra être toujours au service du souverain.

Le nouveau garde royal, Erwin et son prisonnier sortirent en fermant la porte derrière eux. Le missionnaire, après s'être fait connaître, réquisitionna un cheval et fit ouvrir la porte du château. Les badauds attardés, stupéfaits, crurent à une hallucination quand ils virent parcourant les rues dans l'autre sens un cortège aussi étrange que celui qu'ils avaient vu quelques heures auparavant. Mais cette fois-ci le moine crasseux chevauchait un coursier splendidement harnaché, précédé d'un homme à la tenue modeste qui lui rendait les honneurs, épée nue en main, et éclairait la marche d'une torche brandie par la main gauche, tandis que le garde comtal, tenu en laisse, avançait en titubant et cherchait à masquer sa honte en élevant ses bras entravés jusqu'à son visage.

Au quartier général de la mission royale, l'arrivée du missionnaire ne passa pas inaperçue. Il avait relevé son capuchon pour être reconnu, et dès qu'il eut franchi la porte une garde d'honneur se précipita à sa rencontre. Il confia Rémi à leur vigilance, ordonnant qu'il soit mis au secret ; il annonça que le geôlier devrait être compté désormais à l'effectif étant donné ses loyaux services. Puis il alla se débarrasser de ses oripeaux et revêtit une tunique neuve avant de retrouver Childebrand, qui, assez inquiet en raison de l'heure tardive, l'attendait dans la salle d'audience. Quand le comte vit Erwin franchir la porte de cette salle, il se porta à sa rencontre sans cacher son soulagement. L'abbé lui narra brièvement son aventure.

— On m'avait bien raconté une incroyable histoire d'un moine, à pied, tenu en laisse par un garde à cheval, et si je t'ai bien compris, tu viens de parcourir les mêmes rues mais cette fois-ci à cheval et tenant en laisse le garde, démonté ?

Childebrand partit d'un énorme éclat de rire.

— Pardonne-moi, mon ami ! Mais maintenant que je te vois, sain et sauf, en face de moi, t'étant sorti brillamment d'un mauvais pas, je ne peux m'empêcher d'en rire. J'aurais donné cher pour te voir ramener ici, précédé d'un geôlier qui te rendait les honneurs en se demandant ce qui lui arrivait, un imbécile de garde qui avait cru tenir en toi une prise de choix !

Erwin sourit à son tour, non avec ironie comme d'habitude, mais avec une franche gaieté.

— Je te sais gré, dit-il, de n'avoir pas parlé de ma marche à l'aller par les rues de la ville. Il est vrai que, regardée ainsi, l'aventure est plaisante. Je crois qu'elle sera également instructive. Ce garde, si nous savons le faire parler...

— Aucune difficulté.

— ... aura sans nul doute bien des choses à nous dire.

— En attendant, je viens, moi, d'entendre le médecin qui a examiné le cadavre d'Aldric et qui m'a fourni des informations inattendues sur le meurtre, lesquelles compliquent plutôt notre affaire. Mais s'il est encore ici, tu en jugeras toi-même.

Le médecin, rejoint par un officier avant qu'il n'eût quitté l'hôtel des missi, se présenta devant eux.

— Veuille répéter devant l'abbé Erwin qui vient d'arriver ce que tu m'as révélé tout à l'heure, et qui montre peut-être l'assassinat du vicomte sous un éclairage nouveau !

— Très volontiers, seigneur, répondit l'expert en latin. Je crois aussi que cela n'est pas sans importance.

— Nous le croyons donc, approuva gravement le Saxon.

Le médecin se tourna vers lui et le salua à la manière sarrasine, avec un léger sourire.

— Lorsque nous avons été appelés pour examiner le cadavre, reprit-il, nous avons été frappés par les signes qui, sans aucun doute possible, indiquaient qu'il s'agissait d'un empoisonnement criminel. D'ailleurs, je crois vous l'avoir dit tout de suite, la nature du poison et la façon dont il provoque la mort n'offraient pas, hélas, grand mystère ; les examens ultérieurs l'ont confirmé. Mais vous souvenez-vous de la position du corps au moment de sa découverte ?

— Je m'en souviens encore parfaitement, répondit Childebrand. Le poison avait transformé la face de cet homme en une horrible chose.

— Il était donc étendu sur le dos ?

— Forcément !

— Voilà ce qui a entraîné notre erreur. La cause de la mort nous est apparue immédiatement : je vous l'ai dit : un poison connu. D'ailleurs, de toute façon, il a ou il aurait tué le vicomte Aldric. J'avais bien aperçu une légère trace de sang sur la plus haute marche de l'escalier de pierre où il gisait. Comme la victime avait pu tomber à la renverse, je pensai que c'était la conséquence d'une blessure qui s'était produite au moment du choc de sa tête contre la marche de cet escalier. Mais cela me tracassait. J'ai fait plusieurs essais dont le détail importe peu : aucune chute n'aurait pu produire la blessure que j'avais observée, mais négligée. Avant la mise en terre, j'ai donc procédé à un nouvel examen : je suis maintenant certain qu'un coup a été porté à la base du crâne, sans doute avec un objet comme une dague très effilée, ou un outil pointu... On peut imaginer beaucoup d'armes mortelles semblables.

— Est-ce ce coup qui l'a tué ? demanda Erwin.

— Achevé, plutôt. S'il a été porté quand la victime était encore debout, c'est certain. Mais si elle est tombée sur la face, le deuxième assassin a pu croire que le malheureux vicomte était seulement en proie à un malaise, lui transpercer la nuque, puis retourner ce qui était déjà un cadavre pour apercevoir qu'un meurtrier l'avait devancé.

— Tu ne peux rien préciser d'autre ?

— En conscience, non ! Et je vous renouvelle toutes mes excuses pour cette négligence que j'espère avoir rattrapée, mais qui me fait honte.

— Ta conduite t'honore d'autant plus que peu de coupables, si je peux dire, seraient venus faire l'aveu d'une faute dont, en somme, personne ne se serait jamais aperçu, commenta l'abbé.

Le médecin fit un geste de remerciement.

— Un instant, lui dit Childebrand au moment où il s'apprêtait à prendre congé. Le vicomte Aldric a dû être frappé soit sur le pas de la porte, soit à terre. Curieuse façon de procéder pour un meurtrier. Comment pouvait-il savoir qu'il pourrait porter là son coup mortel ?

— Uniquement, à mon sens, dit le médecin, s'il guettait sa victime. Alors, le vicomte étant seul dans l'obscurité... L'assassin pouvait s'attendre qu'à un moment ou à un autre, au cours d'un si long banquet, sa proie quitte la table pour se soulager, si vous voyez ce que je veux dire.

— En attendant, conclut Childebrand, nous voici avec deux meurtriers pour un seul meurtre, sans savoir lequel est le bon, et sans connaître d'ailleurs ni l'un ni l'autre.

Au matin, les deux envoyés du roi tinrent conseil avec Timothée qui, de son côté, avait progressé dans son enquête sur la gestion d'Aldric. A l'évidence elle était blâmable, scandaleuse même. Elle lésait le royaume et son trésor, l'ost et son recrutement car de moins en moins nombreux étaient ceux qui avaient de quoi payer un équipement et des frais de campagne. Elle dépeuplait les tenures et les manses, grossissait les bandes qui sévissaient dans toute la région.

— Je vois pire encore, dit le comte Childebrand. Cette chaîne de méfaits et de forfaits qui ravagent le comté ne frappe pas seulement les humbles, pas seulement les revenus du souverain et son armée, mais de plus elle atteint le comte et la personne du roi elle-même. Ne donne-t-elle pas de son règne et de sa justice la plus fâcheuse des opinions ? Les coquins ne poussent-ils pas l'impudence jusqu'à se servir de son nom pour accroître leurs richesses, plongeant le peuple dans la misère et le désespoir, l'acculant à la révolte ? Nous, missi dominici, n'est-ce pas notre tâche et raison d'être que de mettre un terme à un tel scandale ?

— Ce qui ne sera pas aisé, observa Timothée, pensif.

— Bien, bien ! coupa Childebrand. Il est temps que nous nous occupions de ce garde mal avisé. Il doit être à point, après... une bonne nuit...

— Auparavant, suggéra le Saxon, ne serait-il pas utile d'entendre ce geôlier que nous avons fait auxiliaire de notre garde ? Geôlier, c'est un bon poste d'observation. Ses informations pourront nous guider.

Dès que l'homme, convoqué, se trouva en présence de deux missi, il se prosterna, balbutiant des remerciements interminables.

— Relève-toi, commanda le comte. Un garde sert debout !

— Lève-toi, mon fils ! traduisit l'abbé en dialecte. Comment t'appelles-tu ?

— Antoine, seigneur.

— Antoine ! s'exclama Childebrand. Cela ne se peut pas. Nous en avons déjà un et qui compte pour deux.

— Tu t'appelleras désormais Sauvat, c'est-à-dire celui qui sauve et est sauvé. Souviens-toi : Sauvat ! répéta l'abbé.

— Merci, seigneur ! Oui, seigneur ! Comment je peux...

— Écoute, Sauvat ! Connais-tu bien Rémi ?

— Comme tous les autres gardes.

— Où habite-t-il ?

— Quand il est de service au logis des gardes, au château. Sinon dans son manse. Il est marié. Comme il y a beaucoup à faire pour le château, c'est sa femme qui s'occupe de sa tenure. A Pierre Cervau.

— Une femme ? Seule ?

— Oh ! mais elle est servie par deux couples de Frisons, deux familles plutôt, des esclaves qui lui ont été attribués par le vicomte.

— Il y a longtemps ?

— Quand le domaine de Pierre Cervau est passé de l'évêque au comte. Non, il n'y a pas si longtemps.

— Beaucoup de gardes ont-ils été casés comme cela ?

— Oui, pas mal, par-ci par-là.

— Et cette femme de Rémi...

— Armande, seigneur.

— ... Cette Armande s'en sort bien ?

— Sans doute. Malgré tout, Rémi va, chaque fois qu'il le peut, sur ses terres et si quelque chose ne va pas, gare !

— Il a la main lourde ?

— Plutôt, et pas seulement avec ses esclaves. Mais, vous savez, il n'est pas le seul, les autres gardes ne se gênent pas non plus.

— Aldric laissait faire ? Bodert ne dit rien ?

— Je ne sais pas... Mais, seigneur, ce que les gardes prennent comme ça, c'est autant de moins à payer.

— Et toi ? demanda Erwin.

— J'avais des restes.

— Es-tu marié ?

— Quelle femme voudrait d'un geôlier encore plus prisonnier de sa prison que les prisonniers qu'il garde ?

— Tu verras qu'un garde royal, même auxiliaire, c'est tout autre chose, dit Childebrand.

— Merci, seigneur, je...

— Assez, Sauvat ! Rectifie la position ! Salue ! Retire-toi !

Quand il eut quitté la salle, le comte demanda :

— A-t-il dit vrai ? A-t-il menti, chargé Rémi et les gardes pour se venger ?

— Je ne lui prête pas beaucoup d'imagination, dit Timothée.

— Il était beaucoup trop impressionné pour même imaginer qu'il pourrait imaginer, ajouta le Saxon.

— Alors, s'il a dit vrai, nous avons encore plus de pain sur la planche que je ne le pensais, conclut Childebrand. Pour remettre de l'ordre, mon cousin Thiouin va avoir grand besoin de nous !

Quand il comparut devant les deux envoyés du roi, ses juges, l'ancien garde Rémi n'avait plus rien du fanfaron qui avait capturé un moine errant. Affamé, transi, hébété de sommeil, épouvanté, il se laissa tomber à terre en bredouillant des supplications indistinctes, incapable de répondre aux questions qu'on lui posait. Erwin ordonna qu'on lui apporte une écuelle de soupe et un gobelet d'eau et qu'on lui jette une couverture sur les épaules. Puis il le fit asseoir sur un tabouret. L'ancien garde reprenant peu à peu ses esprits, il put lui tirer quelques renseignements dont, à mesure, il traduisit l'essentiel à l'intention de Childebrand.

Sur la conduite des gardes, les domaines en litige, la gestion du comté et celle du domaine réservé, les indications de Rémi ne firent que confirmer les résultats des enquêtes. L'abbé se montra particulièrement intéressé par le sort de ceux, propriétaires ou colons, qui avaient été poussés à abandonner leurs terres. Depuis quand des « désertions » de cette sorte s'étaient-elles produites ? Étaient-elles nombreuses ?

— Non ! répondit le garde. Et pourtant assez quand même.

— Où allaient-ils ?

— Quelques-uns, seigneur, les pires, les plus dangereux, sont allés rejoindre des bandes.

— Loin ? Quelles bandes ?

— Une, importante, au-delà de Poigny. Plus près d'ici, celle de Doremus. De vrais bandits !

— Ne l'a-t-on pas combattue ?

— Si ! Mais c'est difficile. Ils sont dans les forêts. Toujours en mouvement. On ne sait jamais exactement où. Mais, eux, ils sont au courant de tout.

— Comment cela ?

— Ils ont des personnes qui les renseignent, des paysans, des colons, et même qui les ravitaillent, à Autun, oui, jusqu'ici. Des petits mendiants aussi...

— Je ne comprends pas. Si ce sont des voleurs,

des canailles, des assassins, comment se fait-il qu'ils disposent de telles complicités ?

— Ils font peur, ils menacent, de vrais démons !... Ils terrorisent les gens !

— Jusqu'en la cité !

— Oui, seigneur, oui, jusqu'en la cité ! Des démons !

— Mais qui est ce Doremus ? Ce n'est pas la première fois que j'entends ce nom !

— Un démon !

— Mais à part cela ?

— Je ne sais rien.

— Je sais, moi, dit Timothée en francique. Je vous en parlerai tout à l'heure. Mais je voudrais bien savoir si le vicomte a fait monter récemment une expédition contre les rebelles de Doremus ?

— Pourquoi ? demanda Childebrand.

— J'ai entendu des rumeurs étonnantes à ce sujet.

Interrogé, Rémi indiqua qu'en effet Aldric — sur le renseignement d'un certain Benoît qu'il avait capturé et fait parler — était parti pour la forêt du Grand Bessay à la tête d'une trentaine de cavaliers pour exterminer la bande de Doremus qui devait se trouver du côté de Voudenay. Mais les rebelles avaient échappé de peu à un encerclement et avaient pu fuir en direction du Nord, disparaissant ensuite dans la forêt de Buan. Le vicomte était revenu fou furieux de cette expédition vaine. Rémi, lui-même, n'avait pas participé à l'affaire. Cependant la colère d'Aldric l'avait surpris, car ce n'était pas la première fois que Doremus et ses bandits passaient à travers les mailles du filet.

— Qu'en pensaient tes camarades, comment expliquaient-ils la fureur du vicomte ?

— Allez chercher pourquoi un seigneur se met en

colère... Les uns disaient qu'il s'était fait engueuler par le comte lui-même, d'autres qu'il aurait bien voulu régler l'affaire avant votre arrivée. Il était aussi question de chenapans, fureteurs et voleurs, sur lesquels il fallait mettre la main car ce sont eux qui renseignent Doremus. « Des vipères à écraser dans l'œuf », aurait dit notre vicomte. Qui sait si ce n'est pas une de ces vipères qui l'a mordu à mort ?

— Ce n'est pas la première fois que j'entends parler de cette histoire, fit remarquer Timothée.

— En as-tu terminé avec cet homme ? demanda le comte à Erwin.

Sur un signe affirmatif de celui-ci, Childebrand, traduit par l'abbé, déclara au prisonnier :

— Ayant insulté, molesté, menacé et fait emprisonner un envoyé du roi, tu ne peux échapper à la mort. Eu égard à la bonne volonté que tu viens de montrer, au lieu de mourir dans les supplices et sur la roue, nous ferons en sorte que tu quittes cette vie sans souffrance. Qu'on le ramène en sa cellule, qu'on le vête et qu'on le nourrisse en attendant son exécution.

Les gardes emmenèrent le prisonnier qui avait perdu connaissance, l'un d'eux le soutenant par-dessous les genoux, l'autre par les aisselles.

— Alors, ce Doremus ? demanda Childebrand visiblement soulagé de pouvoir reprendre la conversation en francique.

— C'est un ancien moine, à ce qu'on m'a dit, indiqua Timothée. Il appartenait à un monastère de Saulieu, celui qui est situé près de l'église vouée à saint Andoche. A la suite d'une querelle — une obscure histoire de dîme et de corvées —, il s'est enfui, entraînant avec lui une demi-douzaine de colons. Il y a de cela des années. Depuis, sa bande a grossi. On y trouve aussi deux ou trois femmes et des enfants, quand ils peuvent se déplacer assez vite et longuement. En tout, trente à quarante rebelles. Oui, c'est ainsi qu'on les appelle le plus souvent. Ils sont nourris par la complicité des paysans et pillent, dit-on, rarement. Ils connaissent par avance les expéditions montées contre eux. C'est pourquoi ils peuvent leur échapper. Ils ont dans les monts des repaires au sein de forêts inextricables et c'est là qu'ils se réfugient en cas de danger. C'est aussi là qu'ils hivernent, mais toujours d'un repaire à un autre, en mouvement.

— Situation intolérable ! ponctua Childebrand.

— Mais ce Doremus ? insista Erwin.

— Son nom vient, paraît-il, du fait qu'au cours de ses prêches il invitait ceux qui venaient l'entendre à des actes d'adoration, pour le Sauveur, pour la mère du Christ, pour tel saint... toujours « Adoremus ! » Il sait bien le latin, mènerait toute sa troupe avec doigté et autorité et serait expert en l'art des embuscades et de l'esquive.

— Beau panégyrique pour un chef de bande ! s'écria le comte Childebrand.

— Je ne fais que rapporter ce qu'on dit ! Ce n'est pas moi qui en fais un redresseur de torts, mais la rumeur publique.

— N'étais-tu pas toi-même, Timothée, un rebelle en ton pays ?

— M'estimez-vous pour autant, seigneur, déloyal, fourbe, pervers, malfaisant et gibier de potence ?

— Bien, bien !... Un vrai goupil en tout cas ! répondit Childebrand.

Dans l'après-midi, frère Antoine et ses gardes, qui

avaient pris le temps d'absorber une solide collation à midi, arrivèrent au quartier général de la mission royale. Le comte étant parti pour une nouvelle inspection à cheval au domaine de Pierre Cervau, c'est à Erwin que le Pansu rendit compte de sa mission à Chalon. La découverte de l'officine qui avait établi le faux sur lequel s'appuyait Thouin pour justifier la possession des quatre domaines litigieux posait de nouvelles questions : qui s'était rendu à Chalon pour négocier la confection de ce faux, puis pour le ramener dans les archives ? Celui qui tenait ces archives pouvait-il ignorer la façon dont le parchemin frauduleux y avait été apporté et « découvert » ? Comment avait-on pu abuser le comte, et surtout qui ?

Le comte Childebrand revint en milieu de journée de sa chevauchée à Pierre Cervau, fatigué et de mauvaise humeur. Armande, la femme de l'ex-garde sacrilège, qui avait été mise au courant rapidement de l'arrestation de son mari, s'était portée au-devant de lui comme une furie, hurlant que celui-ci n'était pour rien dans ce qui arrivait aux paysans, qu'il ne faisait qu'obéir aux ordres de Guénard et, plus haut, de « ce damné vicomte », que « tout cela était une honte » et que « si c'était ça la justice du roi, il n'était pas étonnant que tout aille de travers ». Comme elle s'exprimait en dialecte, vociférant reproches et injures, Childebrand avait dû attendre la traduction, sans doute édulcorée, de ses invectives pour comprendre qui elle était et ce que signifiait sa rage. Quelques coups de cravache distribués par l'un de ses gardes l'avaient rapidement calmée. Le comte avait balancé s'il devait la faire arrêter puis, comme elle s'était effondrée en sanglots, balbutiant ce qui pouvait passer pour des excuses, il n'en avait rien fait.

A cet instant un officier vint prévenir les missi que le comte Thiouin venait d'arriver et qu'il demandait à être entendu d'urgence.

— Il fallait bien que cela vienne, dit Erwin.

— Ce n'est pas plus amusant pour autant, jugea Childebrand en tapotant la table en un geste de nervosité.

Timothée, sans attendre qu'on le lui demande, s'était éclipsé. Childebrand ordonna qu'on dispose la salle comme pour une audition solennelle. Lorsque Thiouin entra, Childebrand se porta au-devant de lui, tandis que le Saxon attendait, debout, impassible. Le visage du comte d'Autun, sombre et glacé, annonçait une confrontation hargneuse.

— J'ai appris ce matin, lança-t-il, ce qui s'était passé dans mon château où l'on a retrouvé mon chef des gardes enchaîné comme un criminel. J'ai appris que vous aviez enlevé l'un de mes hommes (sa voix s'enflait), qu'il a été traîné honteusement jusqu'ici. J'ai appris que vous vous étiez fait aider par mon geôlier, et il paraît que vous en avez fait un auxiliaire de votre propre garde. Tout cela dans mon comté... et exécuté sur les ordres d'un homme de mon sang...

Maintenant il criait presque :

— Et sans même m'en dire un seul mot, sans que j'en sois le moins du monde averti, sans que je sache ni pourquoi, ni comment ! Des actes insensés, contraires à mon honneur, à mon rôle ! Des actes arbitraires qu'aucune mission, de quelque nature qu'elle soit, ne vous donnait le droit de perpétrer ! J'exige...

Childebrand interrompit la diatribe d'un coup de poing sur la table.

— Eh bien, lança-t-il, nous allons en parler d'actes arbitraires, et insensés, ceux qu'à ton insu ce

Guénard et ce misérable Rémi ont perpétrés contre un envoyé du souverain.

Comme Childebrand s'étranglait d'indignation, Erwin fit calmement le récit de sa capture et de sa délivrance, soulignant que, bien entendu, le sort de ses agresseurs était du seul ressort de la justice du roi, représentée précisément à Autun par ses missionnaires. A mesure que l'abbé s'exprimait, Thiouin, qui avait d'abord essayé de maintenir sur son visage une expression offensée, se tassait et marquait le coup. « Je ne comprends pas », répétait-il, ajoutant pour tenter de reprendre l'avantage qu'un malentendu aussi grave ne se serait jamais produit si son cousin et Erwin lui avaient davantage fait confiance et l'avaient tenu au courant de leurs initiatives. Il finit par formuler de vagues regrets et quitta la pièce d'un pas qu'il voulait assuré.

Childebrand, alors, regarda l'abbé avec une moue et émit ce jugement :

— Plus de gueule que de tripes, décidément !

CHAPITRE V

Le lendemain matin, les envoyés du souverain firent comparaître Guénard devant eux, après avoir averti pour la forme le comte d'Autun. Le chef des gardes fut reçu dans la salle d'audience avec le même apparat que, la veille, le comte lui-même. Dès qu'il fut en présence de Childebrand, il débita un long discours rempli de remords et de contrition. Il était au service du roi, tout entier à sa dévotion, vénérait tout ce qui en émanait et particulièrement les missi dominici, et il avait fallu le plus abominable des concours de circonstances pour qu'il fît grave offense à l'un d'entre eux, qui plus est, un homme de Dieu. Il n'aurait pas assez de toute une vie de dévouement et de repentir pour expier son involontaire forfait.

Childebrand coupa court. Comment, ultérieurement, il aurait à l'expier, n'était pas pour l'heure le plus important. De toute façon, le châtiment viendrait. Il s'agissait que l'enquête progresse. La façon dont ses gardes en usaient avec les paysans, les colons, les esclaves... et les moines en pèlerinage, ne présentait plus guère de mystères. A ce sujet aussi, justice serait faite. Cependant, quant au meurtre lui-même, bien des ombres demeuraient.

Alors que Guénard commençait une protestation, disant que ni de près ni de loin il n'avait été au courant d'intentions criminelles concernant le vicomte, et que par conséquent encore moins il avait pu tremper dans..., Childebrand à nouveau l'interrompit :

— Quelques points, peut-être sans importance, peut-être au contraire très significatifs, demandent à être éclaircis, dit-il. Nous attendons de toi une franchise totale. Si nous découvrions que tu as menti, même par omission, c'en serait fait immédiatement de toi.

Guénard accueillit ces avertissements sans sourciller. L'interrogatoire le montra assumant ses responsabilités mais s'efforçant, constamment, et habilement, de faire retomber les fautes les plus lourdes sur Aldric.

— Étant donné qu'il n'est plus là pour soutenir le contraire, tu ne risques rien à le charger, fit remarquer Childebrand.

— Ce qui dépendait de mon commandement, je te l'ai dit, seigneur, répondit Guénard. Sans rien dissimuler. Mais tous, ici, te confirmeront que le vicomte était devenu au fil des ans de plus en plus avide, cruel, méfiant et que, bien souvent, c'est moi, oui, prenant sur moi, qui ai tempéré sa rudesse ! Ces derniers temps, il était comme fou. Je ne vous apprendrai rien en disant qu'il y avait d'abord cette histoire avec la femme de l'intendant. Vous avez vu ce qui s'est passé au banquet. Beaucoup vous diront que c'est ce qui l'avait complètement dérangé, peut-être parce que, paraît-il, elle se détournait de lui.

— Pour qui ? demanda Erwin.

— Je ne veux pas rapporter des ragots. Mais, si vous permettez, à mon sens, il n'y avait pas que cela.

— Alors quoi ?

— Je ne sais pas au juste. Les choses ont empiré à la suite de la capture de Benoît... Vers la fin de l'automne. D'ailleurs, Aldric a fait répandre qu'on l'avait capturé alors que j'ai de bonnes raisons de croire qu'il s'était livré.

— Qui est ce Benoît?

— Qui il était plutôt, car il a été exécuté : le principal lieutenant de Doremus, ancien moine comme celui-ci, mais cent coudées au-dessous de son chef. Car on peut dire ce qu'on veut de Doremus, c'est un bandit et je le ferais passer volontiers en enfer, mais c'est un meneur d'hommes et, parfois, je regrette qu'il soit au service du mal et non du roi.

— Donc, ce Benoît...

— ... s'est trouvé entre les mains du vicomte et lui a révélé certaines choses, je ne peux pas dire quoi parce que les entrevues se sont déroulées en tête à tête. A mon avis, il était venu fournir des informations en espérant une bonne rétribution et en se disant que par la promesse d'autres révélations, il pourrait se faire un magot. Mauvais calcul parce qu'il a été immédiatement bâillonné, mis au secret et étranglé.

— Comment cela?

— Sur ordre du vicomte, que j'ai d'ailleurs rencontré le jour même où ce Benoît lui avait fait des confidences fatales.

— Quel jour?

— C'était un mardi, je m'en souviens très bien, le vicomte me parut très soucieux. Je ne sais vraiment pas ce que le bandit avait pu lui dire, mais apparemment rien d'agréable. Il ne m'a fait aucune allusion à leur conversation. Il m'a demandé de prendre toutes dispositions pour qu'il puisse effectuer, malgré l'hiver, un déplacement urgent dans les deux jours. A mon étonnement il a précisé : un cheval robuste, des vivres, des armes, aucune escorte. Comme j'insistais, il m'a répété avec colère : « Aucune escorte, es-tu sourd ! »

— Il est donc parti...

— ... le jeudi, et seul comme il l'avait dit. Il est resté absent trois jours, étant de retour le samedi. Ah ! ce retour, je m'en souviendrai toute ma vie. Je ne l'avais jamais vu dans un tel état. Dans sa salle d'audience où il m'avait convoqué, il marchait de long en large, martelait la table en proférant des insanités, m'interpellait, m'insultait : j'étais un incapable, un crétin, un traître !

— As-tu une idée de ce qu'il a pu découvrir pendant ce voyage et d'abord sais-tu où il s'est rendu ?

— D'après certains colons qui l'auraient aperçu, il aurait pris la route d'Arnay.

— C'est bien cette cité que nous avons traversée venant de Pouilly ? demanda Childebrand à Erwin.

— Oui, répondit le Saxon, pensif. Y avait-il quelque chose ou quelqu'un qui pouvait l'attendre à Arnay, quelque affaire expliquant cette démarche précipitée ?

— Ni l'un ni l'autre à ma connaissance, répondit Guénard. Mais ce que je peux vous assurer, c'est qu'il en est revenu comme fou. Une seule chose me paraît évidente : cela devait tourner autour de Doremus et de sa bande, et là devait se trouver un danger extrême car il n'a plus eu qu'une idée en tête : l'extermination, disant et répétant qu'il ne fallait pas faire de quartier, qu'il était inutile de capturer des prisonniers, que le fil de l'épée suffirait bien à tout régler, sans égard ni pour les femmes, ni pour l'âge car il fallait écraser les vipères dans le nid. C'est à la suite de cela qu'il a monté, sans tarder, une expédition contre Doremus dont il m'a ôté la direction. Je suis chef des gardes, je connais mon devoir et je sais qu'il est parfois cruel. Mais j'ai été heureux d'être dessaisi de ce commandement, étant donné l'état où je le voyais. Le détachement a tenté pendant près d'une semaine d'encercler et anéantir les gens de Doremus qui lui ont finalement échappé. Quand il est revenu, bredouille, je l'ai vu dans une inquiétude et dans une rage insanes. Il m'a, de nouveau, accablé d'injures, agonisant aussi les gardes qu'il traitait de pleutres et d'incapables. Dès lors, il est entré dans une sorte de folie avec des accès de frénésie suivis de subits abattements. C'est la raison pour laquelle la sortie qu'il a faite au banquet ne m'a étonné qu'à moitié.

— Ne vois-tu rien d'autre à signaler pour cette période, rien qui t'ait semblé insolite, révélateur ?

— Rien, sauf un voyage de plus longue durée qu'il a entrepris par la suite, avec son second, Harald. Ils ont été attaqués en chemin et s'en sont sortis de justesse.

— Un dernier mot, Guénard, intervint Childebrand. As-tu une idée, un soupçon susceptibles de nous mettre sur la piste du meurtrier d'Aldric ?

— S'il s'agit des raisons qu'on avait de le tuer, je pourrais vous citer vingt personnes et plus qui le haïssaient, à qui il avait fait du mal et qui pouvaient souhaiter sa mort. Mais s'il s'agit de pistes sérieuses, de soupçons vraiment fondés, je n'en ai aucun. Je n'ai donc pas de nom à citer.

— Et nous te comprenons ! Bien, bien !... Tu te tiens à notre entière disposition. Et tu conserves le secret le plus absolu sur ce qui s'est dit ici, y compris sur ce que toi, tu as dit. Tu as entendu, le plus absolu ! Il n'y a, pour l'heure, pas d'autre pouvoir en ce comté que le nôtre.

Les obsèques d'Aldric, célébrées par l'archiprêtre et non par l'évêque Martin, eurent lieu dans l'après-midi. L'office attira une foule considérable animée par la curiosité plus que par la compassion ou le chagrin. Le comte Childebrand et Erwin, qui ne pouvaient se dispenser d'y assister, refusèrent les places d'honneur qu'on leur avait attribuées dans le lieu saint et, comme le comte Thiouin ne pouvait plus, dès lors, en accepter une, elles restèrent spectaculairement vides, attirant plus les regards que la cérémonie elle-même.

Ni la comtesse Hertha ni la vicomtesse Oda n'étaient présentes, ce qui, ajouté à l'absence de l'évêque et à celle d'autres personnalités comme le chef du municipe, suscita des mouvements, une excitation, des murmures, voire des commentaires exprimés sans retenue, et transforma l'office en une sorte de foire aux rumeurs à peine troublée par l'allocution banale et crispée du vicaire. Les commères n'avaient d'yeux que pour la belle Gertrude qui, assise au deuxième rang à côté de son époux, hiératique, parée comme une châsse, regardait vers l'autel, sans qu'un trait de son visage bouge, se dérouler le service funèbre de celui que toute la ville lui avait prêté comme amant.

Dans la foule, indifférente pendant tout l'office, on ne ressentit un peu d'émotion qu'au moment où l'on vit, derrière le cercueil que des hommes portaient vers le cimetière, s'avancer, seule, suivie des personnalités, Jeanne, la très jeune fille d'Aldric et d'Oda, qui retenait ses sanglots à grand-peine. Alors un lourd silence marqua le passage de la mort.

Le lendemain, à l'aube, quand le comte se présenta à la porte de la chambre qu'occupait l'abbé, il trouva celui-ci à genoux, mains jointes et tête inclinée, plongé dans une profonde prière. Quand il entendit les pas de Childebrand, le Saxon se redressa et, tout en revêtant son manteau d'hiver, dit à celui-ci qu'il avait adressé une supplique au Très Haut pour qu'Il éclaire leur chemin à ce tournant de leurs investigations. Après cela, il saisit à son chevet le fourreau qui contenait son épée, coiffa un bonnet de fourrure et passa un coutelas à sa ceinture.

— Tu as vraiment là un étrange glaive, lui dit le comte, désignant le fourreau.

— Oui, la lame, indienne[1], en est souple et très tranchante. Un cadeau précieux d'un combattant d'Espagne.

Accompagnés seulement d'une escorte de quatre gardes, les deux missi prirent la route d'Arnay. Le temps s'était radouci. Par instants, il pleuvait, mais la neige fondante et la boue étaient, à tout prendre, bien préférables aux congères et au froid glaçant qui avaient entravé leur marche lors du parcours qui les avait menés de Pouilly à Autun.

A Arnay où ils arrivèrent au début de l'après-midi, ils se firent connaître au chef du municipe et au centenier[2], lesquels redoublèrent de zèle pour leur accueil et leur hébergement, car c'était la première fois que la cité avait l'honneur de recevoir des envoyés du souverain. Les deux missi durent insister pour qu'ils s'abstiennent d'organiser des festivités, soulignant qu'eux-mêmes étaient venus pour enquêter et qu'ils entendaient consacrer tout leur temps à leurs investigations.

Dès leur arrivée, ils s'installèrent, après une colla-

1. En pays musulmans comme en Occident, les épées indiennes étaient réputées et recherchées.
2. Officier de justice.

tion, dans la salle où se tenait habituellement le tribunal local pour procéder à l'audition de témoins, s'il s'en trouvait. Ils expliquèrent au centenier qu'ils désiraient savoir si dans la première semaine d'octobre un homme, seul sans doute, était venu à Arnay pour y procéder à une sorte d'enquête. Ils ne pouvaient en dire davantage, mais attachaient du prix à ce que tous ceux qui pourraient les renseigner à ce sujet viennent, sans crainte, témoigner devant eux. Leur dévouement serait favorablement noté.

Bientôt ce fut une cohue devant la porte de leur salle d'audience. Nombreux étaient ceux qui, prétextant un vague renseignement, voulaient approcher des missionnaires de Charles le Victorieux, les voir, être vus d'eux, se faire bien voir et amasser ainsi provision d'anecdotes pour de nombreuses veillées. Childebrand dut préciser que les prétendus témoins qui se révéleraient n'être que des imposteurs, bien loin de s'acquérir des mérites, risquaient d'encourir une amende. La menace refroidit à peine l'ardeur des curieux. Childebrand et Erwin poursuivirent leur audience jusqu'à une heure tardive. Ils convinrent que rien n'en était résulté, sauf cette conviction — qui ne manquait pas d'intérêt — qu'aucun homme ne s'était arrêté en la cité, que ce soit au début d'octobre ou à toute autre date, pour se livrer à des recherches. Quant à savoir si un cavalier seul était passé par Arnay à ce moment-là, autant chercher une aiguille dans une meule de paille. Ils reçurent à ce sujet cent témoignages, mais aucun de quelque intérêt.

— Le fait qu'Aldric soit parti d'Autun par la route d'Arnay ne signifie rien, souligna le comte. Il a fort bien pu bifurquer au domaine de Cordesse sur Saulieu, ou encore, à peine sorti de la ville, prendre la direction de Beaune.

Erwin acquiesça.

— Cependant, dit-il, il est également possible qu'il ait simplement traversé Arnay pour se rendre à Pouilly. Je ne vois pas le vicomte, plongé dans la plus extrême confusion, imaginer des ruses pour masquer sa destination. Il n'y a guère que quatre lieues d'ici à Poigny. Nous y serons demain avant la fin de la matinée.

— Soit ! approuva Childebrand d'un ton maussade.

L'arrivée à Pouilly raviva pour le comte le souvenir de leur dernière étape et des incidents qui avaient marqué leur passage en cette cité. Après une réception officielle d'autant plus chaleureuse qu'il n'y avait cette fois-ci que six personnes à héberger et à nourrir, l'abbé proposa à Childebrand une visite chez ce notable dont la femme Hermine avait disparu et dont le spectre réclamait vengeance.

Ce marchand drapier, Cyprien, habitait une villa située un peu à l'écart de la cité. Il gérait un domaine assez vaste avec l'aide de plusieurs familles de colons qu'il avait « casés » et de quelques esclaves domestiques. Averti par un coursier du municipe de l'arrivée des missi, il les reçut avec une déférence courtoise et une grande dignité, sans excès d'obséquiosité. C'était un homme triste dont l'existence avait été endeuillée par le fait que le ménage qu'il formait avec Hermine n'avait pas eu d'enfants. Pour autant, il n'avait jamais songé à répudier sa femme pour laquelle il avait toujours eu une grande affection. Sa mort, ou plutôt sa disparition, « mais pouvait-on désormais douter qu'elle fût morte », l'avait apparemment frappé au cœur. Il continuait de commercer et de gérer son domaine sans goût mais par devoir, car bien des familles dépendaient de lui. Il ne souhaitait pas qu'elles passassent sous un joug plus lourd que le sien.

Tandis qu'il parlait, l'abbé observait les esclaves de la domesticité, remarquant qu'en effet ils étaient bien vêtus, semblaient en bonne santé et servaient leur maître avec respect et prestesse, mais sans la nervosité qu'engendre la peur. Une vieille cuisinière vint même parler de quelque détail ménager à Cyprien avec une rudesse affectueuse que celui-ci accepta avec un pâle sourire amusé.

— Ce qui me ronge, dit le maître de maison, c'est cette incertitude où je suis malgré tout. Voici des semaines que Hermine, ma douce femme, a disparu...

Erwin tourna vivement la tête vers lui :

— Un moment ! Cyprien, s'écria-t-il. Peux-tu me dire quand exactement elle a disparu ?

— Comment, mon père, pourrais-je oublier ce jour néfaste entre tous ? C'était un vendredi, le jour du supplice de Notre Seigneur, le premier vendredi du mois d'octobre.

Childebrand étouffa un juron et regarda Erwin d'un air à la fois stupéfait et exalté. L'abbé reprit :

— Il est de la plus grande importance que tu nous dises ce qui s'est passé exactement ce jour-là.

L'homme, le visage crispé, des larmes dans les yeux, répondit :

— Hélas, mon père, hélas, tu touches là au plus profond de mon remords et de ma douleur. Vous savez que le deuxième dimanche d'octobre se tient la grande foire de Beaune. J'étais donc parti avec une demi-douzaine de mes commis, deux voitures transportant des draps et des toiles de lin pour cette foire. Afin que mon étal soit prêt à temps, j'ai donc quitté Pouilly le vendredi. A mon retour, j'ai appris par mes domestiques que Hermine avait disparu pendant cette fatale journée. J'ai pensé à un accident : aussi ai-je fait entreprendre immédiatement des recherches, dans les bois, sur les berges des ruisseaux et jusqu'à l'Armançon. J'ai fait explorer les étangs. Hermine était une femme généreuse, bonne. Combien d'hommes de la ville, combien de femmes, touchés par sa disparition, m'ont aidé en cette circonstance, je ne saurais le dire ! Nous n'avons rien trouvé, jusqu'au jour où, dans les bois, on a aperçu son fichu, ensanglanté.

— Qui ?

— Le forgeron, Étienne. Il pleurait, lui, cet homme colossal, il pleurait comme un enfant en me le rapportant.

— Où était ce bois ? Je veux dire, où est-il ?

— Le bois de Vesvres, à une lieue d'ici, plutôt dans la direction d'Arconcey.

— Maintenant, réfléchis bien avant de me répondre ! Crois-tu possible que ta femme ait suivi son agresseur jusque-là ?

— Impossible ! Surtout que ce sont de mauvais chemins. Et puis pourquoi l'aurait-elle suivi ?

— Pardonne encore cette question ! dit le Saxon en se caressant le menton. Est-ce que cela aurait eu un sens pour un agresseur de mener de gré ou de force une femme dans ce bois-là pour, hélas, la tuer ?

— Aucun sens. Il aurait eu à traverser plusieurs manses avec sa victime... autant d'occasions d'être vu... Vous savez bien qu'il y a toujours quelqu'un, même à l'orée de l'hiver, dans les champs, les prés et dans les bois.

— Nous aboutirions donc à la conclusion que le fichu ensanglanté a été déposé, d'ailleurs accroché à un buisson et, en somme, bien en vue, pour égarer les recherches.

— Sans doute, mon père, dit Cyprien en secouant la tête douloureusement. Sans doute... Je n'avais jamais envisagé les choses comme cela... Mais, mon père, est-ce que cela change quoi que ce soit ?

— Je crains, hélas, que oui, dit Erwin, et que tu ne sois pas arrivé à la fin de ton calvaire.

L'abbé se leva brusquement :

— Combien d'hommes peux-tu mettre tout de suite à notre disposition ? demanda-t-il d'un ton impérieux.

— Immédiatement une dizaine, dans l'heure une trentaine.

— Très bien. Qu'ils entreprennent des recherches sur ton domaine sans rien omettre, pouce carré par pouce carré ! Je dis : sans rien omettre, taillis, pièces d'eau, bosquets, meules, greniers, étables, resserres, ateliers, granges et, en votre maison, toutes pièces, surtout celles qui sont peu utilisées, ainsi que les logements des esclaves... tu m'as entendu. J'ai bien dit que pas un pouce carré ne reste en dehors de cette fouille !

— Tu crois donc...

— Oui, mon fils. Si ta femme n'est plus en vie, c'est ici et non ailleurs qu'on la lui a ôtée, car, comme tu l'as dit, on ne pouvait prendre le risque d'être vu avec elle. Le fichu n'était qu'une diversion.

— ... qui nous a, hélas, égarés.

— Attendons de voir si l'événement me donne tristement raison, répondit le Saxon. Encore un mot : l'hiver a-t-il été précoce en cette région, cette année ?

— Très précoce. Je me souviens que, ce fatal vendredi, nous avons rencontré sur la route de Beaune neige et verglas qui nous ont retardés... Oui, et quand je suis revenu, tout était enneigé.

En fin d'après-midi, l'un des vachers du domaine, le visage bouleversé, vint annoncer qu'une macabre découverte venait d'être faite. Bien que Childebrand et Erwin eussent voulu l'en empêcher, Cyprien accompagna les deux missi jusqu'à une cressonnière gelée, située à cinq cents pieds seulement de la demeure principale, et au fond de laquelle gisait le cadavre de Hermine. Quand ils y arrivèrent, plusieurs serviteurs, la tête découverte, certains en pleurs, regardaient la glace au-dessous de laquelle on apercevait par transparence la dépouille comme intacte de la femme du drapier. Celui-ci se précipita, sanglotant, frappant la dure surface de ce sarcophage de ses poings. Il fallut plusieurs domestiques pour le relever et l'arracher à ce cercueil. C'est en balayant la neige qui recouvrait cette cressonnière que le chef des étables et deux de ses aides avaient dévoilé le corps enfoui de la victime.

Childebrand obtint quand même qu'on éloignât Cyprien au moment où on sortirait sa femme de ce cercueil.

— Dire que je suis passé cent fois devant cette cressonnière sans me douter qu'elle était là, elle, Hermine ! répétait le malheureux mari pendant qu'on l'entraînait vers sa demeure.

L'examen du cadavre, immédiatement effectué par un médecin à la lueur des torches, prouva qu'elle avait été tuée d'une dague en plein cœur, achevée plutôt, car son corps portait des meurtrissures impliquant qu'elle avait été torturée.

Erwin, toute la nuit, assista Cyprien qui, dans l'excès de sa détresse, voulait se supprimer. Au matin, les notables en délégation vinrent présenter leurs condoléances au maître drapier, et il fallut endiguer le flot de ceux qui, soit par sincère compassion, soit par curiosité malsaine, voulaient être reçus par celui qui était dans le malheur. Les envoyés du roi retardèrent leur départ, d'abord pour assister aux obsèques solennelles de Hermine, ensuite pour poursuivre leur enquête sur place à la lumière de la nouvelle péripétie dramatique. A l'église, quand ils entrèrent pour prendre part à la place d'honneur au service funèbre, ils furent l'objet d'une manifestation de sympathie qu'ils durent arrêter d'un geste.

En interrogeant la domesticité de Cyprien, ils apprirent que Hermine, en l'absence de son mari, avait décidé de se rendre chez un colon dont la femme était sur le point d'accoucher. Leur manse n'était pas très éloigné. Elle n'y était jamais arrivée. Le chemin pour s'y rendre passait-il près de la cressonnière ? A cent pieds environ. Et la route venant d'Arnay ? Oui, assez près, elle aussi. Enfin, y avait-il par là une cabane, une hutte, un appentis, où le meurtrier aurait pu entraîner sa victime ? On mena les deux missi à une resserre où l'on rangeait pour l'hiver les faucilles, les faux, les râteaux et autres instruments agricoles. Ils y trouvèrent un désordre qui pouvait signifier qu'une lutte s'y était déroulée.

Dès lors, il était loisible de penser que c'était Aldric qui, après les révélations de Benoît, s'était rendu à Pouilly pour obtenir de Hermine des renseignements qu'il devait considérer comme vitaux. Servi par une sinistre chance, il l'avait surprise en chemin, l'avait capturée, maîtrisée puis, après l'avoir torturée pour la faire parler, lui avait clos les lèvres à jamais. Il avait jeté le corps dans la cressonnière, bientôt gelée et recouverte de neige. En exposant le fichu ensanglanté sur un buisson dans une forêt située à l'écart, à une lieue de là, il était parvenu à égarer les recherches. On pouvait également estimer qu'il devait exister une relation entre ce que Hermine lui avait, malgré elle, révélé, et l'expédition conduite par lui-même contre Doremus et qu'il aurait voulue implacable.

Erwin et Childebrand durent attendre le lendemain des obsèques pour trouver Cyprien, qui avait fini par dormir une couple d'heures, en état de répondre à leurs questions.

— Tu nous pardonneras de raviver ta douleur... commença l'abbé.

— Ne vous dois-je pas tout, à vous qui avez vu ce que je n'ai pas su voir ?

— ... mais pour faire bonne justice, il nous faut t'interroger sur Hermine elle-même, ses origines, ses amitiés, sa vie.

— Autant parler d'un ange, répondit Cyprien en essuyant ses larmes... Elle était originaire de Feurs...

— ... de Feurs, dis-tu ? s'écria Childebrand.

— Oui. Ses parents y tenaient et y tiennent encore comme moi un commerce de drap. Je l'ai connue lors d'un déplacement, il y a une douzaine d'années. Elle avait alors dix-huit ans. Elle était la beauté et la sagesse mêmes. Tout de suite nous nous sommes aimés, adorés. Un an après, avec le consentement heureux de nos parents, nous étions mariés. Hélas, aucun enfant n'est venu égayer notre foyer. Bien que nous ayons entrepris pèlerinage sur pèlerinage et prié le Ciel de toute notre ardeur, notre couple est demeuré stérile. Hermine en a beaucoup souffert. C'était pour elle une plaie ouverte. Aussi, pour apaiser un peu son affliction, se dévouait-elle, sans compter, lorsqu'une mère ou une future mère avait besoin de secours et de soins. Les femmes de mes colons et même mes esclaves peuvent en témoigner. Mon seul réconfort dans cette détresse est de savoir que leurs larmes ont coulé pour elle.

— Nous l'avons vu, Cyprien. Sache que de telles larmes lui ont ouvert toutes grandes les portes de la félicité éternelle, car rien ne peut être plus agréable à Dieu que l'amour que lui ont porté les humbles de cette terre.

— Mais elle n'est plus là, mon père ! Moi, elle m'a quitté à tout jamais ! s'écria l'homme.

— Seuls le temps et la prière adouciront ton malheur... Cependant il faut bien que nous remplissions le rôle que nous a confié le roi et qui est de rendre en son nom la justice. Je dois te demander si Hermine connaissait à Feurs la famille d'Anne, qui a épousé voici onze ans celui qui est devenu le vicomte Aldric et qui d'ailleurs l'a répudiée pour stérilité deux ans après.

— Hermine et Anne se sont très bien connues. Elles étaient à peu près du même âge. Adrien et Céleste, les parents d'Anne, fréquentaient la famille de ma femme. Anne avait un frère, Pierre, de deux ans plus âgé qu'elle. Ses parents et son frère sont, à ma connaissance, toujours en vie. Quant à cet Aldric, il paraît que le démon a fini par avoir son âme.

— Pourquoi « démon » ? demanda Childebrand.

— Sa réputation était fermement établie à vingt lieues à la ronde. Personne n'a jamais compris qu'un descendant de Charles Martel, un Nibelung, se donne comme adjoint et exécutant un être pareil.

— Oublierais-tu qu'il a été assassiné ?

— Être une victime n'efface aucun péché. Que Dieu le juge !

— Te souviens-tu, demanda le Saxon, si, il y a environ neuf années de cela, Anne est venue rendre visite à ta femme ? C'était au moment où Aldric se préparait à se séparer d'elle.

— Je m'en souviens parfaitement. Elle est restée

plusieurs semaines ici. Elle était dans un piteux état, elle que j'avais connue si rayonnante : affaiblie, nerveuse, pleurant sans cesse pour un oui, pour un non, malgré les soins que Hermine prenait d'elle. Puis, sur le conseil de ma femme, elle est repartie, un peu réconfortée, rassérénée.

— Pour Feurs ?

— Sans doute. Mais je ne sais pas.

— Tu as dit que Hermine se dévouait souvent pour les enfants des autres. Je suppose que, parfois, certaines mères avaient besoin de nourrices. Ta femme en connaissait-elle ?

— Un homme ne s'occupe pas de ces choses-là. Demande à Rosa, notre cuisinière, elle doit le savoir.

— Nous le lui demanderons... A moins que le comte Childebrand n'ait d'autres questions à te poser, nous allons arrêter là notre pénible devoir en te renouvelant l'expression de notre compassion.

— Sache, dit Childebrand, que le nom du meurtrier, celui qui a coupé la fleur de la vie, te sera révélé sans tarder. Et reçois nos excuses pour avoir été obligé d'évoquer douloureusement celle que tu as aimée.

Le drapier s'inclina respectueusement :

— Dites au roi Charles qu'il n'a pas de sujet plus dévoué que moi...

Puis se tournant vers l'abbé et se mettant à genoux, il ajouta :

— Soyez remerciés, tous deux. Bénis-moi, mon père !

Avant qu'ils ne quittent le domaine de Cyprien, Erwin tint à rencontrer la cuisinière Rosa. La matrone se souvenait fort bien du séjour d'Anne à la villa. Le moine dut lui arracher les mots de la bouche car elle se considérait comme dépositaire des secrets de Hermine, dont elle avait été, d'une certaine façon, la confidente. En mettant en doute gentiment sa perspicacité, le Saxon finit par lui faire dire :

— Moi, Rosa, on ne me trompe pas, mon père et, tout moine que tu es, je te défie de prouver le contraire. Ainsi, malgré ce qu'elle prétendait, je dis qu'Anne attendait un enfant, qu'elle avait le masque des femmes enceintes et puis d'autres choses que vous autres les hommes, même d'Église, vous n'avez pas besoin de savoir.

— Allons donc !...

— Ah ! mon père, je vais me fâcher ! Je suis sûre de ce que je dis, aussi sûre que te voilà devant moi, comme je suis certaine que Hermine le savait aussi, même que c'est sans doute pour cela qu'elle l'a hébergé si longtemps ici. Mais comme ça allait se voir, Anne n'a pas pu rester davantage.

— Pourquoi ?

— Parce qu'elle ne voulait pas que ça se sache.

— Mais pourquoi ?

— Est-ce que je sais, moi ? répondit Rosa. C'est tout des affaires de là-haut. Je dis qu'elle ne voulait pas que ça se sache, un point c'est tout !

— Elle est donc repartie pour Feurs achever sa grossesse, selon toi ?

— Mon père, où as-tu l'esprit ? A Feurs ? Pour cacher sa grossesse ? Anne avait peur. De quoi, je ne sais pas. Je suis sûre qu'elle avait peur. De son mari, sans doute.

La matrone hésita, puis se décida.

— La preuve, c'est que cette grossesse, elle est allée l'achever chez Fabienne.

Erwin laissa voir son étonnement.

— Cette fois-ci, tu ne trouves plus rien à dire, seigneur envoyé du roi, dit-elle triomphante.

— Et elle a eu un enfant ?

— Ça, je ne sais pas. D'après moi, oui. Mais de cela, ma patronne ne m'a pas soufflé mot.

— Et où habite cette Fabienne ?

— Si c'est pour lui faire du mal...

— Écoute-moi bien, Rosa ! Crois-tu qu'un homme du roi chargé de sa justice puisse commettre un forfait ? Alors parle ! Il y va peut-être de sa vie. Il faut que nous agissions vite. Parle, femme, c'est un ordre !

— Elle habite là-haut, à Arconcey.

— Mais n'est-ce pas près de la forêt de Vesvres ?

— Juste en lisière, au Nord.

— Sois bénie, Rosa ! Nous allons la sauver s'il en est encore temps.

— Je l'espère, mon père, dit la matrone, pour une fois décontenancée.

— Va en paix ! ajouta l'abbé. Tu es une bonne et honnête femme.

L'arrivée des missi sema la panique dans le village d'Arconcey, ce qui inspira à Childebrand des réflexions amères sur l'accueil réservé à ceux qui gouvernaient le pays, lesquels auraient dû susciter non la peur, mais la confiance et le respect.

— A qui en revient la faute ? demanda simplement Erwin.

Celui-ci, seul à posséder le dialecte du pays, en procédant de proche en proche et en parvenant à vaincre non sans mal les appréhensions qu'il provoquait, réussit à apprendre où se trouvait la chaumière de Fabienne. On lui indiqua également que, victime d'une grave maladie, elle était morte récemment, aux ides de septembre. Les deux missionnaires trouvèrent en effet sur son manse un jeune ménage de tisserands qui venait de s'installer. Ils apprirent que Fabienne avait pour amie proche une femme de son âge, une veuve, qui subsistait tant bien que mal sur un petit manse voisin, aidée par la charité publique.

Elle aussi, d'abord réticente, puis conquise par la simplicité de ces seigneurs qui s'étaient assis sur des tabourets à sa table en lui demandant du pain, du fromage et un simple gobelet de cervoise, finit par admettre qu'elle était en effet l'amie de Fabienne, « comme une sœur pour elle ». Elle se mit alors à pleurer sur sa mort récente qui la laissait, elle, Émilie, seule au monde.

— Écoute-moi bien ! lui dit alors l'abbé. Il y a de cela une huitaine d'années, est-ce qu'une dame — tu vois ce que je veux dire — est venue chez Fabienne pour terminer une grossesse et accoucher discrètement ?

— Assurément, mon père. A l'époque, Fabienne avait déjà un nourrisson de neuf mois chez elle. Cette dame est arrivée, environ à son cinquième mois. Elle a dit qu'elle avait fauté et qu'elle voulait cacher sa honte. Fabienne lui a dit qu'un enfant, dès lors qu'il était baptisé, était un enfant de Dieu et que le sien, quelle qu'ait été sa faute, serait baptisé.

— Elle a accouché...

— ... d'un beau garçon. A terme. Je l'ai assistée dans son travail. Hélas ! l'accouchement s'est mal passé. Elle voulait nourrir son enfant. Elle était trop malade. Elle a dit qu'elle devait repartir chez elle ; je ne sais pas où. Elle a donné pas mal de deniers à Fabienne pour se charger du nourrisson. Elle a dit aussi qu'une femme de la ville viendrait pour s'occuper des frais, de tout.

— Et cette femme est venue ?

— Oui, de temps à autre, accompagnée d'une sorte de régisseur. Un homme âgé. Il est mort depuis, je crois. D'après le chemin qu'ils prenaient, ils devaient venir de Semur, ou de Pouilly. Des personnes qui, sûrement, devaient avoir du bien.

— Et l'enfant est resté chez Fabienne ?

— Jusqu'à sa sixième année.

— Et après ?

— Je ne sais pas.

— Il est parti ?

— Sans doute.

— Seul ? Avec cette femme de la ville ?

— Je ne sais pas.

Quand Erwin eut traduit à Childebrand cet échange de propos, le comte, que l'irritation gagnait, lui dit qu'au besoin, par d'autres méthodes, « on saurait délier la langue de cette mégère ».

— Ce serait bien mal payer sa bonne volonté, rétorqua Erwin en francique. Mais si elle se tait sur ce point, elle qui a bavardé si complaisamment jusqu'à présent, c'est qu'elle doit avoir une solide raison. Réservons le fouet comme ultime moyen !

Se tournant vers Émilie, l'abbé reprit en dialecte :

— Femme, on ne trompe pas les missionnaires du roi, encore moins un homme de Dieu comme moi. Je sais que tu sais et qui, si tu ne dis rien, c'est que tu as peur ou que tu veux protéger quelqu'un. Au nom du Seigneur qui nous voit, au nom du roi Charles le Juste qui nous commande, je te promets que quoi que tu saches, quoi que tu dises, il n'en résultera pour toi aucun mal d'aucune sorte. Au contraire. Mais si tu continues à te taire, je ne te garantis rien, car mon ami, ici, est déjà fort en colère. Allons, décide-toi !

Après bien des hésitations, Émilie finit par confesser que Fabienne connaissait Doremus, qu'elle avait peut-être eu des bontés pour lui, qu'elle l'avait aidé et que même, quand elle pouvait, elle l'avertissait des dangers qu'il courait.

— Mais moi, j'ai toujours refusé, protesta-t-elle véhémentement. Je ne voulais pas avoir d'histoires. Et même si, pour moi et pour beaucoup d'autres, Doremus n'est pas tout à fait un brigand, j'ai toujours pensé que mieux valait se tenir à l'écart.

— Tu as agi sagement. Mais quel rapport avec l'enfant?

— Eh bien, la femme de la ville venait de moins en moins souvent. Et un enfant, quand ça grandit, ça coûte de plus en plus. Fabienne, je te l'ai dit, en avait deux sur les bras : le bébé abandonné qu'elle nourrissait déjà et celui de la malheureuse accouchée, qui, entre nous, n'a pas dû survivre longtemps car elle saignait à faire pitié. Je reviens à Fabienne. Deux grands gamins... Finalement, elle s'est entendue avec Doremus et, à ce qu'elle m'a dit, il a promis de s'en charger. Deux bouches de plus, deux bouches de moins, pour lui, n'est-ce pas...

— Et Doremus revenait la voir souvent?

— Je n'étais pas au courant, répondit Émilie prudemment. De temps en temps, sans doute, pour donner des nouvelles des gamins : Jean l'orphelin et Cosme l'abandonné. D'après Fabienne, Doremus en était content. Il leur apprenait à lire, à écrire, à compter, peut-être aussi un peu à se débrouiller sur les marchés, si tu vois ce que je veux dire.

— Je vois.

— Je sais qu'à la fin de l'été, quand Fabienne s'est sentie mourir, Doremus est venu la voir avec un autre moine défroqué — pardonne-moi, mon père —, un certain Benoît, qu'elle n'aimait pas d'ailleurs. Une tête de fouine sur un corps d'ours.

— Comment sais-tu cela? demanda Erwin avec un sourire en dessous.

— C'est Fabienne qui me l'a dit, répondit Émilie

précipitamment. Elle est morte peu après. Ce qu'elle a révélé à ces deux hommes, je ne le sais pas.

— Dis-moi encore : un cavalier est-il venu au début de l'hiver, à peu près aux calendes d'octobre, pour demander des nouvelles de Fabienne et pour savoir ce qu'il en était d'un garçon qui serait né chez elle il y a huit ans ?

— Oui, je m'en souviens : un bel homme, richement vêtu sur un cheval superbement harnaché. Je lui ai dit que Fabienne était morte. Pour le reste je n'ai pas desserré les dents. Mais il a dû en interroger d'autres, peut-être plus bavards, surtout avec un denier d'argent sous le nez.

— Ce qui fait que, de proche en proche, il a pu apprendre pour Doremus et pour ses enfants... Jean et Cosme, as-tu dit ?

— Oui, seigneur.

Mis au courant, Childebrand manifesta sa satisfaction.

— Oui, je crois que tout se tient, affirma Erwin en francique.

— Comme c'est bon d'entendre enfin notre vieille langue après tout ce charabia, ajouta le comte avec un large sourire.

— Tu sais, ma vieille langue, à moi, c'est le saxon, répondit l'abbé.

Il fallut toute l'insistance du missionnaire pour faire accepter à Émilie un peu d'argent. Mû par une soudaine inspiration, celui-ci coupa un carré de l'étoffe de sa coule et l'offrit à la femme qui, émue aux larmes, reçut ce souvenir à genoux avec une bénédiction.

Frère Antoine cheminait lentement sur la sente qui menait à Moux, à pied, à côté de sa monture qui portait comme provisions de bouche de la saucisse, du fromage et du pain ainsi qu'un tonnelet de vin. Il était vêtu d'un épais manteau de laine et ne portait aucune arme sauf une dague. Il avait fait étape, venant d'Autun, à Ménessaire où il avait stupéfié la pratique de la taverne par sa capacité stomacale. Quelques histoires drôles, racontées dans un dialecte proche du parler local, lui avaient valu immédiatement une réputation de moine paillard. Il souhaitait que cette renommée arrive le plus rapidement possible aux oreilles de celui qu'il voulait rencontrer. Aussi, sur les chemins de montagne où le froid mordait, ne se pressait-il guère.

Au sortir d'un hameau, à une lieue de Ménessaire, il trouva sa route barrée par un enchevêtrement de branches. A quelques pas derrière, sur une souche, se tenait un homme, glaive au côté, arc à l'épaule. Il portait lui aussi une coule, brunâtre, et avait enroulé autour de son cou une bande de laine avec laquelle il protégeait du froid son nez et sa bouche. De sa face on n'apercevait que les yeux. L'homme dégagea sa bouche et lança à l'arrivant avec un sourire, s'exprimant en latin :

— Ainsi, voici donc frère Antoine qui vient faire visite à son frère indigne ! On ne peut pas dire, quand tu te rends en un pays, que tu te laisses ignorer.

— Comment faire autrement, Doremus, si je voulais te rencontrer ?

— Depuis ton départ d'Autun, nous t'avons suivi pas à pas.

— Tu aurais pu m'intercepter avant, cela m'aurait évité de m'essouffler et de me geler.

— Bah, un peu d'exercice ne te fait pas de mal, et puis, ici, je suis un peu chez moi. Nous y serons à l'abri des mauvaises surprises.

— Les surprises, ce sont mes maîtres, pour l'heure, qui en décident, et il n'y en aura pas.

— Car tu viens sur leur ordre ?

— Disons qu'ils ne veulent pas savoir.

Doremus siffla et deux autres hommes, armés, sortirent des taillis.

— Méfiant quand même, dit le Pansu.

— C'est pourquoi nous sommes encore en vie, répondit Doremus.

Les quatre hommes suivirent alors un itinéraire compliqué dans la forêt, gravissant des pentes ravinées, traversant de petites vallées, avant de parvenir à une clairière où se trouvait un campement bien protégé par des fossés hérissés de pieux, par des palissades et par des pièges.

Frère Antoine aperçut de nombreux hommes en armes, quelques femmes qui préparaient la collation de la mi-journée et une demi-douzaine d'enfants de six à douze ans apparemment. Doremus retira son capuchon, découvrant ainsi son crâne chauve. Il invita le Pansu à entrer dans la tente qui se trouvait au centre du campement et qui était chauffée par un brasero. Antoine qui avait amené son tonnelet offrit une tournée à son hôte et à ses deux aides, après quoi, ceux-ci s'étant éclipsés, il put entamer avec le rebelle la conversation dont Childebrand et Erwin attendaient des précisions nécessaires à leur enquête.

— Tu n'as pas peur, dit Antoine, que je livre aux missi le secret de ta retraite ?

Doremus se mit à rire :

— D'abord, répondit-il, il faudrait que tu la retrouves. Ensuite, il faudrait qu'on nous y trouve. Nous en avons plus d'une comme celle-ci. Et surtout tu n'en feras rien. Tu sais bien pourquoi j'ai été réduit à cette vie, de même que ceux qui sont avec moi. Si tes maîtres sont ce qu'on dit d'eux, ils doivent commencer à comprendre ce qui se passe par ici, avec ou sans Aldric.

— Est-ce toi qui l'as expédié ou fait expédier ?

— Tu sais bien que non, répondit Doremus. Écoute, frère, ne tournons pas autour du pot ! Dis-moi ce que vous savez, je te dirai ce que je sais.

— Bien, bien, comme dirait notre Childebrand ! Voici donc !

Lorsque le Pansu eut exposé à sa façon le point où en était l'enquête, Doremus se gratta la tête avec un air affligé.

— Vois-tu, dit-il, si je dois un jour être puni pour quelque chose, c'est pour avoir fait confiance à ce Benoît qui s'est révélé, après tant d'années passées loyalement près de moi, traître, vénal et idiot. J'ai commis l'impardonnable sottise de l'emmener avec moi chez la vieille Fabienne quand, se sentant partir, elle m'a fait demander de venir de toute urgence... Attends ! Ne m'interromps pas ! Ce petit Cosme qui a maintenant huit ans et qu'elle m'a confié avec un autre gamin un peu plus âgé, il y a deux ans, je me doutais bien qu'il était de bonne lignée mais j'ignorais laquelle. Alors sur son lit d'agonie, Fabienne m'a raconté ce qu'elle savait de l'affaire : un jour, Hermine, épouse d'un drapier de Pouilly et qu'elle connaissait, était arrivée chez elle avec une femme qui se faisait appeler Aurore et dont elle ne tarda pas à découvrir qu'en réalité elle s'appelait Anne. Hermine prétendit qu'il s'agissait d'une épouse adultère qui avait besoin de dissimuler sa faute, qu'elle avait pour mari un homme jaloux et violent, haut placé, que cet homme la tuerait ou la ferait tuer s'il apprenait qu'elle l'avait trompé et ce qui en était résulté. C'est pourquoi il fallait qu'elle achève sa grossesse et accouche en secret. L'enfant s'il naissait devrait être élevé loin de... et c'est là que Fabienne lâcha le nom de la cité d'Autun. Anne, Autun, Hermine de Pouilly, le sinistre Benoît flaira là un secret susceptible de lui rapporter une forte récompense. Tout cela, après une recherche facile, le mit sur la piste d'Aldric, je passe sur les détails. Celui-ci n'eut aucune peine à déterminer qui était cette Hermine, amie et confidente de sa première femme. L'époque à laquelle, selon Fabienne, tout cela s'était déroulé — précision que Benoît avait également livrée à Aldric — alarma vivement le vicomte qui commença à soupçonner la vérité. Pour en avoir le cœur net, il se précipita donc à Pouilly, le reste t'est connu et, quant à moi, je me mords encore les poings d'avoir fait confiance à cette ordure de Benoît, lequel, comme tu le sais, ne l'a pas emporté en paradis...

— ... puisqu'il a été sans tarder envoyé chez Lucifer. Mais, pour ce qui te concerne, quand as-tu su avec certitude ce qui s'était passé voilà huit ans de cela ?

— Hélas ! je n'ai commencé à comprendre l'affaire que trop tard pour sauver Hermine. Je fus d'abord alerté par ce que je croyais être l'arrestation de Benoît. On m'apprit qu'il était mort. L'avait-on torturé pour le faire parler ? Qu'avait-il tu ? Qu'avait-il révélé ? Tu vois, mon frère, combien j'étais naïf. Cependant j'avais envoyé un de mes adjoints à Pouilly pour préparer une rencontre avec Hermine. Il revint au camp en catastrophe pour m'apprendre qu'elle avait disparu et qu'on avait retrouvé son fichu ensanglanté. Dans mon esprit les choses se présentaient ainsi : Benoît avait été capturé, torturé ; il avait parlé. A qui ? A Aldric ! Puis certains de mes informateurs m'avisèrent que le vicomte avait été aperçu se rendant, seul, à Poigny, le jour même de la disparition de Hermine. Il était ensuite rentré à Autun en faisant un détour par Arconcey où il s'était livré à une enquête significative sur Fabienne, sur un enfant qu'elle aurait élevé à partir de telle date, demandant ce qu'il était devenu. Aucun doute ne pouvait plus subsister.

— Une quasi-certitude certes, mais quelles preuves ?

— C'était le problème. Je continuais à me reprocher de n'avoir pu sauver Hermine, Aldric ayant, par le crime peut-être, devancé mon secours. Je ne commettrais pas une seconde erreur. Je me précipitai chez Fabienne : je tombai sur ce qui ne pouvait manquer de s'y trouver : dissimulé sous une pierre de l'âtre, un parchemin signé d'Anne de Feurs, fille de Pierre et Céleste, femme d'Aldric reconnaissant en Cosme le fils né de son mariage avec ce dernier. Qu'aurais-tu fait, frère Antoine, à ce moment-là ?

— Je me serais peut-être rendu à Feurs pour...

— On voit bien que tu n'as jamais été chef de bande. J'ai tout de suite compris ce que signifiait l'existence de cet enfant (dont il avait eu connaissance sans nul doute par les aveux de Hermine) pour cette canaille d'Aldric remarié avec Oda, femme de haut lignage : une catastrophe qu'il ne pouvait prévenir qu'en commettant un meurtre de plus : celui de Cosme. Aussi la première chose à entreprendre était-elle de faire mouvement avec mes hommes et leurs familles vers mon camp le plus sûr et de me mettre en défense. Le reste, tu le connais : je n'ai perdu que deux hommes et Cosme est toujours vivant.

— Mais ce parchemin, Fabienne, car c'est elle qui l'avait caché...

— Elle ne savait pas lire, interrompit Doremus.

— Et tu ne t'es pas rendu à Feurs ?

— Si, frère Antoine, car j'étais animé par une vengeance inextinguible... Tiens, pendant qu'on y est, verse-moi donc encore un gobelet de ton nectar ! Je suis parti pour Feurs à la mi-octobre par un temps épouvantable avec trois compagnons, sous le déguisement le plus pratique qui est celui de pèlerin. D'ici à Feurs, par des chemins peu commodes, surtout quand il faut éviter des gardes, il y a bien une soixantaine de lieues. Il nous fallut dix jours pour y arriver. A Feurs, je me présentai seul chez les parents d'Anne : riche demeure, triste demeure : partout le souvenir de cette fille qu'on avait crue promise, malgré tout, à un avenir brillant et qui était revenue mourir chez elle, saignée à blanc par ce qu'on croyait être une fausse couche...

— Mais pourquoi, diable, n'a-t-elle jamais avoué la vérité !

— Parce que, jusqu'au seuil de la mort, elle a craint Aldric. Mieux valait un enfant obscur, mais vivant, qu'un héritier mort. Et puis il y avait, ultime sauvegarde éventuelle, ce parchemin donné à Fabienne.

— As-tu montré aux parents le parchemin ?

— J'ai demandé à Adrien et à Céleste, père et mère d'Anne, et à son frère Pierre de m'accorder une entrevue parce que le moine que j'étais avait des confidences capitales à leur faire. Tu me pardonneras le subterfuge, mon frère, mais moine, en mon cœur, je le suis à moitié resté et puis, à la guerre comme à la guerre !

— A moitié ? Plutôt au quart !

Frère Antoine fit sur Doremus un grand signe de croix :

— Mais je t'absous ! psalmodia-t-il.

— Tu ne peux imaginer l'effet que leur firent mes

révélations. La foudre ! Le père se leva comme un furieux, marchant de long en large et s'arrêtant à chaque instant devant moi pour me lancer : « Cela n'est pas vrai, dites-moi que cela n'est pas vrai ! » La mère était effondrée, sanglotant, implorant le Ciel. Le frère demeurait muet sur son siège avec une face plus terrible que les cavaliers de l'Apocalypse. Puis le père, se calmant un peu, revint vers moi : « Toi qui surgis du passé pour raviver, comme au premier jour de notre deuil, notre douleur, que l'Enfer le plus cruel soit ta demeure éternelle si tu es venu avec des mensonges à la bouche et poussé par les plus infâmes intérêts ! » Je pris alors à ma ceinture le parchemin de leur fille et le tendis à celui qui m'interpellait. Il le lut et s'assit, anéanti. Il fallut alors que j'entre dans de longues explications : tout ce que nous avons découvert, vous et moi, peu à peu. Je fus bien obligé de ne leur cacher rien, pas même mon état de hors-la-loi, me plaçant, je ne sais pourquoi, à leur discrétion. Et puis, de toi à moi, Cosme était demeuré à mon camp.

— N'ont-ils pas exigé de le reprendre ? demanda Antoine.

— Ce furent à son sujet des questions sans fin : comment était-il, comment allait-il, était-il fort, intelligent, que savait-il, et ainsi de suite... Tout ce que peuvent demander des grands-parents qui, après huit années de deuil et de mélancolie, se découvrent un petit-fils s'appelant Cosme, nom traditionnel dans la famille ; quant à Pierre, son oncle, il ne parlait que de venir au camp avec moi pour ramener immédiatement son neveu à Feurs, chez lui. Il me fallut des heures et plusieurs discussions pour les convaincre qu'il était plus en sécurité pour le moment sous ma garde. Aldric qui n'avait pas hésité à plusieurs reprises à commettre infamies et crimes ne manquerait pas de suivre une piste jalonnée de sang jusqu'à Feurs pour se débarrasser une fois pour toutes de l'obstacle qui risquait de ruiner une carrière si acharnée. Cependant, je conseillai au père de se rendre à Autun, en secret surtout, pour rencontrer le comte Thiouin, et le mettre au courant de l'affaire. Ce dernier, me rétorqua-t-on, n'allait-il pas prendre le parti de son vicomte ? « D'après ce que m'ont rapporté mes informateurs, leur dis-je, le comte d'Autun serait de plus en plus irrité par Aldric, exaspéré même par cet adjoint qui emplit ses coffres, accumule les forfaits, suscite haines et révoltes, portant ainsi à la réputation du comte lui-même les coups les plus néfastes ; vous serez écoutés et, la renommée de votre lignée aidant, je l'espère, entendus. Montrez donc ce parchemin à l'appui de vos dires, mais ne vous en dessaisissez pas. Si l'on vous interroge, dites que c'est la nourrice Fabienne elle-même qui est venue avant sa mort soulager sa conscience en vous livrant son secret. »

— Ont-ils suivi tes conseils ?

— Imagine, mon frère — comment ne pas y voir le doigt de la Providence ? —, que, pendant que je séjournais à Feurs, un serviteur vint dire à la famille d'Anne que deux cavaliers mystérieux s'étaient arrêtés à une taverne située un peu à l'écart de la ville pour y séjourner un ou deux jours et que depuis ils avaient enquêté, fouiné, pour savoir si un garçon d'environ huit à dix ans « n'était pas venu faire visite au seigneur Adrien ». Ils touchèrent là, du doigt, l'imminence du danger. Et moi aussi. Ils comprirent qu'il fallait absolument qu'ils taisent ma visite, que le voyage d'Adrien à Autun soit entouré des plus secrètes précautions.

— Pour autant, l'a-t-il entrepris? demanda Antoine.

— Tu penses bien que, revenu sur mes terres à moi, c'est la première chose dont je me suis assuré. D'ailleurs, j'avais demandé à l'un de mes compagnons de rester à Feurs et, si le père d'Anne entreprenait de se rendre à Autun, de veiller sur lui. Je pense qu'il sera du plus haut intérêt, pour toi et ces excellences royales, de savoir que l'homme, escorté de son fils et de deux gardes, a gagné Autun au septième jour de novembre, qu'il y a été hébergé chez le maître drapier Aubert en toute discrétion, qu'il a été reçu deux fois par le comte Thiouin!

— Nom de Dieu!

— Voilà un juron qui devrait te valoir un jour supplémentaire de Carême.

Le Pansu fit appel au tonnelet sans oublier Doremus.

— Foutue affaire quand même! dit-il.

Puis, après s'être largement désaltéré, il demanda :

— Adrien et Pierre ont-ils regagné Feurs?

— Pierre, oui. Le père est resté à Autun et doit y être encore.

— Nom de Dieu!

— Un jour de Carême en plus, ça fait deux, frère Antoine!

CHAPITRE VI

Le gamin qui guidait Erwin grimpait à vive allure le sentier qui s'enfonçait dans des taillis de plus en plus épais. De temps à autre, il se retournait pour laisser à l'abbé le temps de le rejoindre puis il repartait, leste comme une chèvre.

Après une marche pénible, ils parvinrent à une clairière dominée par des hêtres. Le jeune guide s'arrêta et désigna du doigt à cinq cents pas de là, au bout d'un chemin pierreux à demi envahi par des ronciers, une masure dont la cheminée fumait. Il cueillit prestement la piécette qu'Erwin lui tendait et s'éloigna en courant sur le sentier par lequel ils étaient venus après avoir « fait les cornes » avec sa main gauche en direction de la chaumière.

L'abbé avançait à pas comptés. Il aperçut tout à coup, dans un jardinet de simples situé au flanc de la chaumière, une femme qui s'était redressée, tenant une poignée de racines à la main, et qui regardait dans sa direction. Elle continua de l'observer sans bouger tandis qu'il approchait.

— Viens ! dit-elle brusquement en désignant la porte de la maison. Entrons ! Je t'attendais.

Il fut surpris. Elle s'était exprimée en latin. Aisément, avec un accent germanique. C'était une femme ayant de la prestance, pauvrement mais décemment vêtue. Elle désigna du doigt un siège.

— Ainsi, homme de Dieu, tu n'as pas craint de venir chez Erminde, celle qu'on prétend sorcière et complice du Malin.

— Ma fille, un complice de Dieu ne saurait craindre une complice du Malin, en admettant que tu en sois une, ce que je ne crois pas.

— Quelle assurance !

— Sers-moi plutôt un gobelet de ton hydromel que l'on dit excellent.

Erwin, buvant à petites gorgées, resta un long moment silencieux pendant que son hôtesse, sans paraître s'occuper de lui, préparait une décoction de feuilles et de racines.

— Je suis venu te parler d'Anne, dit-il soudain.

— Je le sais, répondit-elle sans cesser de s'affairer. Voilà tant d'années...

— D'où viens-tu avec cet accent et sachant ainsi le latin ?

— Ma mère était frisonne. C'est le comte Thierry qui, dans ses chariots, m'avait rapportée de là-bas. D'où mon accent, dont je n'ai jamais pu me défaire. En ce temps-là, si tu avais vu Erminde, tout moine que tu es — mais peut-être à l'époque n'étais-tu encore que novice —, tu serais tombé sous le charme.

Elle sembla plongée dans une rêverie.

— Qui n'a pas connu la cour du comte, alors, un vrai roi, gendre de Charles Martel, n'a rien connu... C'est là que j'ai appris, et bien appris, le latin. J'aimais ses filles Aube et Berthe et son fils Thierry qui est mort il y a peu dans une guerre... J'aimais surtout Guillaume qui est aujourd'hui la gloire de Toulouse. Et le comte m'aimait.

— Et Aldric ?

— Ah ! celui-là !...

Elle remua les braises dans l'âtre.

— Pauvre Anne, si fraîche, si fragile... Tout le contraire de moi. Elle ? Une famille où les filles étaient élevées dans le devoir et l'ignorance... une agnelle à égorger. Et lui... Ah ! comme je suis heureuse qu'on l'ait expédié en enfer... Pour Aldric, Anne n'était qu'un premier pas...

— Il me semble que l'évêque m'a déjà dit cela.

— Un évêque et une sorcière peuvent donc se rencontrer. Donc : un premier pas. Petite noblesse de Feurs, mais noblesse quand même. C'est elle qui lui a facilité ses premières relations avec la cour comtale. Lui, il sortait de rien. Tu vois, moine ?

Erwin hocha la tête affirmativement.

— Un jour, je m'en souviens avec netteté bien que près de neuf ans se soient écoulés depuis, je le vis se présenter à ma porte.

— Ici ?

Erminde se mit à rire.

— J'habitais alors non loin du palais dans une demeure que Thierry le Grand avait mise à ma disposition. Thiouin m'avait déjà retiré ma domesticité, sauf une esclave, frisonne comme moi, mais m'avait laissé la villa. Je n'habitais donc pas cette masure, seigneur faux naïf. T'ai-je dit que j'avais été belle, que Thierry m'avait aimée ?

— Tu as dit que tu étais solide et courageuse.

— Non, je ne l'ai pas dit. Mais je l'ai peut-être laissé entendre.

— Alors, Aldric ?

— Il vint me voir, exigea de me parler seul à seul, ce qui n'était pas bien difficile. Il déposa sur ma table une bourse bien garnie, de pièces d'or et d'argent. Il commença un long discours : sa femme était laide, insupportable, sotte, affligeante. Il avait de plus hautes ambitions que de passer sa vie avec une mégère. Il lui fallait la répudier. Si je l'aidais dans son entreprise, je n'aurais pas à le regretter. Pour ma part, je ne comprenais pas où il voulait en venir quand il précisa qu'il entendait fonder sa répudiation sur l'accusation de stérilité. Il ajouta, je vois encore avec quel air de fourberie et de malignité : « Malheureusement, elle vient de m'annoncer, et avec quel sourire de contentement stupide, qu'elle attend un enfant. Eh bien, je n'ai pas l'intention de me laisser arrêter par cela. Tu t'y connais en herbes, en potions, hein ! sorcière du Nord ! »

— Était-il vrai ? demanda Erwin avec un air apparemment distrait.

— Nous autres, femmes de l'herbe, du soleil, de l'eau, de la terre, du feu et du vent, nous savons de toute éternité, de mère en fille, la science de vie et de mort. Cependant, bien qu'on m'ait accusée du contraire, je n'ai jamais fourni à personne de *maleficium*. Lorsque cet Aldric me proposa ce marché, je réfléchis rapidement. Qu'aurais-tu fait à ma place ?

— Grâce au Ciel, je n'y étais pas !

— Cependant ?

— J'aurais naturellement refusé.

— C'est ce que j'ai pensé faire dans un premier temps. Mais j'ai rapidement compris que c'était ma vie qui était en jeu. Que j'accepte ou non, il ne pouvait laisser vivre quelqu'un qui détenait un tel secret. Mais si je refusais, il m'aurait tuée tout de suite. J'ai donc accepté...

— Comment as-tu pu...

— ... le plus facilement du monde, oh ! le plus aveugle des moines...

— J'allais dire : comment as-tu pu t'en sortir ? compléta le Saxon.

— Je lui ai dit qu'il fallait deux journées pour préparer un *maleficium* parmi les plus actifs, de ceux qui tuent l'espérance de maternité dans le ventre de la mère. Qu'il revienne donc le surlendemain, et il trouverait une potion qu'il lui suffirait ensuite de faire boire à sa femme. Je lui dis aussi que ce breuvage provoquait parfois de graves malaises pouvant aller jusqu'à la mort. « Bon débarras, me dit-il, on mettra cela sur le compte d'un fatal mal d'entrailles... »

— Une belle canaille, n'est-ce pas !

— Eh bien, moi, jugeant cette canaille, je lui ai préparé un tour à ma façon. J'ai concocté une boisson amère à souhait mais absolument inoffensive. Je suis parvenue à prendre contact avec Anne, je l'ai avertie et je lui ai recommandé de faire mille difficultés pour avaler la potion, comme si elle se doutait qu'il s'agissait d'un *maleficium*. J'appris d'elle qu'il l'accablait d'insultes, lui faisait subir mille avanies et la rouait de coups. Je lui dis ma conviction que, dès qu'il apercevrait les signes de sa grossesse, par un procédé ou un autre, il lui ôterait la vie. Il fallait donc qu'elle s'en aille et accouche en secret.

L'abbé approuva d'un hochement de la tête.

— Donc, quand il vint chercher le *maleficium*, il trouva la porte de ma demeure ouverte, la drogue en évidence sur une table... poursuivit Erminde. Quant à moi, j'avais déjà mis quelques dizaines de lieues entre ce vicomte et ma personne. Non sans regrets, j'avais tout quitté. Avec la bourse qu'il m'avait apportée, et que sans nul doute il espérait bien reprendre après en avoir fini avec moi, j'ai pu m'acheter une échoppe...

— Loin ?

— Ailleurs, trop curieux abbé. Je suis restée là-bas des années et ne suis revenue que récemment.

— Pourquoi ?

— Pour assister à la chute de la maison Aldric. Car tu ne sais sans doute pas que le bonhomme dégringolait déjà la pente. Pour plus de sûreté, avant de me réinstaller ici, j'ai remis à quelqu'un un parchemin très explicite sur l'affaire du *maleficium.*

— A qui ?

— Peu importe. Tout cela est devenu inutile avec la mort du sinistre vicomte, ce qui m'a rempli le cœur d'une joie indicible... Et puis, ne me dis pas qu'on ne doit pas se réjouir de la mort d'autrui, fût-il l'être le plus ignoble, sinon je te demanderai si, toi, sa mort t'a vraiment affligé ! Tu sais naturellement qu'Anne a accouché d'un garçon ?

— Le bruit en a couru...

— ... Cela dit, je plains Oda... De tout mon cœur ! commenta Erminde. Si Anne a eu un enfant, sa répudiation est nulle, donc le mariage d'Oda l'est également, sa fille est une bâtarde et l'enfant qu'elle attend, dit-on, l'est aussi. Même au-delà de la mort, cet être démoniaque aura fait le mal et semé le malheur...

Elle alla tisonner les braises.

— Et toi, maintenant ? lui demanda le Saxon en se levant.

— Moi ? Depuis que je suis revenue ici, je vis à l'écart de la ville, mais la ville vient à moi. On vient chercher chez moi des fleurs de millepertuis pour soigner les brûlures, des racines de saponaire pour calmer les rages de dent, des décoctions de pervenche pour la digestion, des fleurs de nénuphar pour le sommeil et même des feuilles de berce pour fouetter le désir... Je vis de mes plantes, comme j'en ai vécu, ailleurs, dans mon échoppe. Quant aux démons, j'en laisse la fréquentation à ceux de la cour. J'ai eu assez d'un avec Aldric.

— Au fait, quand tu fus de retour, n'est-il pas venu te voir, te menacer peut-être ?

— Oui, une fois et, bien entendu, seul. Je lui ai dit, à travers ma porte bien fermée, que j'avais déposé une missive, celle que je t'ai dite, en des mains sûres, et que s'il touchait un seul de mes cheveux, l'affaire du *maleficium* serait révélée au grand jour.

— Les mains sûres dont tu parles sont-elles celles de Doremus ? demanda l'abbé.

— Pense ce que tu veux... Ah !... Si tu découvres le meurtrier d'Aldric, veuille recommander au roi Charles le Juste de lui faire un don généreux ! C'est un bienfaiteur !

— Crois-tu qu'un abbé, missionnaire du souverain, puisse aller jusque-là ? ajouta Erwin.

— Et pourquoi pas, seigneur ? Tu es bien venu jusqu'ici ! riposta Erminde en riant.

Erwin regagna le quartier général de la mission royale pour le repas de midi et, immédiatement après, les deux missi, le chef des gardes Hermant et Timothée tinrent séance pour entendre le rapport de frère Antoine qui avait annoncé des révélations très importantes.

Le Pansu, minutieusement, communiqua donc aux envoyés du roi les informations qu'il avait recueillies de la bouche de Doremus et l'abbé les compléta par celles que lui avait communiquées Erminde. Désormais, sur le rôle joué par Aldric, depuis son mariage avec Anne, jusqu'aux forfaits qu'il avait commis récemment pour éviter un scandale et, sans doute, sa ruine, aucune ombre ne subsistait plus. Childebrand suggéra que soit convoqué Adrien de Feurs car, au moins dans un premier temps, il était le seul à pouvoir fournir des renseignements sur ses entrevues avec le comte Thiouin. Hermant dut avouer, assez piteusement, qu'Adrien avait sollicité par deux fois une rencontre avec les missi. Cependant, comme il se refusait obstinément à en indiquer la raison et comme ceux-ci se trouvaient hors d'Autun, « suite n'avait pas été immédiatement donnée ». Mais « des dispositions avaient été prises pour qu'il soit entendu le plus rapidement possible »...

— Ne te donne pas tant de peine, coupa Childebrand avec un regard noir. Bien, bien !... Je veux voir cet homme ce soir, ici même !

Erwin approuva gravement. C'est alors que Timothée avança modestement, en caressant sa barbe, qu'il avait peut-être quelque chose d'intéressant à ajouter au bilan qui venait d'être dressé. Le Saxon sourit car il savait que cette humilité assez exceptionnelle devait préluder à quelque révélation saisissante.

— Je dois ce renseignement d'une certaine façon à l'auxiliaire Sauvat, précisa le Grec. Depuis qu'il a été admis à notre service, dans des circonstances... bref... j'ai eu plusieurs conversations avec lui. C'est un homme inculte, mais intelligent ; une mine de renseignements sur la canaille du comté, ceux qu'il a vus passer dans ses geôles, ceux dont il a entendu parler par ses prisonniers... Quand il s'agit d'élucider un meurtre, c'est tout de même intéressant. Or, hier, comme nous parlions du banquet, je lui dis qu'à mon sens l'assassinat du vicomte par le poison pouvait avoir eu comme auteur un serveur embauché pour l'occasion. Ce propos le plongea dans une longue réflexion. « Je ne sais pas, dit-il, si cela peut t'avancer, mais, à peu près à cette date-là, celle du banquet, j'ai aperçu en ville un homme d'assez mauvaise réputation qui était passé une fois par mes mains mais qui, faute de preuves — il était soupçonné de vol —, avait été rapidement relâché. Il s'agit d'un certain Claus établi barbier à Nolay et que d'ailleurs tout le monde appelle le Barbier. On dit qu'en son officine il s'en passe de drôles... Vois-tu, ce qui m'a étonné, c'est qu'il vienne fourrer son nez par ici. En général, les gens de son espèce n'aiment pas revenir là où ils se sont déjà fait épingler. »

Le Grec but une large rasade de vin coupé.

— Comme je lui demandais si ce Barbier était demeuré longtemps à Autun, reprit Timothée, Sauvat me répondit qu'il l'avait vu une première fois, si ses souvenirs étaient bons, deux ou trois jours, peut-être quatre, avant le banquet, « juste quand les seigneurs du roi sont arrivés, je crois », dit-il, puis le jour même du banquet, le matin, de cela il était sûr. Et après ? Non ! il ne l'avait plus rencontré.

Timothée marqua une nouvelle pause.

— Cela méritait plus ample examen, souligna-t-il. Je demandai à Sauvat de me décrire de la façon la plus précise possible l'homme en question : plutôt grand, blond filasse, un visage en lame de couteau, des yeux noirs et un regard d'une grande fixité, des mains fines, et une façon souple de se déplacer, comme un chat. Nanti de ces renseignements, je suis allé trouver le maître de banquet qui me confirma qu'il avait bien fait appel à des aides. Mais il les connaissait tous ou s'en portait garant. Avait-il été le seul à embaucher des supplétifs ? A sa connaissance oui, du moins pour le service de table. Pouvait-il être absolument certain qu'un faux serveur ou une personne étrangère ne s'était pas introduite dans la salle du banquet ? Non ! Obligé comme il était de courir des cuisines à la salle, de la salle au cellier et ainsi de suite, il ne pouvait jurer de rien. Je me suis donc rendu dans les communs où j'ai interrogé plusieurs domestiques. A deux d'entre eux, la description que j'ai faite rappelait quelque chose, celle d'un des serveurs qui avaient été chargés de nettoyer les tables et la salle à mesure que le banquet se déroulait. Ce qui m'a confirmé dans l'idée qu'il y avait là le début d'une piste, c'est que, interrogés séparément, les deux domestiques qui pensaient avoir en effet aperçu un homme répondant au signalement fourni m'ont donné la même réponse quant à sa tâche. A l'évidence, quiconque s'approchait des tables avait la possibilité, dans le tohu-bohu et l'agitation, de verser du poison.

— Facile à vérifier, lança Childebrand. On sait où opère ce Claus. Il suffit de l'arrêter et de le faire parler. De toute façon, il doit bien avoir quelque forfait à nous confesser.

Erwin toussa, puis réfléchit un instant :

— Supposons, dit-il, qu'il ait versé le poison ? Il ne l'aura sans doute pas fait pour son propre compte, mais payé par quelqu'un.

— La liste de ceux qui souhaitaient la mort du vicomte est fort longue, souligna Timothée.

— Pourtant, ce qui nous intéresse, ce n'est pas seulement de savoir qui a exécuté le meurtre, mais aussi et surtout qui l'a commandé.

— Difficile et délicat, plaça le Grec.

— Mais non impossible, ajouta Erwin, songeur.

Lorsqu'il pénétra dans la salle du conseil où siégeaient alors, seuls, les envoyés du souverain,

Adrien s'inclina à trois reprises, avant de prendre place sur un siège qui avait été disposé entre Childebrand à sa droite et Erwin à sa gauche, pour bien marquer l'estime en laquelle on le tenait.

— Noble Adrien de Feurs, lui dit Childebrand, tu sais que nous sommes ici pour rendre la justice du roi. Tout homme, quel qu'il soit, y a droit selon son état, son rang et son peuple. Tu dois donc voir en nous des envoyés plénipotentiaires du souverain. Tu dois voir aussi des amis qui connaissent le martyre que tu as vécu, celui que tu vis encore. En moins de deux semaines d'enquête, bien des turpitudes, des forfaits, des crimes même nous ont été révélés et notamment la manière infâme dont Aldric a cherché à se débarrasser de l'enfant que sa semence avait fait germer dans le sein de votre fille Anne, ce qui ne fut, tu l'as sans doute appris, que le début d'une longue série de forfaits. Pourtant, celui qui a tué Aldric, ou qui l'a fait tuer, n'est pas moins criminel que lui au regard de Dieu et de la justice du roi ; l'assassin d'un assassin, en outre, peut être aussi méprisable et aussi dangereux que celui qu'il a supprimé.

— Je ne songerais certainement pas à demander, eu égard à l'indignité d'une victime, que justice ne soit pas faite.

— Laisse-moi maintenant te dire, avant que nous ne revenions à notre enquête, qu'après tant de chagrins un sourire va bientôt — nous le souhaitons vivement — égayer ta maison, celui de ton petit-fils Cosme qu'une chaîne de complicités a maintenu en vie, lui permettant d'échapper à la mort tout récemment encore avec l'aide de la Providence. Sans doute est-il difficile d'accepter, pour toi comme pour moi, qu'une bande de rebelles ait plus d'honneur que certains de ceux qui ne devraient avoir comme guides que droiture et loyauté.

— Celui qui a sauvé le fils d'Anne, je l'ai vu. Je ne sais pas s'il a commis des fautes et des forfaits, et, s'il l'a fait, quels ils sont. Mais je souhaite qu'à l'heure du jugement, tu places, seigneur, la vie de Cosme dans ta balance.

— Nous jugerons en équité ! Pour l'heure, nous avons un meurtrier à découvrir. Tu possèdes sans doute bien des informations susceptibles d'éclairer notre enquête, et d'abord la teneur des entrevues que le comte Thiouin t'a accordées. A ceux qui représentent ici le roi, tu as le devoir de ne rien cacher.

— Je n'en ai pas l'intention.

— Quand as-tu, pour la première fois, rencontré le comte d'Autun ?

— Il y a environ quatre semaines, peu après mon arrivée.

— Je suppose que tu lui as dit ce que tu avais appris par Doremus sur le sort de ta fille, son accouchement clandestin, l'existence de ton petit-fils Cosme, la mort de Hermine, amie d'enfance d'Anne, et aussi sur l'acharnement avec lequel Aldric avait tenté de mettre à mort son propre fils.

— C'est ce que j'ai dit, seigneur. Le comte Thiouin, d'abord, a mis en doute mes révélations. Pouvait-on faire confiance à un Doremus, accorder le moindre crédit aux déclarations d'un chef de bande ? Je lui demandai alors instamment d'ouvrir une enquête : les dires du chef rebelle étaient, en somme, assez faciles à vérifier. Il y avait en outre un événement que j'avais pu moi-même observer, hélas, à savoir qu'Anne nous était revenue à Feurs quasi mourante, disant qu'elle avait fait une fausse couche à la suite des mauvais traitements que lui avait infligés son époux. « Peut-être était-ce vrai, me dit le comte, peut-être l'accouchement clandestin n'était-il qu'une fable ? » Je produisis alors le parchemin découvert chez Fabienne par Doremus, précisant que j'avais reconnu l'écriture de ma fille. Il n'y a pas tellement de femmes, n'est-ce pas, seigneur, qui savent écrire ?

— En effet, admit Childebrand.

— Toujours est-il, reprit Adrien, que le comte Thiouin se déclara convaincu par les preuves que je lui avais apportées et qui accablaient le vicomte. Courroucé et soucieux, il me révéla qu'il avait été obligé lui-même de faire entreprendre des investigations sur la manière dont Aldric gérait le comté car de nombreuses plaintes étaient parvenues jusqu'à lui concernant des méfaits et des forfaits imputés à ce dernier. Mes accusations, me dit-il, montraient bien l'ignominie du personnage.

— As-tu rencontré le comte d'Autun une seconde fois ? demanda Childebrand.

— Oui, à ma requête. C'était deux jours avant votre arrivée, seigneurs. Du temps s'était écoulé depuis qu'il m'avait accordé cette première audience au cours de laquelle j'avais d'ailleurs soulevé le problème de la répudiation de ma fille, laquelle était frappée de nullité puisqu'il était prouvé qu'Anne n'était pas stérile.

— Tu ne nous avais pas encore parlé de cela.

— Veuille m'en excuser, seigneur ! Tous ces souvenirs qui m'assaillent me troublent l'esprit...

— Continue, mon fils ! dit l'abbé Erwin.

— Au cours de cette seconde rencontre, le comte Thiouin me confia que les enquêtes en cours confirmaient malheureusement ses pires craintes. S'il laissait à Aldric l'apparence de la liberté d'agir, c'était afin de se donner le temps de recueillir les preuves les plus irréfutables. Je lui demandai de bien vouloir hâter l'enquête car étaient en cause l'honneur de ma fille et de ma lignée, la vie même de mon petit-fils et aussi le sort de la vicomtesse Oda, de sa fille Jeanne et de l'enfant qu'elle attend. « Rien ne sera négligé, me confirma le comte, pour que le scélérat qui a trahi ma confiance de la plus abominable façon soit démasqué, jugé et condamné. » Je lui annonçai alors que j'avais également l'intention de saisir les missi dominici (vous-mêmes, seigneurs) qui étaient attendus très prochainement à Autun.

— Quelle fut alors son attitude ? demanda Erwin.

— De toute façon, sa propre enquête était en cours. Il ne manquerait pas de s'en entretenir avec les représentants du roi en temps utile. Je le remerciai et, avant que je ne parte, il m'indiqua qu'il me recevrait de nouveau pour les conclusions de l'affaire. Les incidents qui se sont produits lors du banquet, le meurtre d'Aldric, ont évidemment orienté les recherches dans de nouvelles directions.

— Évidemment ! approuva Childebrand.

Puis, après un temps de silence, celui-ci demanda à Adrien s'il était exact qu'il était hébergé par maître Aubert.

— Oui, seigneur. Ce maître drapier est l'ami de Cyprien de Pouilly, le mari de la malheureuse Hermine. Il m'a fait dire lors de notre arrivée à Autun...

— « Notre arrivée » ?...

— Oui, je suis venu avec mon fils Pierre et deux commis, disons plutôt des gardes... Donc, il m'a fait dire que, tenu au courant de la situation...

— Par qui ?

— Je l'ignore, il mettait sa demeure et son hospitalité à ma disposition, me conseillant vivement de l'accepter. Je serais en sûreté chez lui. J'ai trouvé là, en effet, un accueil qui m'a réconforté.

— Si tu craignais un mauvais coup d'Aldric, sa mort a dû te rassurer, souligna Erwin.

— En effet, rassuré, vengé et réjoui, je n'ai pas honte de le dire.

— Cette mort, d'une certaine façon, mettait un terme à l'affaire, dit l'abbé. Cependant tu es resté à Autun.

— J'avais encore deux choses à y faire : rétablir l'honneur et les droits de ma fille Anne, donc ceux de mon petit-fils qui n'était jusque-là qu'un bâtard, fils d'un inconnu, élevé sur les chemins, et aussi le reprendre avec moi, sa naissance et filiation étant reconnues, reconnues par vous, seigneurs.

— Ton fils Pierre est-il reparti pour Feurs ?

— Oui, le 25 du mois de novembre, deux jours après le banquet.

— Pourquoi n'est-il pas demeuré ? demanda Childebrand.

— S'il avait insisté pour venir avec moi, c'était pour assurer ma protection. Aldric mort, apparemment je ne craignais plus rien...

— Apparemment certes, fit observer Erwin.

— Et puis, pour ce qui restait à régler, quelle que fût l'importance de la chose, je n'avais plus besoin de lui. Enfin, il avait hâte de rejoindre à Feurs sa mère qui devait se ronger les sangs.

— Une douzaine de jours se sont écoulés depuis le meurtre d'Aldric. Bien des rumeurs doivent agiter la ville concernant son assassin présumé et l'éventuel remplaçant du vicomte.

— Oui, répondit Adrien, des bruits, des bavardages, des ragots. Quant au meurtrier, avancer un nom, même en faisant état de rumeurs, est trop grave pour que je m'y risque. Quant au successeur, tout le monde cite le nom de l'intendant Bodert pour des raisons que vous me permettrez de ne pas évoquer.

— Mais que nous connaissons de toute façon, dit Childebrand. Bien, bien ! Maintenant, Adrien de Feurs, père de Pierre et Anne, agenouille-toi et formule ta requête !

Mettant un genou en terre, l'homme dit :

— Moi, Adrien de Feurs, père de Pierre et Anne, grand-père de Cosme mon descendant, requiers des envoyés du roi Charles que toute justice soit rendue, que ma fille Anne et son fils soient rétablis dans tous leurs droits, que Cosme me revienne pour que je l'élève en loyal sujet du souverain. Je requiers mansuétude et pardon pour tous ceux qui se sont portés au secours de la femme persécutée et de l'orphelin.

Puis Adrien se leva, alla prendre un coffret qu'il avait apporté avec lui et le tendit à Childebrand :

— Voici le message de ma fille Anne qui atteste ses droits et ceux de son fils. Je vous le confie.

Lorsque Adrien eut quitté la salle d'audience, Erwin se leva, fit quelques pas, puis, se tournant vers le comte :

— En vérité, dit-il, je ne crois pas que cet homme soit autant en sécurité qu'il l'imagine. A moins que...

— Dépêchons trois gardes pour y veiller ! suggéra Childebrand.

— Sage précaution.

— Que voulais-tu dire par « A moins que... » ?

— Simplement qu'il faut garder l'œil bien ouvert et l'esprit alerte...

— Je te connais trop maintenant pour croire que c'est là une réponse exacte à ma question, bougonna Childebrand.

Quand le comte Thiouin se présenta dans la salle d'honneur, il trouva une table déjà garnie de gibiers en sauce, de rôtis, de saucisses et de tourtes, de soupe aux fèves, de fruits secs et d'entremets. Childebrand et Erwin se portèrent à sa rencontre. Ils lui précisèrent que, pour préserver la tranquillité et la discrétion de leur conversation, ils avaient fait disposer les mets et les boissons de façon que chacun puisse se servir à sa guise, les serveurs n'intervenant que si on les appelait. Ils invitèrent le comte à choisir sa place à la table et, quant à eux, s'installèrent de l'autre côté, en face de lui.

Le comte Thiouin, après les politesses d'usage, indiqua que, sans rien retirer des protestations qu'il avait émises quant à la façon dont l'enquête sur l'assassinat d'Aldric avait été entreprise, il estimait de son devoir de communiquer aux envoyés du roi les résultats de ses propres investigations, tout en souhaitant avoir communication des leurs.

Erwin répondit que sa contribution était la bienvenue et il demanda en conséquence au comte d'Autun si ses recherches avaient jeté quelque lumière sur les raisons pour lesquelles le vicomte Aldric avait été tué et sur ses meurtriers.

— Sur les raisons assurément, indiqua Thiouin. Et les découvrir fut pour moi, je l'avoue, grande surprise et grande peine.

Le comte d'Autun marqua une courte pause.

— Vous savez, reprit-il, que, par deux fois, j'ai accordé audience à Adrien de Feurs. Ce qu'il me dit était si grave et si scandaleux, la source de ses allégations était si sujette à caution (un Doremus, un bandit !) que, d'abord, je n'en voulus rien croire. Je décidai, cependant, d'en avoir le cœur net. A mesure que me parvenaient les renseignements que j'avais demandés, de sources diverses et incontestables, je dus me rendre à l'évidence : il était vrai qu'Anne, enceinte des œuvres d'Aldric, avait accouché d'un fils, Cosme, toujours en vie et présentement aux mains de ce Doremus. Les circonstances dans lesquelles Anne avait trouvé la mort m'apparurent alors très troublantes.

— Tels sont aussi, sur ce point, nos certitudes et nos soupçons, ponctua Childebrand.

— Vous pensez bien que je n'en restai pas là. Aldric se révélait à moi sous un tout autre aspect que celui qu'il m'avait montré et imposé. Des enquêtes approfondies me firent découvrir un monde d'abus, de rapines, d'actions délictueuses et criminelles, commis par un homme qui avait su, hélas, tromper ma vigilance et gagner ma confiance par les apparences de la rigueur et de la vertu. J'aperçus alors, avec chagrin et colère, que la façon dont il s'était comporté, les ordres qu'il avait donnés à mon insu, bref sa gestion en tous ses aspects avaient entraîné des conséquences dommageables à l'extrême pour les hommes libres et les colons de mon comté, pour sa prospérité, pour ma propre renommée...

— ... et par voie de conséquence pour les intérêts et la gloire de notre souverain.

— Je n'ai d'ailleurs mesuré toute l'ignominie du personnage et l'étendue de ses forfaits qu'après sa mort. Alors les langues se sont déliées. Ceux qui n'osaient pas parler, même à moi, par peur de représailles cruelles, sont venus me faire des confidences effroyables. Combien j'ai regretté qu'un assassin ait devancé ma justice ! Mais sa mort arrêtait toute procédure contre lui...

— Mais non toute procédure en général, intervint Childebrand. Concernant en particulier la répudiation frauduleuse d'Anne, donc le sort de son fils, concernant les hommes libres, les colons et aussi les esclaves de ton comté, concernant même l'empoisonnement d'Aldric dont le mobile doit être recherché dans ses agissements crapuleux.

— Hélas, à combien de mes sujets, à combien de familles n'a-t-il pas porté tort ! déplora Thiouin. Que d'intérêts lésés et gravement lésés ! Et, je le crains, que de crimes ! Nombreux sont ceux qui avaient à se plaindre de lui, qui le haïssaient, ayant au cœur rancune et désir de vengeance. Mais, parmi ceux qui souhaitaient sa mort, qui a été jusqu'à l'organiser et comment, voilà ce que je n'ai pu encore élucider. Mais peut-être vous-mêmes... avec les moyens d'investigation que vous vous êtes donnés, n'est-ce pas... êtes-vous parvenus plus près de la solution ?

— Nous avons quelque peu progressé, admit Erwin, mais sans parvenir non plus à découvrir ni le meurtrier ni ses mobiles. Cependant, comme toi, au fil de nos recherches nous avons mis au jour plus d'une crapulerie, car Aldric les multipliait comme à plaisir. Soit dit en passant (et bien que cela n'ait pas constitué le pire de ses méfaits), nous avons établi la preuve qu'il avait introduit dans tes archives cette charte qui attribue au comté quatre domaines pour lesquels l'évêque, lui, détient un titre de possession authentique.

Le comte d'Autun bondit :

— Quoi ! cria-t-il... Cette charte... Qu'est-ce que cela signifie ?

— Qu'elle est fausse ! Cette charte est fausse !

— Cela ne se peut ! On vous a abusés ! Je n'en crois rien !

— Mais cela est ! Nous avons découvert l'officine qui l'a fabriquée, quand et comment. Nous savons qu'Aldric est allé à Chalon pour la recueillir des mains du faussaire et la ramener ici, précisa Erwin.

L'envoyé du roi avait fourni ces précisions d'un ton sévère et le comte d'Autun demeura silencieux un long instant.

— Si j'avais su... murmura-t-il.

— Je sais que cela n'a rien d'agréable pour toi. Mais ce n'est jamais qu'un dommage mineur parmi des forfaits autrement graves.

— Mais si j'avais su, répéta Thiouin, absorbé dans ses pensées.

A ce moment, Timothée montra son nez à la porte, demanda la permission d'entrer, exprima des excuses pour son intrusion et annonça qu'il avait une communication urgente et importante à faire aux missi dominici. Comme il semblait hésiter à s'exprimer devant le comte d'Autun et que celui-ci faisait mine de se retirer, Erwin lui dit que Thiouin avait été tenu au courant des derniers développements de l'affaire et qu'il n'y avait pas de secrets pour lui.

Timothée, quoique avec réticence encore, et non sans circonlocutions, indiqua que frère Antoine venait de faire scandale dans une taverne de la cité. Après avoir mangé et bu plus que de raison, il s'en était pris à des pratiques, faisant rire à leurs dépens, puis les injuriant, bousculant quelques tables et renversant force cruchons en titubant, houspillant le patron de l'auberge, qui avait voulu s'interposer, parlant à tort et à travers, et...

— Où cela ? interrompit Childebrand.

— A la Taverne du Cerf d'Or.

— Frère Antoine ? Ce n'est pas possible ! Il doit y avoir une confusion !

— Hélas non, répondit Timothée. Il y a eu plusieurs témoins, y compris l'un de nos gardes qui se trouvait là.

— A-t-il molesté quelqu'un, causé des dégâts ?

— Dieu soit loué, non !... Mais il y a pire...

Le Grec parut hésiter encore.

— Qu'est-ce qui peut être pire que cet esclandre ? Parle ! ordonna Childebrand.

— Eh bien, voilà : dans ses bavardages incohérents, par vantardise, il a lâché des informations sur notre enquête, seigneurs, des informations que nous avions résolu — Timothée lança un coup d'œil vers Thiouin — ... eh bien, de garder secrètes pour l'instant.

— Ne me dis pas que pour ce barbier... s'écria Erwin.

— Si, seigneur ! Tout ! Comment nous avions été mis sur sa piste, tout...

L'abbé, qui semblait effondré, murmura :

— Frère Antoine, faire cela !... Notre piste la plus sérieuse... Non, c'est impossible !...

— Hélas ! dit Timothée.

— Nous étions peut-être si près du but, se lamenta Erwin. Et que ce soit frère Antoine, qui, jusqu'ici...

— Où est présentement cet imbécile calamiteux ? interrompit Childebrand, furieux.

— Je l'ai fait ramener, ivre mort, répondit Timothée. A l'heure qu'il est, il doit cuver son vin.

— Son réveil sera rude, je te le promets.

Thiouin se tourna alors vers le comte Childebrand :

— Je vois, constata-t-il, que l'incident qui vient de se produire va vous amener à prendre des dispositions dont vous avez sans doute à délibérer. Permettez-moi donc de me retirer !

— De toute façon, répondit l'envoyé du roi, nous avions passé en revue l'essentiel. Quant à cette péripétie très fâcheuse... Vraiment, nous n'avions pas besoin de cela... Nous t'informerons des suites de notre enquête.

Une fois que le comte Thiouin eut quitté la salle, le Saxon, toujours méditatif, demanda à son ami :

— A quoi pouvait-il penser quand il a dit : « si j'avais su » ?

— Cela me paraît clair : s'il avait su que la charte était un faux !...

— Peut-être, comte Childebrand...

— Tu soulèves vraiment de curieux problèmes !

— Il me semble, ami, que tu m'as déjà dit quelque chose comme cela, comte Childebrand...

Celui-ci, comme saisi soudain par un doute, retint le Saxon au moment où il allait se retirer.

— De toi à moi, là, maintenant, à quoi rime cette incartade de frère Antoine ? Je ne puis imaginer qu'il se soit laissé aller à ce point. Quoi qu'il avale, quoi qu'il boive je ne l'ai jamais vu délirer...

Le Saxon se frotta le nez puis répondit, moins laconiquement que d'habitude.

— Il ne nous suffit pas de savoir qui est le meurtrier ; plus encore nous importe de découvrir qui a inspiré le crime et l'a rétribué. Si celui qui l'a commandé à Claus apprend que nous connaissons maintenant l'assassin (et après les indiscrétions du Pansu, il l'apprendra forcément), que fera-t-il ? Il mettra tout en œuvre pour éliminer son exécutant, soit lui-même, soit en ayant recours à un nouveau tueur. En surveillant tout mouvement inhabituel dans la cité et dans ses alentours, nous pourrons découvrir une piste qui nous mènera jusqu'à ce personnage.

— C'est bien risqué et bien aléatoire, bougonna Childebrand.

— Aléatoire, certes, mais de risques, aucun, sauf pour la réputation de frère Antoine qui s'est sacrifié héroïquement.

Le comte jeta à Erwin un regard noir.

— Pourquoi ne m'as-tu pas mis au courant de cette initiative ? demanda-t-il. N'est-ce pas discourtois, pour ne pas dire plus ?

— Il y a des initiatives dont je préfère avoir seul la responsabilité.

Childebrand, se dressant, lança au Saxon :

— Je croyais, abbé Erwin, que ce que nous avons accompli ensemble, l'épée à la main sur les chemins, puis ici en instruisant ces procès, nous avait suffisamment accordés pour que je puisse partager avec toi (et toi avec moi) même la responsabilité des initiatives en question.

Erwin courba sa haute stature en souriant et répondit chaleureusement :

— Je ne puis, ami, qu'accepter ce reproche... qui me ravit.

CHAPITRE VII

Hermant et deux de ses gardes, habillés comme des marchands et accompagnant un chariot chargé de tissus et de fourrures, étaient parvenus, harassés, à l'aube, aux environs de Nolay, après avoir parcouru de nuit les sept lieues séparant cette bourgade d'Autun par des chemins enneigés qu'il leur fallait déblayer sans cesse.

Les gardes avaient pris une collation et s'étaient réchauffés auprès d'un feu dans une clairière, tandis que leur chef, poursuivant jusqu'à la petite cité, était allé reconnaître les lieux. C'était l'heure où, dans les masures, hommes des métiers et hommes de la terre, avec leur famille, mangeaient sans se presser la soupe du matin car, en hiver, la vie coule plus lentement. L'unique taverne de Nolay venait d'ouvrir. Hermant y entra, s'installa près de la cheminée où des bûches flambaient et commanda des pois au lard ainsi qu'un flacon de Montrachet, ce qui en fit d'emblée un client de choix. L'aubergiste, maître Albert, vanta d'abondance ce cru qu'il préférait pour sa part au Santenay « sans vouloir faire offense, dit-il, à nos voisins ».

Hermant continua une conversation aussi bien engagée puis, après quelques remarques sur la rigueur de l'hiver et la dureté des temps, en vint à son propos :

passant sa main sur son visage, il déclara qu'il aurait bien besoin des soins d'un barbier et demanda s'il en existait un qui n'écorchât pas trop ses clients dans le bourg. Maître Marcel prit un air navré :

— Tu n'en trouveras plus ici, seigneur, répondit-il. Nous en avions un, pas très habile d'ailleurs, du moins comme barbier, un homme douteux, cauteleux, qui recevait souvent une étrange pratique, des gens venus de Dieu sait où. Il est parti, sans doute pour Autun, il y a de cela deux bonnes semaines. On ne l'a plus revu et, si tu m'en crois, on ne le reverra plus.

— Pourquoi ?

— Il a quitté Nolay avec une mule chargée de tout ce qu'il y avait d'un peu précieux dans son échoppe.

— Comment le sais-tu ?

— Cela ne passe pas inaperçu. Et puis je vais te montrer autre chose. Veux-tu me suivre ?

Le tavernier, précédant Hermant, traversa la salle de l'auberge, puis les cuisines où déjà un tournebroche et des marmitons s'affairaient, et parvint ainsi à une porte qui donnait sur la ruelle où se trouvait l'échoppe du barbier. Elle était grande ouverte. Les deux hommes s'en approchèrent.

— Comme tu peux le voir, dit maître Marcel, tout a été mis sens dessus dessous, minutieusement fouillé.

— Des gens d'ici ?

— Non, seigneur ! Le troisième jour après la disparition de Claus, à l'aube, nous avons trouvé l'échoppe dans l'état où tu la vois. Tout cela a été fait de nuit. Très discrètement.

— Allons donc ! s'écria le chef des gardes. A qui feras-tu croire qu'on n'a rien vu, rien entendu ?

— Entendu, peut-être, admit le tavernier. Étant donné le genre de clients que recevait le barbier, personne ne s'est risqué à y aller voir de plus près.

— Admettons ! Une, plusieurs personnes ?...

— Dans la nuit, je n'ai entendu galoper qu'un seul cheval près de mon auberge.

— Mais des complices pouvaient attendre à proximité ?

— Certains le prétendent, seigneur...

— Cesse de m'appeler « seigneur » ! dit Hermant, agacé. Je ne suis qu'un simple marchand.

L'aubergiste se gratta la tête puis répondit, l'air à la fois malin et gêné :

— Ne le prends pas mal, seigneur, mais tu ne peux pas être ce que tu dis : un marchand ne parle pas comme toi... un marchand ne mène pas l'enquête que tu mènes... Et puis il ne se paie pas le vin que tu bois.

Désarmé, l'officier sourit :

— Tu es un rusé compère, dit-il.

— Pour te servir, seigneur, aussi pour servir tes gardes qui sont en train de se réchauffer comme ils peuvent à la clairière de Notre-Dame après un trajet de nuit bien pénible. Ils seraient bien mieux ici, au chaud, qu'à se rôtir le ventre et à se geler le cul près d'un méchant feu en forêt... surtout si vous devez demeurer quelque temps...

Hermant réfléchit un instant, se remémorant les instructions que l'abbé lui avait données.

— Nous resterons ce jour et la nuit qui vient, précisa-t-il. Bien que l'échoppe du barbier sans doute ait été déjà fouillée à fond, je vais la faire surveiller ainsi que le chemin qui vient d'Autun. Précaution sans doute inutile, mais qui sait... Donc, pour ce jour, nous prenons pension chez toi.

— C'est un grand honneur, seigneur. Tu seras servi comme il se doit !

— Je l'espère bien. Et pour commencer, si tu apportais un autre flacon de ce vin si précieux ?

La surveillance établie par Hermant ne donna rien : pas de barbier, pas de visiteur suspect. Il regagna Autun, avec ses deux « commis », assez perplexe. Il y trouva Childebrand et Erwin de méchante humeur. La comédie que l'abbé avait demandé à frère Antoine de jouer n'avait apparemment déclenché aucune initiative, aucun mouvement révélateur. Les deux missi furent quelque peu rassérénés par les renseignements que Hermant rapportait de Nolay et dont celui-ci n'avait pas aperçu la portée, étant tout à la déception de n'avoir pu mettre la main ni sur Claus ni sur un complice. Ces informations ne fournissaient-elles pas la preuve qu'en soupçonnant le barbier d'avoir perpétré le meurtre du vicomte, on était sur la bonne piste ? Ne montraient-elles pas aussi que Claus avait dû être recruté par des gens avec qui il devait jouer serré, étant donné les précautions extrêmes qu'il avait prises ? S'il avait accompli son crime comme mercenaire, comment et quand avait-il été payé ? Ne pouvait-il pas craindre que, étant au courant de tous les aspects de ce forfait dont il avait été l'exécutant, et présentant de ce fait un péril extrême pour ceux qui l'avaient conçu et commandé, il fût lui-même en danger d'être récompensé pour ses services crapuleux par le fer ou la corde et non par l'or ?

Le chef de la garde qui était arrivé l'oreille basse à cette réunion au cours de laquelle les missi faisaient le point de l'enquête, en présence de leurs seconds, se rengorgea à mesure que la discussion soulignait la portée de son expédition. L'abbé, cependant, après avoir marqué une pause, souligna qu'une fois constaté le départ précipité de Claus, il importait maintenant d'établir quelle route il avait empruntée et vers où.

— Timothée m'a rapporté, dit-il, que, selon des rumeurs, ce barbier aurait été aperçu, avec sa mule, sur le chemin de Luzy. Cela vaudrait sans doute la peine de lancer une reconnaissance vers l'Ouest pour ratisser la région qui borde la route de Moulins jusqu'à une douzaine de lieues d'ici et pour se renseigner auprès des cultivateurs, des bergers et des bûcherons. On m'a averti qu'une bande tenait la montagne du côté du Montaigu. Peut-être que notre homme s'y est réfugié.

Erwin se tourna vers Hermant.

— Naturellement, nous te confierons cette reconnaissance, précisa-t-il.

Le chef de la garde se déclara honoré de cette nouvelle mission. Timothée, au moment où l'abbé sortait de la salle de délibérations, lui glissa dans l'oreille :

— Je ne t'ai jamais rapporté de tels bruits. Pourquoi donc...

Le Saxon, d'un geste, lui intima l'ordre de se taire :

— Je veux en avoir le cœur net, expliqua-t-il. Le bon pêcheur jette plus d'une fois son carrelet dans la rivière. Si, à la fin des fins, il ne ramène rien, du moins a-t-il pêché la certitude qu'à cet endroit il n'y avait plus de poisson... Quant à cette nouvelle expédition, pas de discrétion excessive, n'est-ce pas ?

— Je vois... Pour cela, fais-moi confiance !

Bientôt on chuchota dans toute la ville que les envoyés du roi préparaient une mission secrète destinée à débusquer ce barbier qui, étant soupçonné d'avoir empoisonné le vicomte Aldric, avait fui précipitamment Nolay et avait été repéré sur la route de Moulins. Le départ d'Hermant et de ses gardes se fit à l'aube par des chemins détournés, les sabots des chevaux étant enveloppés de paille pour éviter le martèlement de leurs pas. Mais mille paires d'yeux, depuis les demeures où chacun était supposé dormir encore, observaient les précautions savamment inutiles de cette expédition.

Ensuite, Timothée et ses informateurs, le Pansu et les siens, Erwin et Childebrand, aidés aussi par Sauvat, l'ancien geôlier, se mirent à l'écoute des rumeurs de la cité, surveillant tous les points où quelque chose aurait pu se produire, quelque chose d'insolite, de significatif concernant l'inspirateur et complice de l'assassinat. Aucun poisson ne mordit à ce nouvel appât. L'expédition menée par Hermant dura trois jours. Elle n'apporta rien qui aurait pu confirmer l'hypothèse que Claus avait fui vers l'Ouest. Hermant et son escorte aperçurent au loin, près de Luzy, trois ou quatre vagabonds qui détalèrent dans les fourrés à leur approche. Le chef de la garde rentra complètement bredouille, et mécontent.

Les deux missi firent, en tête à tête, un bilan morose, le comte redoutant que des initiatives, qui s'étaient soldées par des échecs, n'entament le crédit dont devaient bénéficier en toutes circonstances les envoyés du souverain.

— Des échecs, dis-tu ? intervint Erwin. Je ne le crois pas. Ce qu'on ne trouve pas est souvent aussi important que ce qu'on trouve.

— En attendant... commença le comte.

— T'inquiéterais-tu d'opinions passagères ? Un général doit-il prêter l'oreille aux on-dit quand il dirige une manœuvre hardie en pleine bataille ? Tout sera oublié le jour — prochain, crois-moi — où nous aurons tiré l'affaire au clair...

— Quand ? Et combien de temps à demeurer encore dans ce maudit pays ? lança Childebrand, avec emportement.

— Allons, allons, ami, pense au nombre de bévues que la colère engendre !

— De quel bois es-tu donc fait !

— ... Pense, poursuivit Erwin, imperturbable, aux

félicitations que le roi ne manquera pas de nous adresser quand nous lui présenterons les résultats d'une enquête menée diligemment à bon terme.

Le comte fit quelques pas en réfléchissant sombrement. L'abbé se leva et, le prenant par le coude pour arrêter sa marche, il lui dit :

— Ami, je sais que tu as là-bas ta famille, ta demeure dans une ville que tu aimes, tes amis avec lesquels tu peux converser en francique... Mais songe à tout ce qui est en cause ici. Alors, je t'en prie, pas d'impatience, pas de colère. Maudis-moi tant que tu veux, mais n'écoute pas ton démon.

— Je ne te maudis pas ! bougonna Childebrand.

Le jour même, en fin de matinée, alors que le grand marché battait son plein, le crieur public annonça que les missi dominici donneraient une récompense de vingt-cinq deniers à qui découvrirait une fosse contenant la dépouille, enterrée clandestinement, d'un homme mort récemment, et une récompense de dix deniers à qui fournirait des renseignements dignes de foi à ce sujet. Il y eut grande effervescence dans la ville, un remue-ménage, des potins, des discussions de taverne, mais, après un jour et demi d'attente, aucune piste sérieuse n'avait été révélée.

Le surlendemain de cette annonce, un gamin se présenta au quartier général des missionnaires de Charles, apportant un pli à l'intention de frère Antoine. Dès que celui-ci en eut pris connaissance, il se précipita dans la salle de délibérations où Childebrand et Erwin trompaient leur attente en buvant de la cervoise. Le message était ainsi rédigé :

« Chère bedaine,

« Mes informateurs m'ont appris hier que les envoyés du souverain (qui sont tes seigneurs et les miens) avaient fait crier une annonce qui témoignait à la fois de leur perspicacité et de leur embarras. Ils ont jugé et bien jugé que si Claus et son portefaix à quatre pattes n'avaient été aperçus sur aucune des routes partant d'Autun, c'est sans doute que le barbier y avait terminé son exécrable existence. Peut-être, cependant, n'ont-ils pas suffisamment tenu compte de la peur qu'inspirent celui ou ceux qui, après avoir embauché cette crapule, l'ont stipendié à leur façon. Pourtant, en matière de canaillerie, le barbier de Nolay n'était pas un novice. Il est donc tombé sur plus retors et plus expéditif que lui. Voilà de quoi donner à réfléchir à tout témoin. Vingt-cinq deniers sont une belle somme, assez pour acheter un petit troupeau, mais pas assez pour risquer sa vie.

« Votre très humble serviteur n'a pas de ces soucis. Pour lui prendre la vie, il faudrait d'abord le prendre tout court. Certains s'y sont essayés et s'y sont cassé les dents. C'est pourquoi il peut signaler sans crainte que ses hommes, qui sont à la dévotion du roi Charles, ont battu la campagne et que, aidés par le dégel, ils ont découvert une tombe fraîchement creusée dans la Forêt Sacrée à une demi-lieue de Couhard près de la route de Lyon. Elle a été immédiatement dissimulée sous des branchages par leurs soins. Puis-je recommander une reconnaissance rapide ?

« Quant à la mule, animal fort avisé qui s'est enfui sans doute au moment de l'assassinat de son maître, elle vient d'être retrouvée par l'un des miens dans des bois du côté de Lucenay. Voilà qui ôte les derniers doutes.

« Votre très humble serviteur,

« Doremus »

Childebrand parcourut soupçonneusement la missive qu'Erwin lui avait remise.

— Espérons, marmonna-t-il, qu'il ne s'agit pas à nouveau d'une fausse piste !

— Les précédentes, riposta l'abbé, étaient d'autant moins fallacieuses qu'elles nous ont menés à celle-ci.

— A la grâce de Dieu ! dit le comte en faisant appeler Hermant.

A peine celui-ci en eut-il lancé l'ordre que déjà vingt gardes couraient aux écuries, harnachaient leurs montures et se présentaient, en armes, à leur chef. Le détachement, accompagné par frère Antoine et Timothée, franchit au galop la porte du quartier général en direction de la voie d'Agrippa, prenant ensuite la route de Lyon, puis pénétra dans la Forêt Sacrée. Après des heures de recherches difficiles, l'un des gardes finit par découvrir un tumulus de terre fraîchement remuée recouvert par des branches mortes disposées régulièrement. Hermant, accouru, y plaça deux sentinelles en attendant l'arrivée du comte Childebrand et de l'abbé Erwin qu'une estafette était allée prévenir.

C'est accompagnés de deux fossoyeurs et du médecin sarrasin que les deux missi parvinrent à la tombe présumée du barbier criminel, Childebrand redoutant toujours un fiasco, voire une mystification. Aussi est-ce avec soulagement que, dès les premiers coups de bêche, il vit apparaître la dépouille d'un homme qui avait été enseveli à peu de profondeur, à même la terre. Les fossoyeurs, après l'avoir dégagé, placèrent le cadavre sur une toile de manière que l'expert puisse procéder immédiatement à de premiers examens. Celui-ci n'eut pas de peine à découvrir la cause de la mort : il montra à hauteur du cœur, dans le dos, puis à la nuque les tiges de deux flèches qui avaient été certainement cassées par le meurtrier, les pointes étant restées dans la chair. Il put retirer ces fers et les confia à Timothée, disant qu'ils pouvaient permettre d'identifier l'assassin. Le corps fut ensuite placé sur un chariot, et la troupe, conduite par les missi, regagna lentement le quartier général tandis que des badauds de plus en plus nombreux regardaient passer, muets, tête découverte, cet étrange convoi mortuaire.

On ne se bouscula pas, malgré la curiosité morbide que suscitait l'événement, pour identifier le cadavre. Les enquêteurs durent avoir recours au témoignage de l'aubergiste de Nolay, maître Marcel, qui, malgré l'état dans lequel se trouvait la dépouille, reconnut formellement Claus le barbier. Deux autres personnes, l'une habitant Nolay, l'autre Autun, acceptèrent ensuite de corroborer cette identification.

Dès la mise au jour du cadavre de Claus, d'ailleurs, les missi avaient lancé des enquêtes nouvelles et ordonné des démarches auprès des autorités de la ville et du comté; Timothée et frère Antoine mirent à profit les complicités qu'ils s'étaient acquises dans l'entourage des personnages importants, auprès des négociants et jusque dans le petit peuple; Hermant et les plus délurés de ses gardes menèrent les investigations officielles et Sauvat questionna des indicateurs qui, en temps ordinaire, informaient le comte, mais étaient tout disposés à servir quiconque les paierait, à plus forte raison des représentants du roi. Ceux-ci, demeurés en leur villa, étudiaient, à mesure qu'ils leur parvenaient, les renseignements que ce dispositif faisait converger vers eux.

Pour éviter toute polémique, ils convoquèrent rapidement le comte Thiouin pour le tenir au courant des derniers développements de leur enquête et des recherches en cours. Le comte ne fit aucun commentaire et, en prenant congé, remercia les missi.

Dans la soirée, comme ils l'avaient fait pour Thiouin, ils mandèrent l'intendant Bodert à leur quartier général et le reçurent dans la salle des délibérations.

— Tu as appris, naturellement, lui dit Childebrand, que le cadavre de Claus a été découvert, enseveli dans une fosse peu profonde, à l'orée de la Forêt Sacrée, non loin de la route de Lyon.

— Évidemment, répondit l'intendant.

— On t'a certainement rapporté que le barbier avait été tué de deux flèches tirées par-derrière, l'une et l'autre mortelles, précisa le comte.

— On me l'a rapporté.

— Enfin, tu dois savoir que nous n'avons désormais plus aucun doute quant à la culpabilité de ce Claus. C'est lui qui, engagé comme aide ou s'étant faufilé parmi les domestiques, a versé le poison qui a tué le vicomte Aldric, c'est lui qui a été l'exécutant de ce meurtre.

— Puisque tu le dis...

— Mais, derrière celui qui exécute, il y a celui qui ordonne et la justice veut qu'il soit aussi découvert.

— Sans doute.

— Tu n'as aucune idée, pas le moindre soupçon à ce sujet ? demanda Childebrand.

— C'est aux enquêteurs qu'incombe la responsabilité du soupçon.

— Mais c'est à tout serviteur du souverain qu'incombe le devoir d'aider les enquêteurs !

L'intendant, en réponse, se borna à hocher la tête en signe d'approbation.

Erwin qui, jusque-là, était demeuré assis à côté de

Childebrand, se leva et s'approcha du siège de Bodert. Comme celui-ci, par respect, se disposait à se lever, l'abbé, d'une pression de la main sur l'épaule, lui signifia de n'en rien faire, et se campa devant lui.

— Nous allons nous épargner, dit-il, beaucoup d'embarras et de tracas... Nous savons donc que Claus a quitté la cité d'Autun en catastrophe. A ton sens, pourquoi ?

— Que puis-je en savoir ?

— Tu devrais faire un effort, suggéra Erwin avec un sourire engageant. Voyons, pourquoi un empoisonneur, qu'ensuite on retrouve assassiné, voulait-il fuir si vite ? Tu ne vois toujours pas ? N'était-ce pas pour échapper précisément à ceux qui ont fini quand même par le rattraper et l'exécuter ?

— Oui, on peut le penser, acquiesça l'intendant, d'un ton hésitant.

— Bien... Nous avançons. Mais cela ne nous dit pas qui Claus redoutait. Examinons ce que nous en savons ! Il s'agissait manifestement d'une ou plusieurs personnes... disons : redoutables, précisément. Avant son crime, le barbier, en effet, avait déjà pris des dispositions pour s'éclipser, notamment en vidant son échoppe de tout ce qu'elle contenait d'un peu précieux et en en chargeant sa mule qu'il avait ensuite cachée aux anciennes carrières d'Autun.

— Si tu le dis.

— Reprenons ! continua Erwin posément. Donc des ennemis redoutables. Et aussi des personnes qui le connaissaient. N'est-ce pas ?

— Sans doute.

— Et aussi qui savaient... qui il était, ce qu'il avait commis.

— Peut-être avait-il accompli auparavant à Autun

quelque forfait lui attirant des inimitiés mortelles, dit Bodert.

Le Saxon secoua la tête.

— Hautement improbable, répondit-il. Pourquoi alors serait-il venu se mettre dans la gueule du loup ?... Non... ceux qui savaient, eh bien, savaient qu'il avait empoisonné le vicomte.

— Peut-être...

— Nous sommes donc d'accord... Autre chose : nous avons fait examiner les pointes des flèches qui sont restées fichées dans les chairs du mort ainsi que les fragments des tiges. Elles proviennent de l'atelier d'Étienne.

— Il fournit tout le comté.

— Au fait, t'avais-je déjà dit comment le barbier avait été tué ?

— Tout le monde le sait.

— Les excellents archers ne sont pas légion. Celui qui a exécuté Claus a fait mouche par deux fois à deux endroits mortels. Dans l'obscurité, quelle adresse !

— Cela ne prouve rien.

— Pas encore, en effet. Autre indice : le meurtrier n'a pas agi seul. Le corps du barbier a été traîné dans les bois sur une certaine distance avant d'être enterré à la hâte, à l'orée de la Forêt Sacrée. Selon nos constatations, les exécuteurs étaient au moins quatre : celui qui a fait mouche, deux aides qui ont transporté et mis en terre le cadavre et un guetteur. Résumons : Claus empoisonne le vicomte Aldric puis, son crime accompli, quitte dans la nuit le château pour rejoindre sa mule et fuir. Quatre personnes, au moins, au courant de son forfait, le suivent, l'exécutent et l'enterrent.

— Des vengeurs ? hasarda Bodert.

— J'avoue que je n'y avais pas pensé, mais c'est une idée intéressante, dit Erwin, méditatif... Donc quatre vengeurs, mais aux ordres de qui ?

Le missionnaire royal changea brusquement de ton et lança à l'intendant :

— Nous ne mettrons pas longtemps à le découvrir et comprends-moi bien : nous avons tous pouvoirs pour interroger comme il convient tes serviteurs, tes domestiques, tes familiers, ta femme et toi-même. Qui, mieux que toi, était placé pour découvrir ce que venait d'accomplir Claus le barbier et, mû par un esprit de vengeance, pour ordonner qu'on l'abatte ? En appliquant la question, nous obtiendrions des aveux concordants, des certitudes. Que de souffrances, que de meurtrissures morales et physiques inutiles ! Mais si tu nous y contrains...

L'intendant avait pâli. Il bredouilla :

— De telles menaces, pourquoi ?

— Oui, pourquoi ? reprit Erwin doucement. Que, ayant démasqué le criminel, tu l'aies condamné à mort dans un moment de fureur, c'est tout à fait plausible. Certes, il n'est pas bon que Vengeance se substitue à Justice, mais enfin... voilà... tu as le choix.

Dès lors commença un duel serré entre l'intendant qui continuait de nier toute implication dans l'élimination de Claus l'empoisonneur et l'abbé qui ne lui laissait aucun répit.

— Permettras-tu que d'autres supportent les conséquences d'une vengeance dont tu devrais assumer la responsabilité principale ? demandait inlassablement Erwin. Puisque, de toute façon, nous savons bien ce qu'il en est, ne serait-il pas plus raisonnable que tu l'admettes ?

A l'intendant qui tentait encore de finasser, le

Saxon, sans désemparer, répétait qu'il lui serait facile d'obtenir des confessions de tous ceux qui avaient forcément prêté la main à cette « vengeance ».

— Tu as évidemment mené une enquête rapide dès que fut connu l'assassinat du vicomte. Ceux auprès desquels tu t'es renseigné sont déjà autant de témoins disponibles. Les vengeurs, quatre ou plus, qui ont poursuivi l'empoisonneur, voilà d'autres témoins... Et je pourrais continuer. Sache qu'à partir du moment où nous serions obligés de les soumettre à la question, rien ne saurait arrêter une justice qui sanctionnerait très lourdement ceux qui ont été les instruments de la vengeance ! Exécuter un criminel ne coûte qu'une amende, mais entraver la justice du roi se paie très cher !

Plus l'interrogatoire se prolongeait, plus Bodert, accablé, se tassait sur son siège avec, cependant, de brefs moments de révolte. Childebrand, médusé, regardait l'abbé saxon, impitoyable, tourner autour de sa proie.

Tout à coup, l'intendant se dressa et cria :

— Assez ! Assez ! Dois-je endurer tout cela pour un barbier de malheur ?

— D'autant que tu le savais coupable, murmura Erwin à son oreille.

— Oui, oui, je l'ai découvert ! Oui. Maintenant la paix, oh ! la paix !

— Donc tu savais qu'il allait fuir. Après ce qu'il avait fait, il n'en était pas question. Tu as décidé sa mort...

— Mais tu ne vois pas que je suis à bout... J'ai fait ôter cette crapule du monde des vivants... Et après, hein, et après ?

— Deux flèches seulement, l'exécuteur est un fameux tireur, plaça Childebrand.

— Et tes gens, tes aides, guetteur et fossoyeurs? demanda Erwin.

— Laissez mes fidèles, mes meilleurs serviteurs en dehors de tout cela! Je paierai le wergeld[1] de ce barbier assassin, si tant est qu'il y en eût un!

Bodert se rassit, épuisé, courba la tête et essuya son front en sueur.

— Bien, reprit Erwin redevenu en un instant calme et apparemment affable. Il est temps, je crois, de nous restaurer quelque peu avant de reprendre l'ensemble.

— Que veux-tu donc encore? lâcha l'intendant avec accablement.

L'officier de bouche fit servir une collation composée d'une soupe, de perdrix rôties et de châtaignes grillées accompagnées de vin aux aromates et d'hydromel. Bodert toucha à peine aux mets tout en buvant coup sur coup plusieurs gobelets de vin. Tandis qu'il se morfondait, Erwin et Childebrand échangeaient des propos qui faisaient traîner le repas.

Quand la table fut desservie, l'abbé demeura un long moment silencieux et méditatif.

— Il y a quelque chose qui me tracasse, dit-il en se frottant la joue. Je pense à la façon dont les choses ont pu se dérouler cette fatale nuit et... Voyons! Le vicomte a absorbé le poison à la fin du deuxième service, à ce que nous savons. Certains détails prouvent que le meurtrier a pu constater très rapidement la triste réussite de son entreprise. Si ce que nous avons imaginé tout à l'heure est vrai, il n'attend

1. Le wergeld était une amende sanctionnant un délit ou un crime et payée par le coupable à la victime ou à sa famille. Son montant dépendait de la nature du forfait, du rang social de celui qui l'avait accompli et de celui qui l'avait subi.

pas son reste et prend immédiatement la fuite, n'est-ce pas ?

— Pourquoi tout cela ? murmura l'intendant, épuisé.

— Mais voyons, parce que cela ne tient pas ! répondit Erwin, tout en marchant lentement avec de brusques arrêts autour du siège sur lequel Bodert était assis. Toi, tu es retenu un grand moment dans la salle du banquet, dans l'attente de témoigner. Convives et serviteurs sont consignés sur place. Comment aurais-tu pu mener une enquête, découvrir une vérité que nous-mêmes nous avons mis des jours à apercevoir, et monter une expédition en pleine nuit ? D'ailleurs, comment savoir où était parti Claus le barbier, comment le trouver, où ? Et puis ces deux flèches mortelles tirées dans une obscurité que les nuages rendaient particulièrement noire... Tu vois ? Je te le répète : cela ne tient pas. Et puis, reste à savoir pourquoi ce Claus aurait pris tant de risques, car le meurtre d'un vicomte est puni de la roue.

Bodert sursauta.

— Décidément, poursuivit Erwin, s'il me paraît acquis que tu as fait exécuter le barbier puisque tu l'as admis, je crois qu'il nous reste encore à en élucider les circonstances et surtout les raisons. A ce sujet, je voudrais faire comparaître en ta présence, intendant Bodert, un témoin intéressant... Faites-le entrer !

Celui qui se présenta, sa coiffure à la main et en s'inclinant devant les missi, était un homme d'une quarantaine d'années de haute et forte carrure, vêtu simplement mais non pauvrement.

— Comment t'appelles-tu, quel est ton métier et où habites-tu ? demanda Childebrand.

— Deschars est mon nom. Je suis forgeron établi à Épinac, pour te servir, seigneur.

— Parle sans crainte sous la protection du roi. As-tu vu passer à Épinac l'homme que voici ?

Le forgeron dévisagea Bodert.

— Sans nul doute, seigneur. Il montait un cheval splendide.

— Était-il seul ? demanda Childebrand.

— Deux autres cavaliers armés l'accompagnaient. Ils se sont arrêtés à la fontaine qui est sur la place. Ils ont cassé la glace qui recouvrait le bassin pour faire boire leurs chevaux.

— Comment peux-tu être certain qu'il s'agissait bien de celui qui est ici ?

— D'autres témoins pourront le confirmer. J'ai de bons yeux.

— Peux-tu dire de quelle direction ces cavaliers venaient ? demanda l'abbé.

— Non, seigneur.

— Et quelle direction ils ont prise ?

— Apparemment celle de l'Ouest.

— Quel jour cela s'est-il produit ?

— Il y a environ deux semaines.

Quand le forgeron se fut retiré, Erwin demanda à l'intendant s'il avait des observations à faire au sujet de ce témoignage. Bodert, qui s'était ressaisi, haussa les épaules avec une expression du visage qu'il voulait méprisante.

— Je ne voudrais pas te répéter ce que j'ai dit tout à l'heure concernant les interrogatoires que nous pourrions mener, souligna le moine. Deux hommes en armes t'accompagnaient. Nous croyons savoir qui. Au passage, je te signale que tous ceux qui t'entourent sont désormais sous notre protection...

— Qu'est-ce que cela veut dire ? s'écria Bodert.

— Tu m'entends !... Ces cavaliers ne se feront pas trop prier pour nous dire où vous vous êtes rendus et quand.

Comme l'intendant continuait à se taire, Erwin, campé devant lui, reprit sur un ton impérieux :

— Nous savons bien pourquoi maintenant tu ne desserres plus les dents. Nous savons que trois jours après le meurtre d'Aldric tu es allé à Nolay. Nous savons que, laissant les deux cavaliers qui t'accompagnaient à proximité du bourg, tu as gagné discrètement, de nuit, l'échoppe du barbier que tu as mise sens dessus dessous. Nous savons qu'au matin vous êtes revenus à Autun en passant par Épinac, qui est un peu à l'écart de la route directe, pour brouiller les pistes. Nous savons pourquoi tu as fait cela et que cela n'a rien à voir avec une vengeance ! Nous avons, pour le prouver, plus de témoins qu'il ne nous en faut.

Bodert s'était levé, rouge de colère.

— C'est un tissu de mensonges ! cria-t-il. Et pourquoi aurais-je fait toutes ces démarches imbéciles ?

— Encore une manifestation de ce genre, lança Childebrand, et tu te retrouveras fers aux mains et aux pieds, poursuivi et condamné pour outrages à la puissance royale en la personne de ses missi dominici. Et tu sais ce qu'il t'en coûterait !

— Dois-je donc me laisser accuser sans me défendre ! protesta l'intendant.

— Accusé, tu ne l'es pas encore, sinon de l'exécution d'un assassin, ce qui ne vaut au plus que quelques deniers, répondit Erwin. Mais tu vas l'être bientôt de beaucoup plus grave. Si tu fais tant de difficultés pour reconnaître que tu t'es rendu à Nolay, c'est que, là, le bât te blesse. Mais revenons à la nuit du banquet. Claus verse le poison, s'assure de son effet et quitte le château avant même qu'on découvre le cadavre du vicomte. Il se rend aux carrières où il a laissé sa mule et, au lieu de s'enfuir, il attend. Et qu'attend-il ? Évidemment le salaire de son crime. A l'aube, il voit s'approcher de lui plusieurs cavaliers. Méfiant, il crie qu'il a laissé derrière lui une dénonciation indiquant le nom de son commanditaire, pour le cas où celui-ci songerait à acquitter sa dette en le supprimant. Mais celui qui a eu recours aux répugnants services du barbier ne peut le laisser vivre avec un tel secret. Deux flèches tirées par-derrière règlent le problème. Reste la dénonciation. D'où le voyage à Nolay, *ton* voyage à Nolay. C'est là que doit se trouver le document te désignant comme celui qui a organisé et payé l'assassinat du vicomte Aldric, qui a embauché Claus et facilité son admission au château comme serveur...

— Je te défie bien de prouver qu'un tel document ait jamais existé, jeta l'intendant avec superbe.

— Parce que tu l'as retrouvé et détruit ? demanda Erwin sur un ton ironique.

— Parce que tout ce que tu m'imputes est contraire à la vérité !

— Tu ignores une chose, reprit l'abbé à voix basse, c'est que Claus le barbier ne savait pas écrire. Il a donc dicté son message à un écrivain public que nous avons retrouvé et qui a témoigné : il a conservé en mémoire le texte en question, un texte assez vague pour ne pas impliquer Claus dans le meurtre d'Aldric, mais très révélateur dans le cas où il serait menacé voire mis à mort, ce qui fut le cas.

Erwin prit sur la table un parchemin qu'il lut :

« Moi, Claus le barbier, affirme et confirme, par tous les saints, que ce que j'ai fait m'a été imposé et payé par l'intendant Bodert pour son propre bénéfice. Que cela établisse la vérité pour le cas où je ne pourrais plus le faire moi-même ! »

— Voilà donc, dit le Saxon, ce que tu as fini par trouver en fouillant l'échoppe de Claus, voilà ce que tu as cru détruire à jamais !

— Je m'inscris en faux ! cria l'intendant. C'est une machination, c'est une infamie ! Tous ces gens que vous avez forcés à témoigner de manière fallacieuse...

Childebrand se dressa de toute sa hauteur :

— Tu en as trop dit, Bodert ! lança-t-il. Tu as trop longtemps insulté les représentants du roi ici présents ! Tu vas avoir à répondre de tes paroles et de tes actes !

— Vous voulez me faire payer un crime dont je ne porte pas la responsabilité, voilà la vérité ! répliqua l'intendant, hors de lui. J'en appelle au Très-Haut, j'en appelle au jugement de Dieu ! Toi, l'abbé, si tu n'étais pas homme d'Église, je te demanderais raison de tes accusations et de tes mensonges l'épée à la main.

— C'est à moi que tu auras à faire ! martela Childebrand.

Erwin s'approcha de l'intendant qui continuait de crier et de gesticuler.

— Mon état de moine, lui dit-il en le toisant, ne m'empêche nullement de témoigner éventuellement de la vérité sous le regard de Dieu, d'autant qu'ici, aujourd'hui, je suis avant tout le représentant du souverain et de sa justice. On te dit très habile à l'épée. Est-ce pour cela que tu souhaites cette ordalie ?

— Je maintiens que tu en as menti ! Ta dérobade me servira de preuve !

— Oh ! mais je n'ai pas dit que j'allais me dérober, dit le Saxon. Je te demande seulement de bien réfléchir... Je te sais coupable... Réfléchis bien !

Bodert eut un rire méprisant :

— J'ai réfléchi. En face de moi, tu ne pèseras pas lourd, lança-t-il.

— Soit, dit Erwin. Nous allons régler cela immédiatement, ici même, puisque tu le réclames.

Il demanda alors à un garde de rendre à Bodert l'arme qu'on lui avait retirée avant qu'il ne comparaisse devant les missi. Quant à lui, il sortit son épée du fourreau qu'il avait placé à côté de son siège. Il remonta dans sa ceinture les pans de sa tunique et s'avança vers la partie dégagée de la salle.

Bodert, en bretteur averti, attaqua tout de suite Erwin qui s'était à peine mis en garde. Il porta plusieurs bottes que l'abbé sembla parer avec difficulté. Celui-ci se trouva bientôt adossé à la cloison. Childebrand se mordait les lèvres. L'intendant ferraillait sauvagement, semblait à chaque assaut sur le point de toucher le Saxon qui s'en sortait par une ultime parade comme par miracle.

Puis une riposte de hasard fit une longue estafilade sur le bras gauche de l'assaillant qui s'arrêta un instant, surpris. « Va donc ! » cria Childebrand. L'abbé ne bougea pas. Avec un cri de rage, Bodert prit un nouvel élan. Une entaille à la poitrine l'arrêta net. Il tenta quand même un nouvel assaut. L'épée du Saxon lui entama la joue à un doigt de l'œil droit. Erwin alors s'approcha, piqua sans se hâter la cuisse de son adversaire, puis, d'un coup sur la garde, lui fit sauter l'arme de la main. Perdant son sang en abondance, Bodert vacilla puis s'écroula. L'abbé plaça la pointe de son épée sur la gorge de celui-ci et dit simplement :

— Dieu a jugé.

Il essuya son arme et la replaça posément dans son fourreau. Childebrand s'était précipité pour le serrer dans ses bras, avec un visage éclairé par le soulagement et la joie. Puis il se tourna vers l'intendant qui gisait en gémissant. Le comte n'en croyait pas ses yeux. Pour la deuxième fois, depuis le début de leur mission, le Saxon se révélait à lui comme un combattant dont il avait rarement rencontré l'égal.

— Bonté du Ciel !... murmura-t-il.

— Oui, ami, répondit l'abbé. Laissons à Dieu ce qui n'appartient qu'à Lui. Quant à ce personnage présomptueux, nous allons le faire panser et soigner ici même. Je gage que, demain, remis de ses émotions et aussi, un peu, de ses blessures, il aura beaucoup de choses à nous confesser, sans faire de difficultés.

Childebrand, qui demeurait sous le coup de son étonnement, murmura distraitement une vague approbation. Se tournant de nouveau vers son ami il dit :

— Quel homme es-tu donc ?

— Il me semble, répondit Erwin, que tu m'as déjà posé une question semblable.

— Sans réponse, il me semble...

Le Saxon sourit.

— Je suis certain, dit-il, que le Très-Haut appréciera une action de grâces pour l'aide merveilleuse qu'Il vient d'apporter à la justice du roi.

Childebrand hocha la tête avec un air qui exprimait à la fois sympathie et perplexité. L'abbé était déjà en prière. Le comte se joignit à lui. Puis il fit apporter un flacon du meilleur vin. Cependant un médecin et deux aides étaient venus prendre Bodert, à demi inconscient, pour le transporter dans une chambre gardée où il serait soigné.

Les deux missi s'apprêtaient à regagner leurs couches, car l'interrogatoire de l'intendant les avait menés au-delà de minuit, quand Timothée fit irruption pour leur annoncer que Gertrude, dans tous ses états, demandait à comparaître sur-le-champ devant eux. Alertée par l'absence prolongée de son époux, appelé comme témoin par les missi, à ce qu'elle savait, elle venait aux nouvelles, à la fois véhémente et angoissée.

Childebrand et Erwin délibérèrent s'ils devaient la recevoir. Ils convinrent que son rôle éventuel dans la cause qu'ils instruisaient excluait une entrevue précipitée, à sa requête. C'est convoquée à son tour comme témoin qu'elle serait entendue, et au moment décidé par les enquêteurs. En attendant, Timothée était chargé de l'informer que des accusations graves avaient été retenues contre son époux, qu'il était détenu et qu'elle serait avisée des suites de l'enquête.

— Si elle insiste et fait du tapage, précisa Childebrand, n'hésite pas à la faire conduire dans une chambre où elle sera maintenue jusqu'à sa comparution !

Timothée que cet ordre n'enthousiasmait guère, car il prévoyait une réaction passionnée de Gertrude, acquiesça d'un air résigné.

— Évitons cependant d'en arriver là, lui dit le Saxon. De toute façon, elle ne nous échappera pas... Et puis, pour le moment, il est inutile de lui parler des blessures que Bodert a reçues et dont tu es déjà informé, n'est-ce pas...

— Un jugement de Dieu improvisé et expéditif... précisa Childebrand.

— Car tu as, seigneur... commença le Grec.

Le comte désigna Erwin :

— Ce moine-ci, dit-il, a la foudre de Dieu au bout de son glaive.

Le lendemain, longuement, les deux missi entendirent Bodert dont les blessures étaient plus spectaculaires que graves et qui, en conséquence, put être interrogé sur tous les aspects de l'affaire. Gertrude, qui était restée sur place, le fut également.

Alors que, après ces interrogatoires, Childebrand et Erwin, leurs aides et les rachimbourgs qu'ils avaient désignés examinaient la manière dont le procès, fixé au surlendemain, devait se dérouler, un officier vint prévenir les envoyés du roi que la vicomtesse Oda qui était arrivée en litière demandait à être entendue.

— Elle s'est donc décidée, murmura Erwin.

La vicomtesse fut transportée dans une chambre où les envoyés du roi la rejoignirent immédiatement. Ils trouvèrent sur sa couche une femme d'une pâleur extrême, les traits tirés, mais le regard résolu. A la chambrière qui l'avait accompagnée, elle donna l'ordre de se retirer.

Se tournant alors vers les missi, elle leur dit d'une voix ferme :

— Demain, vous allez rendre la justice au nom de Dieu et du roi. Je sais de quelle façon vous avez mené vos investigations ; les forfaits et les crimes sont connus, les accusés aussi. Mais les coupables ?

Elle soupira.

— Les coupables, reprit-elle, les connaissez-vous tous ? Hélas... Trop longtemps, seigneurs, je me suis tue. Honte sur moi !... Silencieuse jusqu'à cet instant... Mon honneur, celui de mon sang, celui de ma fille et de l'enfant que je porte en moi, l'ignominie de la victime, que n'ai-je pas invoqué pour clore mes lèvres sur ce terrible secret... En vain... Jour et nuit, sans pitié, il me harcelait.

Elle s'arrêta un instant.

— Regardez-moi !... Cette vérité m'étouffe... Je n'en peux plus... Qu'importe la honte, qu'importe le châtiment... Que ne puis-je me mettre à genoux pour confesser ma faute, pour confesser mon crime !

— Que dis-tu, Oda, que dis-tu ? s'écria Childebrand.

— Ceci, seigneur : moi, fille de la famille des Arnouls, je ne puis laisser condamner à ma place un homme, quel qu'il soit, pour avoir ordonné un crime que, moi, j'ai perpétré ! C'est moi qui ai tué Aldric !

— Reprends-toi ! lança le comte. As-tu perdu la raison ? Nous savons qui a commandé le meurtre, qui en a réglé l'exécution, qui l'a commis par le poison. De cela nous avons cent preuves. Irréfutables. Le chagrin et la honte t'égarent. Encore une fois, reprends-toi !

— La scène, l'horrible scène... elle est là, devant mes yeux, murmura Oda. J'ai, comte, toute ma raison. Ce qui me vient aux lèvres ce n'est pas le récit d'un délire, mais l'aveu de la vérité... L'aveu, te dis-je !

— Il y a des fautes sans aveu, mais aussi des aveux sans faute, dit doucement l'abbé.

— Ce que ma conscience m'oblige à révéler, trop tardivement — et je m'en accuse comme d'un mortel péché — n'est hélas que trop certain...

— Qu'en sais-tu ? Peux-tu admettre...

— Je t'en prie, mon père, ne m'ôte pas le courage qu'il me faut, le peu qu'il me reste. Oh ! Dieu ! par où commencer ?

Elle médita un long moment.

— Ce jour du banquet, une de mes suivantes qui y participait parmi la domesticité vint me prévenir de l'esclandre que vous savez. Ainsi ma honte qui ne faisait jusque-là l'objet que de ragots était révélée au grand jour, devant vous, devant tous. Mon honneur était en miettes. Oh ! j'en avais supporté, oui, que n'avais-je pas enduré ! Combien de fois j'ai demandé à la Vierge Marie de me soutenir dans le malheur et surtout d'apaiser la colère qui, jour après jour, me submergeait. Pouvez-vous imaginer ce que c'est, pour une femme de sang noble, d'être traînée dans la boue, maltraitée, humiliée tandis que grandit en son sein un enfant qui aurait dû réveiller l'amour ?

— Sans doute un homme ne le peut-il pas, répondit l'abbé, mais en vérité, que le sang qui circule dans les veines soit noble ou non, l'humiliation reste l'humiliation et la honte reste la honte... La colère aussi, hélas !

Oda regarda Erwin et lui dit :

— Oui, mon père, la colère, la rage plutôt, une fureur qui me saisit tout entière, anéantissant toute lucidité, me poussant aux extrêmes. Ce soir-là, je me suis fait transporter jusqu'aux abords de l'endroit où se déroulait cette fête détestable. Je ne sais comment, mue par la vengeance — seule je peux connaître les forces qu'elle déchaîne —, je pus faire dans le froid glaçant, alourdie par mon fardeau, les pas, un à un, qui me rapprochaient du château après avoir quitté ma litière à quelque distance du vestibule. C'est alors que je le vis, au moment même où je m'apprêtais à pénétrer dans l'édifice. Je le vis ou plutôt je reconnus sa silhouette. Mais non sa démarche car il titubait. J'ai pensé qu'il était ivre. Sous la vaste cape qui me dissimulait tout entière, je serrai dans ma main droite un stylet. A ce moment, il se pencha en avant pour vomir. Je le frappai à la tête. Il tomba. Un grand calme se fit en moi. Mes forces m'abandonnèrent. Je ne sais pas comment je pus regagner ma litière. Revenue chez moi, ce fut comme si rien de cela n'avait jamais existé, comme si j'avais fait un cauchemar. Je n'étais plus sûre de rien. Puis vous êtes venus me dire qu'Aldric avait été empoisonné. C'est alors, tout de suite, que j'aurais dû vous révéler la vérité, aussi atroce qu'elle ait été. Je me suis tue, m'enfonçant chaque jour un peu plus dans ce silence mensonger, jusqu'à ce que... Mais je vous ai déjà dit, je crois, ce qui m'a conduite jusqu'à vous, ce remords lancinant... Voilà... Faites de moi ce qui doit l'être selon la justice.

Childebrand se mordait les lèvres.

— La justice? dit Erwin, méditatif. Oui, noble Oda : ce qui doit être fait selon la justice, mais d'abord selon la vérité.

Le Saxon se pencha vers elle et lui demanda tranquillement :

— Aldric était un homme de haute taille, n'est-ce pas?

— Hélas! de fière allure, répondit-elle.

— Il était sur la plus haute marche de l'escalier du Nord au moment où tu l'as vu?

— Il me semble.

— Et toi, tu te trouvais en bas?

— Je le crois.

— Sais-tu qu'on a découvert une plaie à la base du crâne, mais derrière, au niveau de la nuque.

— Tu vois bien...

— Oda, interrompit l'abbé, il est impossible que tu aies pu porter ce coup alors qu'il se trouvait en haut des marches et toi en bas, même s'il s'est penché en avant. Les médecins nous ont démontré que le stylet avait frappé la base du crâne et avait pénétré de bas en haut. Dans la position que tu décris, cela serait impossible, même en admettant que, tout simplement, tu aies pu atteindre Aldric. Ta mémoire te trahit!

— Je l'ai frappé, j'en suis sûre. Je ne suis pourtant pas devenue folle!

— Souviens-toi ! Il était déjà à terre. Peut-être l'as-tu vu tomber ? Sans doute, même. Souviens-toi ! Il s'est penché en avant. Il a tourné sur lui-même puis il s'est abattu sur les marches, face contre terre. C'est alors que tu t'es approchée, n'est-ce pas, c'est alors que tu as frappé, comme ceci !

Erwin fit le geste de donner un coup de poignard à un homme étendu sur le sol.

— Souviens-toi ! Comme ceci ! Alors oui, dans cette position il était à portée de ton stylet, alors oui, pardonne mon insistance, on peut comprendre que le coup ait porté comme il l'a fait. Il n'y a pas d'autre explication possible.

Regardant l'abbé avec un air de souffrance aiguë, elle murmura :

— Qu'importe tout cela, mon père. N'en suis-je pas moins une criminelle, une épouse qui a tué son époux !

— Le Très-Haut jugera ton esprit, ton cœur et ton âme, ma fille. Nous, missionnaires du roi, nous avons déjà fort à faire à juger ce qui fut. Or l'homme que tu as frappé, à terre, était déjà mort ! Le poison avait fini de faire son œuvre. Tu n'as poignardé qu'un cadavre.

— Oh ! Dieu ! murmura-t-elle. Mais c'est cent fois plus horrible !

Elle se mit à sangloter convulsivement.

— Implore le Seigneur de calmer ton remords et d'apaiser ton âme. Courage ! dit l'abbé.

— Mon père, mon père ! s'écria-t-elle, se redressant à demi, je le vois, là, devant moi... Je le vois, te dis-je !... Chancelant... titubant... et moi je m'approche, je serre le poignard dans ma main... je le hais... je veux lui faire du mal... je veux qu'il meure... Ma main se lève... Je frappe... Oh ! horreur... Je le vois, à mes pieds, je le vois ! Oh ! mon père...

— Apaise-toi !

— Mon cœur saigne... le démon...

— Le démon, hélas ! le démon, interrompit Erwin... Le Malin qui te présente des images fallacieuses pour égarer ta raison et corrompre ton cœur. Il tente ton âme pécheresse... Récite avec moi le Notre Père et le Ciel écartera de toi le Tentateur...

Après la prière, l'abbé reprit :

— Penses-tu qu'affaiblie, égarée, alourdie, dans la nuit, de là où tu te trouvais, tu aurais pu le frapper comme il le fut s'il s'était trouvé debout devant toi ? Même penché ? Dois-je te le répéter : étant donné ce que les médecins ont constaté et confirmé, aucun doute ne peut subsister : c'était impossible !

— Cependant, mon père... hasarda-t-elle.

— Il suffit ! dit l'abbé d'un ton sévère. Ne te mets pas à la traverse de notre justice ! En ce comté, que de fautes, de forfaits et de crimes ont été commis ! Tous les coupables, quel que soit leur rang, seront punis ! Apprends-le de ma bouche ! Nous savons qui a ordonné le meurtre de ton époux, qui l'a organisé et qui l'a exécuté. Ce qui est en cause, c'est l'autorité et la renommée du roi Charles. Nous avons à nettoyer les écuries d'Augias. A présent, tu es instamment priée de ne plus entreprendre aucune démarche et de te taire ! Sache que mes conclusions sont forcément la vérité ! Obéis !

S'étant redressée sur son coude, en grimaçant de douleur, la vicomtesse Oda répondit :

— Je comprends vos raisons de justice, seigneurs, et me range à l'obéissance. Mais apprenez quand même l'étendue de ma détresse. Que j'aie ou non tué Aldric, ma culpabilité est inexpiable et mon désespoir d'autant plus profond que, quel qu'il ait été, je l'ai aimé, hélas, je l'aimais quand je l'ai frappé, mort ou vivant, et sans doute — oh ! faiblesse insensée ! — je l'aime encore ! Il était mon époux. Ma fille, à laquelle on n'a pas épargné le récit de ses turpitudes et de ses crimes, le pleure malgré tout. Elle, peut-être l'a-t-il sincèrement aimée. Quoi qu'il en soit, ni d'elle, ni de l'enfant que je porte je ne veux faire des bâtards. Je ne demanderai donc pas l'annulation de notre mariage, sachez-le, seigneurs !

— Même si sa nomination comme vicomte est déclarée nulle dès l'origine ? demanda Childebrand.

— Mon ventre est assez noble pour ennoblir mes enfants ! dit-elle d'une voix affermie.

Quand elle fut partie, le comte demanda au Saxon :

— Es-tu donc si sûr de toi en cette affaire ? D'ailleurs, le cadavre ne gisait-il pas sur le dos quand nous l'avons découvert ? N'y a-t-il place en ton esprit pour aucun doute ?

— Aucun concernant les canailles qui méritent un châtiment exemplaire. Pour le reste, comme tu l'as dit, Dieu seul sonde les reins et les cœurs !

— J'ai dit cela, moi ? s'exclama Childebrand.

pour l'enfant plus profond que ce qu'il en est. Il [illegible]

[illegible]

— Je l'aime, car il était mon époux. Ma fille, à laquelle on n'a pas épargné le récit de son supplice et de ses crimes, le pleure aussi. Elle [illegible] sincèrement aimé. Quoi qu'il en soit, à cause d'elle, et de l'enfant que je porte, je ne veux [illegible]. Je ne demande [illegible] pas l'annulation de notre mariage, sachez-le, seigneurs !

— Même si sa nomination comme vicomte est déclarée nulle dès l'origine ? demanda Crookchild.

— Mon veuvage est assez noble pour [illegible] [illegible] d'une voix assourdie.

Quand elle fut partie, le comte demanda à Saxon :

— Es-tu donc si sûr de toi en cette affaire ? [illegible] ne [illegible] pas sûr le [illegible] nous l'avons découvert ? N'y a-t-il place en ton esprit pour aucun doute ?

— Aucun concernant les canailles qui méritent un châtiment exemplaire. Pour le reste, comme tu l'as dit, Dieu seul sonde les reins et les cœurs.

— [illegible] cela, non ? s'exclama Crookchild.

CHAPITRE VIII

Le jour du jugement, la salle d'audience fut prise d'assaut par les curieux et une grande partie d'entre eux durent se contenter de suivre les débats à l'extérieur, instruits des péripéties par des informations transmises de bouche à oreille.

Le tribunal des missi dominici était constitué, outre ceux-ci, de sept rachimbourgs nouvellement désignés. Erwin et Childebrand étaient assistés de Timothée, frère Antoine et Hermant qui se tenaient derrière eux. Deux notaires consignaient les attendus et les sentences. Une douzaine de gardes royaux assuraient l'ordre et un officier tenait l'enseigne des missionnaires à côté de la table derrière laquelle ils siégeaient.

Les privilégiés qui avaient pu pénétrer dans la salle, après bien des bousculades et des cris, se calmaient immédiatement une fois entrés, pétrifiés par le respect. On n'entendait plus que le murmure de leurs commentaires quand, après avoir admiré Childebrand et Hermant en grande tenue et les rachimbourgs revêtus des ornements de leur fonction et avoir eu des regards apeurés pour l'abbé Erwin comme si la simplicité de sa mise eût signifié un rôle redoutable, ils découvraient que l'intendant Bodert, sa femme Gertrude ainsi que le chef des gardes Guénard se trouvaient dans l'enceinte réservée aux accusés en compagnie de Rémi et d'autres comparses. Il s'ensuivit une vague de commentaires formulés à mi-voix que Childebrand dut faire cesser.

Tout Autun était venu pour le procès concernant le meurtre du vicomte Aldric. Au lieu de cela, nouvelle surprise, la première audience commença par la lecture d'un acte d'accusation dénonçant les abus, crimes et délits commis dans la gestion du comté — ce qui visait Aldric et ses complices — mais aussi les méfaits qui avaient marqué celle du domaine réservé, ce qui mettait en cause l'intendance.

On comprit alors dans l'assistance que les missi n'étaient pas venus seulement pour juger de querelles entre grands, à quoi s'ajoutait un meurtre spectaculaire, mais aussi pour rendre justice aux humbles, au peuple de la cité et des champs ; alors des cris de satisfaction s'élevèrent dans la salle. Ils redoublèrent quand on vit que des cultivateurs, des artisans avaient été appelés à témoigner, et même des colons. Ils vinrent narrer, parfois avec crainte, parfois d'un air fanfaron, souvent avec des mots maladroits, les dommages et violences qu'ils avaient subis. Les missi firent également connaître les résultats des enquêtes qu'ils avaient menées personnellement ou avaient ordonnées.

L'assistance se tournait fréquemment vers Bodert et Gertrude qui demeuraient muets sur leurs sièges sans un geste, sans un mot de protestation, bien que, peu à peu, à mesure qu'apparaissait l'étendue de leurs turpitudes et de leurs forfaits, quolibets et invectives eussent fusé à leur adresse. On se réjouissait fort de voir réduits au silence et publiquement blâmés ceux qui en usaient avec leurs sujets de manière si brutale et méprisante quelques jours seulement auparavant, tout en s'interrogeant sur les raisons de leur passivité et de leur mutisme.

Ces premiers débats durèrent un jour entier et se terminèrent, contrairement à l'attente des spectateurs, sans qu'aucun jugement soit rendu : de quoi susciter le soir, dans les tavernes, de bruyantes controverses sur ce que seraient les sentences.

La seconde journée commença avec le procès *post mortem* d'Aldric. La façon dont il avait voulu se débarrasser de sa première épouse, les vilenies qu'il avait commises pour s'insinuer dans les bonnes grâces du comte Thiouin, ses entreprises diaboliques, y compris le meurtre de Hermine, tout fut révélé au public qui en connaissait déjà bien des aspects, mais apercevait maintenant le personnage dans toute son ignominie. Dans la salle, des hommes serraient les poings au récit des forfaits dont tant de familles avaient été les victimes, des femmes pleuraient quand l'accusation rappelait les sévices que le vicomte avait autorisés, voire qu'il avait exercés lui-même. Cyprien éclata en sanglots à l'évocation du martyre de son épouse, torturée avant d'être poignardée. A plusieurs reprises, Childebrand dut apaiser les cris d'indignation, les imprécations, les injures que suscitèrent les exploits les plus horribles d'Aldric.

Aussi de bruyantes acclamations accueillirent-elles le jugement cassant la nomination d'Aldric comme vicomte « sous réserve de l'approbation du roi ».

Childebrand donna ensuite lecture des sentences concernant le premier jour d'audience, la première ordonnant que tous les torts subis par les hommes libres et les colons soient réparés, que ceux qui avaient été chassés de leurs manses ou de leurs tenures par manœuvres frauduleuses, abus de pouvoir ou coercition retrouvent leurs biens.

Des aides et auxiliaires fautifs ainsi que des gardes convaincus de crimes furent condamnés à des amendes dont sept, particulièrement élevées, sanctionnèrent les meurtres de deux cultivateurs de condition libre, de deux colons et de trois esclaves. En outre, les plus coupables furent réduits en servitude. Cette sentence suscita une nouvelle manifestation de joie d'abord dans la salle puis dans la foule à l'extérieur du tribunal, à mesure que la rumeur la propageait. Puis Childebrand indiqua que Guénard, chef de la garde comtale, pour « avoir méconnu ses plus élémentaires devoirs » et avoir prêté la main à des entreprises blâmables, était destitué.

— Cependant, ajouta-t-il, en raison de l'aide qu'il a apportée aux envoyés du souverain au cours de leur enquête, il est admis dans la garde royale...

Le comte regarda l'assistance qui grondait et précisa :

— ... pour une période probatoire, comme palefrenier.

Un énorme rire salua cette décision, tandis que Guénard, pâle comme un linceul, semblait défier les juges.

— N'as-tu rien à dire ? lui lança Childebrand.

Le condamné baissa la tête.

— Sais-tu, souligna le comte, irrité, que nous pouvons encore décider ta mort ?

— Je remercie les envoyés du souverain avec humilité pour leur mansuétude, parvint enfin à articuler Guénard.

Quand le calme fut revenu, Childebrand prit son épée que venait de lui tendre un valet et la disposa sur la table du tribunal devant lui. S'adressant avec gravité à l'ancien garde comtal Rémi, il déclara :

— Toi, pour avoir maltraité, injurié, menacé un représentant du souverain, tu es condamné par nous, selon la loi et la coutume, à être roué !

Une sourde rumeur accueillit cet arrêt, tandis que Rémi s'affaissait, sans connaissance. Deux gardes s'en saisirent, le relevèrent et le maintinrent debout afin que, même inconscient, il puisse « assister » à l'énoncé complet de la sentence.

— Par mesure exceptionnelle d'indulgence, ajouta le comte Childebrand, nous avons décidé que tu serais mis à mort par strangulation.

Dans l'assistance, certains, frustrés d'un beau supplice, lancèrent de rageuses protestations que l'abbé fit taire avec indignation. Des gardes emmenèrent Rémi, toujours en syncope, tandis que Childebrand, reprenant son épée, annonçait la fin de l'audience et le renvoi au lendemain des débats concernant le meurtre d'Aldric.

Ceux-ci occupèrent entièrement la troisième journée. Un notaire résuma les témoignages, et l'un des médecins vint lui même fournir des indications sur le poison employé.

Erwin, reprenant tout *ab ovo*, relata de quelle manière, pas à pas, les enquêteurs avaient découvert que Claus le barbier était l'exécuteur du crime, précisant comment il l'avait perpétré.

Dans la salle, les visages tendus témoignaient d'une attention passionnée, le récit de l'abbé étant ponctué d'exclamations étouffées.

— Embauché comme domestique occasionnel, précisa Erwin en utilisant le dialecte, Claus, servant et desservant les tables, a eu toutes possibilités pour verser dans une coupe, celle qu'utilisait Aldric, le liquide mortel. Nous en avons retrouvé une, trop bien nettoyée, à terre, dans le vestibule du Nord. Il est vraisemblable que le barbier, après que sa victime eut bu le poison, s'en est emparé pour l'essuyer et que, voyant apparaître Aldric, déjà râlant et titubant, il l'a jetée pour s'enfuir précipitamment... Restait à découvrir celui qui avait commandé et payé ce crime car, de toute évidence, Claus ne pouvait avoir agi pour son propre compte.

Tandis que de l'assistance s'élevait un murmure d'approbation, l'abbé lentement se tourna vers Bodert.

— Le moment est venu, lui dit-il gravement.

Puis, dans le silence revenu, il lui demanda :

— Reconnais-tu que tu as eu recours à Claus le barbier pour faire périr Aldric ?

L'intendant marqua une hésitation.

— Le reconnais-tu ? insista Erwin.

— Vas-tu parler enfin ! cria une voix dans la salle.

Bodert baissa la tête et dit d'une voix sourde :

— Je reconnais que j'étais au courant des abus et des crimes commis par le vic... je veux dire par Aldric. J'en étais indigné, choqué, scandalisé...

— Et tes crimes à toi ? lança un cultivateur.

— Il me fallait l'empêcher de nuire, poursuivit l'intendant.

— T'es-tu employé à cela ? demanda Erwin.

Bodert se tourna vers Gertrude comme pour lui demander secours.

— Reconnais-tu avoir eu recours à Claus pour cela ? insista l'abbé. Reconnais-tu avoir facilité sa triste besogne notamment en le faisant admettre comme serveur au banquet ?

Comme l'intendant atermoyait encore, Erwin, quittant la table derrière laquelle il siégeait, s'approcha de lui :

— A quoi te servirait-il de nier ce qui découle de ce que tu as déjà confessé ? lui dit-il.

Bodert, enfin, se décida :

— Oui, j'ai fait en sorte que disparaisse cette bête malfaisante !

Childebrand fut obligé de lancer plusieurs rappels à l'ordre pour calmer l'agitation de l'assistance.

— Avais-tu promis une forte somme d'argent à l'assassin ? demanda Erwin.

— Ce qu'il fallait, sans plus, répondit Bodert.

— Voilà bien d'un intendant, lança un spectateur aux rires de la salle.

Quand le silence fut rétabli, le Saxon revint à la charge :

— Cette somme, la lui as-tu remise ?

— Non !

Nouvelle rumeur dans le prétoire.

— Je me suis rendu compte, expliqua l'intendant, que si Aldric était un être nuisible, sans scrupules et cruel, Claus ne l'était pas moins. J'ai aperçu qu'on ne pouvait laisser en liberté et en vie un meurtrier, détenteur d'un tel secret. Encore moins le récompenser.

— N'aurais-tu pu y penser avant ?

— Aldric était devenu fou, dit Bodert. Il s'en prenait à tout et à tous. Je craignais pour ma femme (murmures dans l'assistance), je craignais pour le comte, je craignais pour moi. Il fallait empêcher ses crimes. J'ai paré au plus pressé...

— ... Si l'on peut appeler ainsi un meurtre ! Quant à celui que tu avais utilisé, tu l'as payé avec des flèches, le faisant taire définitivement.

— Je ne regrette pas d'avoir mis notre comté à l'abri de deux canailles, jeta Bodert.

— Punir le crime par le crime, cela fait toujours deux crimes et deux criminels, riposta Erwin en regagnant sa place.

Le Saxon, alors, laissa à un notaire le soin de rappeler comment le barbier avait été tué et enterré, mentionnant au passage l'aide décisive de Doremus. Puis les missi et les rachimbourgs se retirèrent pour délibérer. Quand ils revinrent, Childebrand ordonna à Bodert et Gertrude de se lever et déclara :

— Nous, envoyés du souverain, avons décidé que l'intendance du domaine réservé du comte d'Autun était retirée à Bodert, auquel est désormais interdit sur toute l'étendue des terres dont Charles est le souverain l'exercice de toute fonction semblable. Le wergeld d'Aldric est fixé à la totalité des biens dont dispose le couple, biens meubles et immeubles.

A cet instant, Gertrude, vacillante, le visage défait, porta instinctivement la main droite chargée de bagues à son cou qu'ornait un somptueux collier, et murmura :

— Je proteste, je proteste contre cette...

— Tais-toi donc ! ordonna Bodert.

— Le comte, lui... balbutia-t-elle en éclatant en sanglots.

— N'oublie pas, interrompit Childebrand que cette sentence peut être révisée à tout instant. N'oublie pas non plus les griefs que nous n'avons pas évoqués et qui, confirmés, te vaudraient la mort. Félicite-toi donc, au lieu de récriminer, que vous soyez encore entiers et en vie ! Qui plus est, par grande indulgence, libres.

Comme des voix s'élevaient dans l'assistance pour demander que Gertrude fût à l'instant dépouillée de ses parures et bijoux, d'autres réclamant même en termes orduriers qu'elle fût jugée pour adultère, Erwin d'une voix tonnante lança à la foule :

— Ici règne la justice et non la haine ! Ceux qui persisteront à souiller cette enceinte par leurs vociférations scandaleuses seront, sur-le-champ, arrêtés et jugés pour injures au tribunal des envoyés du roi !

Dans le silence immédiatement rétabli, Childebrand put poursuivre la lecture de la sentence qui précisait que la majeure partie du wergeld d'Aldric serait versée au trésor royal et qu'une autre partie de cette amende servirait à dédommager ceux qui avaient été les victimes de Bodert et d'Aldric.

Pour la quatrième journée d'audience, il ne restait plus au tribunal qu'à régler des affaires moins spectaculaires comme les requêtes formulés par Adrien, le wergeld de Hermine ou encore la situation matrimoniale de la noble Renée. Aussi l'assistance était-elle plus clairsemée et moins passionnée. C'est alors qu'une information, en un instant, fit le tour de la cité : Doremus, tenant par la main un garçon d'une dizaine d'années, se dirigeait vers le tribunal : ce fut une ruée.

Quand le rebelle et l'enfant arrivèrent au quartier général des missionnaires, la salle d'audience était bondée comme au premier jour du procès et un grand concours de peuple en avait envahi les abords. L'homme et le garçon fendirent la foule, muette, puis pénétrèrent dans la salle où, s'écartant de part et d'autre, les spectateurs dégagèrent un passage jusqu'à la table derrière laquelle siégeaient les missi et les rachimbourgs.

A cet instant, un homme qui se tenait au pied du tribunal courut avec des cris de joie à la rencontre du rebelle qui tenait toujours son petit protégé par la main. Pleurant et riant à la fois, l'homme se précipita sur l'enfant que Doremus avait poussé vers lui, le serra sur son cœur, le couvrit de baisers :

— Cosme, Cosme, lui dit-il, c'est donc toi, toi ! Cosme, n'aie pas peur ! Je ne t'imaginais pas si grand, si fort !

Comme l'enfant demeurait interdit dans les bras de ce vieillard en larmes et se tournait vers Doremus, en l'interrogeant du regard, celui-ci lui dit :

— Oui, voici Adrien, le père de ta mère Anne. D'elle et de lui, je t'ai parlé souvent. Je t'ai appris aussi quel enviable destin serait le tien, si je parvenais, avec l'aide de Dieu, à éloigner de toi les dangers. Te voici arrivé au port.

Cependant, le garçon qu'Adrien avait reposé à terre était revenu, apeuré, se blottir dans les bras du rebelle. Celui-ci le poussa à nouveau vers son aïeul et il murmura tendrement :

— Va donc, Cosme, sans crainte, vers ceux qui sont désormais les tiens ! Ici, sous la protection de tous, tu es en sûreté. Puisses-tu ne pas oublier Doremus ! Si le Très-Haut et ceux qui sont à son service le décident, nous nous reverrons.

Le rebelle alors ôta son bonnet, découvrant son crâne chauve, s'approcha du tribunal et s'inclina profondément. Comme des gardes s'apprêtaient à se saisir de lui, Childebrand, d'un geste, les arrêta.

S'étant relevé, Doremus déclara :

— Voici donc Cosme, fils d'Anne et petit-fils d'Adrien, rejeton d'un noble sang, je veux dire celui de sa mère ! Voici cet enfant que j'ai sauvé des griffes du démon !

Des cris d'approbation s'élevèrent dans l'audience.

— Je l'ai aussi nourri et enseigné comme mon fils. Je l'ai aimé et je l'aime. Je crois qu'il me rend cette affection... Dieu, comme nous tous, me pèsera en Sa balance. J'ai confiance. Ce que je devais faire, en conscience, je l'ai fait. Sans doute trop peu et trop mal, en l'entachant de cent péchés, mais je l'ai fait !

— Nous en jugerons, souligna Childebrand qui fit signe à Adrien et à Cosme de s'approcher.

Le comte, s'adressant alors solennellement à l'aïeul et à l'enfant, proclama que la répudiation d'Anne par Aldric, « mal fondée et criminelle », était déclarée nulle.

— En conséquence, dit-il, l'enfant nommé Cosme, qui t'a été ramené par le rebelle Doremus, et qui se tient devant nous à tes côtés, Adrien, est reconnu par nous comme le fils légitime d'Anne, donc comme ton petit-fils et est établi dans la plénitude de ses droits, notamment dans le service de notre souverain.

Comme Adrien, après avoir remercié longuement le tribunal, allait se retirer, Childebrand le retint d'un geste.

— Tu dois savoir aussi que le mariage d'Aldric et d'Oda est considéré par nous comme étant intervenu après la mort de ta fille. De ce fait, avec toutes les conséquences que cela entraîne, il conserve sa validité.

— Je n'aurais jamais souhaité qu'une femme d'aussi noble race qu'Oda fût, après ma malheureuse Anne, la victime de ce démon.

— Va maintenant! dit Erwin à Adrien, et Dieu veuille que la jeunesse qui entre dans ton foyer te console un peu de ton immense douleur!

Avant de quitter la salle d'audience, Adrien s'approcha de Doremus qui s'était tenu un peu à l'écart, lui donna l'accolade et lui dit à voix haute :

— Merci à toi, frère! Merci de tout mon cœur! Je suis sûr qu'au jour du Jugement, ce que tu as fait pour Cosme, pour Anne, pour mon épouse et moi allégera le poids de tes péchés. Veuille la justice d'ici bas t'être aussi favorable!

Après une brève suspension de séance, Childebrand entreprit l'interrogatoire de Doremus devant une assistance tendue.

— Ayant accompli mon devoir concernant Cosme et sa famille, commença le rebelle en latin, je voudrais maintenant, devant vous, plaider la cause de ceux qui ont été obligés de vivre, avec moi, l'existence des réprouvés.

Dans la salle s'éleva un murmure fait de tous les chuchotements émis par ceux qui traduisaient en dialecte à l'usage des nombreux illettrés, à mesure de sa plaidoirie, les propos de Doremus.

— Je demande mansuétude et pardon, dit celui-ci, pour ces hommes libres jetés sur les chemins de la révolte avec leurs familles par la vilenie et la cruauté — ce que vous avez vous-même condamné —, pour ces colons tellement accablés de charges et de corvées, tellement soumis aux abus et à la méchanceté, si misérables, si affamés qu'ils ne trouvèrent de sauvegarde que dans l'asile des forêts. Je plaide aussi pour ces esclaves, mais ce sont après tout des hommes et des femmes, n'est-ce pas, mon père, oui, pour ces esclaves en guenilles, épuisés, torturés, traités comme on n'oserait pas traiter une bête...

Erwin, d'un signe, invita Doremus, dont l'émotion avait brisé la voix, à poursuivre.

— Seigneurs qui m'écoutez, reprit-il, je vous supplie de les juger avec miséricorde. J'atteste que nous n'avons jamais commis aucun crime.

— Jamais de recours aux armes ? demanda Childebrand d'un ton sévère.

— Fallait-il donc laisser tuer des innocents, violer des femmes et égorger des enfants par des sicaires enragés et ivres ? s'écria Doremus. Nous nous sommes défendus quand nous y étions obligés, préférant toujours fuir pour éviter de verser le sang.

— N'avez-vous jamais mis la main sur le bien d'autrui ? lança le comte Childebrand.

— Nos méfaits se sont bornés à des larcins pour la subsistance de ceux qui avaient été contraints à la fuite. Encore, le plus souvent, fûmes-nous abrités, ravitaillés, et nourris par la pitié de ceux qui nous connaissaient pour avoir été hommes et femmes de bien, et qui craignaient d'ailleurs d'être un jour réduits par le vice et le crime à la misérable condition où ils nous voyaient.

— Apprends déjà, dit l'abbé, que tous ceux qui ont été injustement chassés de leurs maisons et de leurs terres ou de leurs manses retrouveront bientôt leur bien ou leur tenure grâce à la sentence que nous venons de prononcer.

Doremus s'inclina :

— Merci, seigneurs, merci de tout cœur ! Me voici récompensé au-delà de ce que j'espérais...

— Bien, bien, interrompit Childebrand, mais, pour ce qui te concerne, peux-tu nier que tu as été un rebelle, que tu as commandé des rebelles et que, même si tu peux avancer des raisons plus ou moins acceptables, tu as entretenu contre les représentants du roi, en ce comté et en ses alentours, un état de rébellion ?

— J'appellerais cela autrement, mais je n'ai jamais songé à le nier.

— Sommes-nous ici les représentants de la puissance royale ?

— Oui, tout-puissants, en effet, répondit Doremus.

— Pouvons-nous tolérer quelque rébellion que ce soit ? N'avons-nous pas le devoir de sévir ? Sinon, ne serait-ce pas encourager par tout le royaume la révolte et le désordre ?

— Le désordre ? Ce ne sont pas toujours les rebelles qui le créent !

— Voilà des paroles bien hardies ! lança Childebrand.

— N'est-ce pas précisément ce que vous, seigneurs, envoyés du roi, vous avez constaté, jugé et condamné ?

— Maintenant, c'est de ton sort qu'il s'agit...

Erwin, à cet instant, se pencha vers le comte pour un bref aparté.

— Soit, dit ce dernier, nous allons donc nous retirer pour en décider.

Puis se tournant vers Doremus, il ajouta :

— Je pourrais à l'instant te faire saisir par mes gardes et même te faire enchaîner. Mais comme tu es venu te livrer, de toi-même, je n'en ferai rien. D'ailleurs, l'avenir de tes compagnons que nous avons jugés avec magnanimité dépend encore de ton attitude. Donc demeure, de toi-même, ici même !

— Un Doremus, comte Childebrand, peut avoir aussi de l'honneur ! Nul besoin de mettre dans la balance la vie de ceux qui, un jour, m'ont rejoint... Confiant en votre justice, j'avais décidé, quoi qu'il dût arriver, d'attendre ici votre sentence, en cette salle où je me suis rendu.

Childebrand eut un geste d'agacement en se levant, bientôt imité par les rachimbourgs, alors que l'abbé qui était demeuré assis quelques instants semblait soucieux.

Dès que les missi eurent quitté la salle, tandis que deux gardes encadraient le rebelle impassible, une vive émotion s'empara de l'assistance : on se disputait, on s'apostrophait, les uns prêchant la pitié et le pardon, les autres la rigueur et le châtiment.

Erwin et Childebrand, délaissant les rachimbourgs et leurs aides auxquels une collation était servie, avaient gagné une petite salle pour y convenir en tête à tête du jugement qui serait prononcé à l'endroit de Doremus.

Le comte, avec son air des mauvais jours, attaqua tout de suite :

— Insolence et arrogance, voilà ce que produisent indulgence et mansuétude ! Alors que, coupable et repentant, encourant les pires châtiments, il aurait dû se présenter devant nous à genoux, la tête baissée et la parole humble, tu as vu avec quelle effronterie, de quel air, avec quelle attitude il nous a répondu ! Je te le demande : peut-on tolérer cela ? Alors que toute une cité a pu voir comment un rebelle défiait les envoyés du souverain ?

— Je t'accorde, dit calmement Erwin, qu'il ne s'est

pas présenté la tête basse, l'air contrit et la parole soumise, et que pas davantage il ne s'est agenouillé. Cependant, à aucun moment il ne m'a paru avoir une attitude de défi. Ne s'est-il pas rendu à notre merci, ramenant sans contrepartie un enfant qui aurait pu lui servir d'otage ? Quant à l'assistance, elle n'a vu qu'une chose, c'est que ceux qui jugent au nom du roi ont la pleine confiance de tous ses sujets, y compris de ceux qui encourent des peines épouvantables.

— La justice du roi, tu évoques, abbé, la justice du roi ! s'écria Childebrand. Parlons-en donc ! Sais-tu dans quel état Charles, le fléau des Sarrasins, Pépin et notre roi lui-même ont trouvé la Francie ?

L'ami d'Alcuin sourit, car qui mieux que lui aurait pu le savoir ?

— Partout, poursuivit Childebrand, régnaient rapines, meurtres et vengeances. Le plus fort tuait et volait. La ruse et la violence réglaient tout, du haut en bas du royaume. Chacun s'estimait en droit de faire sa justice à sa guise. C'était une chaîne sans fin de représailles qui ruinaient l'ordre public, affaiblissaient le royaume et le livraient à tous les envahisseurs. Là où l'autorité du souverain est ainsi défiée, tout finit par se défaire. C'est pourquoi la première des tâches consiste à la restaurer et à la faire respecter. C'est l'honneur de la nouvelle lignée royale que d'y être parvenue ! Voilà ce qui, pour nous aussi, passe avant toute autre considération !

— Il est vrai, dit l'abbé, que l'autorité règle tout. Cependant, la loi suprême n'est-elle pas celle de l'Évangile ? N'est-ce pas de la Trinité que le roi reçoit son légitime pouvoir souverain ? N'est-il pas d'abord roi des chrétiens et, je l'espère, demain, leur empereur ? Christ, mon ami, n'a pas tout délégué au glaive. Oh ! non, puisque, pour prêcher charité et amour du prochain, il en a même subi la blessure mortelle sous la forme la plus humiliante.

— Ici, nous ne sommes pas des prêcheurs mais précisément le glaive du roi, riposta Childebrand.

— Pas seulement, mon ami. Le capitulaire qui définit notre mission nous demande expressément de veiller que tous ceux, ducs, comtes, vicomtes, évêques, presbytres, vicaires et autres qui représentent le souverain agissent avec sagesse et justice, et de sanctionner avec la plus grande rigueur ceux qui auront failli. Ce même capitulaire nous fait obligation de rétablir partout la confiance en l'équité du monarque qui garantit à tous le bon usage de leurs droits, chacun en son état, en échange de ce qu'ils apportent à la prospérité et aux armes du royaume. La confiance ne s'obtient pas seulement en brisant à coups de barre de fer les membres d'un condamné attaché sur une roue. Elle résulte du sentiment de gratitude que tout un peuple ressent quand il estime que le roi ou ses envoyés ont frappé les vrais coupables et montré de l'indulgence pour ceux qui, au bout du compte, même sur les chemins de la rébellion, ont été fidèles aux prescriptions du souverain.

— Où irions-nous, je te le demande, s'il fallait accorder pardon à tous ceux qui, ayant commis des fautes, des forfaits, des crimes, se présenteraient à nous, le bonnet à la main, mais l'air arrogant, en nous disant : « J'ai pillé, volé et tué, mais c'était au nom du roi et pour le bien de son royaume parce que je m'en suis pris à ses mauvais serviteurs » ? Nous sommes ici pour rendre la justice, quelle qu'en soit la rigueur !

— La justice dans toute sa rigueur ? Mais, comte Childebrand, mon ami, dis-moi qui sur ces terres porte la plus lourde responsabilité concernant une gestion qui a offensé toutes les lois divines et humaines, qui a poussé les Doremus à la rébellion ?

— Ne revenons pas là-dessus ! Nous avons pris une décision...

— Pardon, en cette affaire, je me suis rangé, bien que je fusse d'une opinion contraire, à ton propre avis, rectifia Erwin. De même, lorsque tu as convaincu l'intendant Bodert de ne soulever lors du procès public aucune difficulté, en le menaçant s'il parlait de revenir sur la destitution d'Aldric — à la suite de quoi, poursuivi pour le meurtre d'un vicomte, il serait condamné à la roue — bien que très réticent, j'ai fini par accepter tes raisons.

— Les raisons de la sagesse.

— J'en doute encore, mais, quoi qu'il en soit, je les ai admises. Alors, concernant Doremus et ses rebelles, entends-moi, je te prie !

— Il n'y a pas de rapport entre ceci et cela, riposta Childebrand.

— Oh ! que si ! Sais-tu ce que pensera le peuple de ce comté si tu condamnes Doremus, et d'ailleurs nécessairement ceux qui l'ont suivi et que nous avons déjà jugés avec indulgence ?...

— Trop vite en effet...

— Sais-tu ce qu'il pensera si tu les condamnes au supplice ? réitéra Erwin. Que ceux qui ont mis le comté en coupe réglée, commis délits et crimes, s'en tirent à bon compte, tandis que leurs victimes...

— Ont-elles lieu de se plaindre ? s'écria Childebrand.

— Rigueur pour les vrais coupables, indulgence pour les justes, c'est ainsi que nous devons servir la renommée du roi Charles.

— C'est toujours la même chose... Je ne veux plus discuter avec toi.

— Convenons donc de ceci, mon ami ! proposa l'abbé, conciliant.

Quand, après un long moment, le tribunal revint en séance, au brouhaha succéda un intense silence. Childebrand sortit lentement son épée du fourreau, la plaça devant lui et proclama :

— Le tribunal, Doremus, te juge coupable de rébellion prolongée contre le pouvoir du roi et ses représentants en ce comté.

Des cris « Pitié, pitié ! » fusèrent dans la salle.

— La peine qui sanctionne un tel crime est le supplice de la roue. Tous ceux qui t'ont soutenu dans la rébellion sont condamnés à la même peine.

Le tumulte que suscita cette sentence fut tel que le comte ne put poursuivre immédiatement son énoncé. Doremus n'avait pas bronché.

— Cependant, put enfin déclarer Childebrand, étant donné les circonstances qui ont entraîné cette rébellion, étant donné les secours que tu as apportés, même de façon condamnable, à des sujets libres du roi, à des colons et aussi à des esclaves, propriété du royaume, étant donné l'aide décisive que tu as fournie à la famille d'Adrien de Feurs, étant donné les services que tu as rendus à la mission royale, étant donné que, sans y être contraint, tu t'es constitué prisonnier, t'en remettant entièrement à notre jugement, pour ces motifs, et tout en maintenant le principe de la peine, nous en suspendons l'application pour toi-même et les tiens.

Couvrant quelques protestations, des acclamations prolongées éclatèrent dans la salle.

— Avec ceux qui n'auront pas reçu de tenure, tu nous accompagneras à Aix, ajouta le comte Childebrand. Le roi Charles disposera de vous à sa guise. J'ai dit !

Erwin se leva à son tour, imité par les rachimbourgs, et proclama :

— Après que nous, envoyés du souverain, avons

jugé en équité, assistés des hommes sages ici présents, et selon les lois de la justice terrestre au nom du roi, prions tous ensemble pour que le Seigneur de miséricorde pèse avec mansuétude en Sa balance les pécheurs et coupables qui ont comparu devant nous !

L'assistance, à genoux, d'une seule voix, récita le Notre Père. Immédiatement après, le tribunal se retira, tandis que la foule très lentement dans un brouhaha de commentaires évacuait la salle et ses abords.

Le lendemain, dès la première heure, le comte Thiouin se présenta au quartier général des missi dominici et demanda à être reçu d'urgence.

— Je te l'avais bien dit, fit remarquer Erwin s'adressant à Childebrand qui marmonna une vague réponse.

Quand il entra dans la salle d'audience, les traits tirés, le regard courroucé, le comte d'Autun se dirigea vers le siège qui lui avait été désigné et s'assit sans en avoir demandé la permission.

— Je suis venu, lança-t-il sans préalable de politesse, pour protester avec la plus extrême fermeté contre la façon dont vous en avez usé avec moi, et pour vous avertir que l'affaire n'en restera pas là.

— Vraiment ? demanda calmement le Saxon.

— Je proteste contre la manière même dont vous avez rendu la justice, m'évinçant de mon propre tribunal, bien plus, exigeant que je n'y figure pas, pire encore que je demeure en mon château... Je ne sais ce qui m'a retenu de me rendre à l'audience revendiquer mon entier droit de justice et le rappel de mes propres rachimbourgs en place de ceux que vous avez désignés...

— Mais ton allégeance tout simplement, souligna Erwin tranquillement.

— Je proteste, poursuivit Thiouin avec véhémence, contre la façon dont vous avez mené, et publiquement, le procès concernant la gestion de mon comté et de mon domaine, me mettant sournoisement en cause alors que vous connaissez l'entière responsabilité d'Aldric et de Bodert, et faisant d'autre part défiler devant vous des hommes de rien, menteurs et fripons, comme témoins.

— Comte Thiouin... gronda Childebrand.

— Je proteste contre la grâce scandaleuse que vous avez accordée à un chef de bande et à ses complices qui ont accompli mille crimes dans mon comté. Je proteste contre la condamnation d'un garde fidèle, contre l'humiliation infligée à Guénard.

Il s'étranglait d'indignation.

— Le roi saura de quelle façon indigne ses représentants, ici...

— Assez ! cria Childebrand. Si je n'étais pas précisément ici le représentant du souverain, si tu n'étais pas, Thiouin, de lignée royale et de mon sang, tu me rendrais raison sur-le-champ de tes propos insultants. Mais je me dois à la justice de Charles. Or les fautes, les forfaits et les crimes qui ont engendré et accompagné ici la pénurie, le désespoir et la rébellion — et de cela nous sommes nous-mêmes les témoins et non seulement ceux que tu appelles avec mépris gens de rien —, oui, tous ces délits et meurtres ont gravement lésé les intérêts du roi et sa renommée. Tu as bien tort de le prendre sur ce ton, comte Thiouin, car sache qu'à nos yeux tu portes une lourde responsabilité et il va falloir que tu t'en expliques !

Childebrand arrêta d'un geste une protestation du comte d'Autun :

— Je n'en ai pas terminé, loin de là...

— Puis-je dire, jeta Thiouin, que vous en avez jugé,

reconnaissant la culpabilité d'un vicomte auquel, je le confesse, j'avais eu le tort de faire confiance tandis qu'à mon insu, entreprenant nombre d'actions blâmables et même criminelles, il me trahissait de cent façons.

— A ton insu ? s'indigna Childebrand. Mais, encore une fois comment aurais-tu pu, seul, ignorer ce que tout le monde savait dans ta ville et dans ton comté ? Comment aurais-tu pu ignorer la révolte des hommes libres, sujets directs du roi, que tes impôts et tes exactions accablaient, quand ce n'étaient pas les brutalités de tes sbires, la misère et la colère de tes colons, la fuite de tous ceux que l'injustice et l'arbitraire désespéraient, le sort effroyable de tes esclaves...

— Qui se soucie de ces animaux-là ?

— Nous, car ils sont biens du roi et baptisés, dit l'abbé.

— Non, tu n'as rien ignoré, reprit Childebrand avec emportement, pas même le faux de Chalon...

— Comment un pareil mensonge...

Childebrand s'était dressé, blême, la main levée. Erwin le força à se rasseoir, et comme le comte tremblait de colère, il prit le relais.

— Apprends, dit-il posément, qu'Aldric était, outre une canaille impudente, un homme qui prenait ses précautions. Sa veuve nous a remis une cassette dans laquelle il avait rangé nombre d'ordres que tu avais la naïveté, celle-ci vraie, de lui donner par écrit. On y trouve notamment tout ce qui concerne l'augmentation du cens et des tonlieux, la perception de droits d'exemption — une de tes inventions d'ailleurs — pour le service de l'ost que tu avais indûment généralisé... j'en passe... et un curieux document qui fait allusion à la livraison de cinq stères de bois en provenance de Chalon, or cette même expression a été employée par le faussaire de cette ville pour désigner la charte fabriquée qu'Aldric est allé chercher...

— Autant de faux, il n'en était pas à un près ! lança Thiouin.

— Allons, allons... poursuivit le Saxon. Bodert, de son côté, nous a fourni, concernant ton domaine réservé, des indications et des documents qui prouvent que tu as été mû là aussi par une soif inextinguible de terres, de biens, d'argent quoi qu'il dût en coûter à ceux qui dépendaient de toi, que tu as été la proie de la concupiscence la plus vile. Aldric et Bodert ont agi pour ton compte et sous tes ordres immédiats. Qu'ils en aient profité pour accomplir des forfaits à leur bénéfice n'est sûrement pas exclu. Complices des tiens, n'étaient-ils pas tentés d'utiliser une complicité qui te clorait les lèvres ?

Pour la première fois, depuis le début de la conversation, le comte d'Autun demeura sans réaction.

— Nous ne t'exempterons, continua Erwin, que d'une implication : concernant la façon dont Aldric s'est débarrassé de sa première femme, de la malheureuse Anne.

— Je n'en ai jamais rien su, en effet, sinon...

— Je n'ai pas dit cela. A l'époque, en effet, Aldric s'est bien gardé de te révéler cette ignominie. Mais récemment, Adrien, preuves en main, est venu dévoiler le crime de son gendre. Contrairement à ce que tu nous as dit, tu n'as pas ordonné d'enquête à ce sujet... Parfaitement, nous avons soigneusement vérifié. Tu n'as rien fait, rien entrepris, ce qui, entre autres, a coûté la vie à une femme de bien, à Hermine.

— Et pourquoi, s'il te plaît, aurais-je agi ainsi ?

— Tu n'avais pas besoin d'enquête pour savoir qu'Adrien avait raison ! La vérité, comte Thiouin, c'est que tu ne pouvais plus dénoncer, surtout pas à nous, celui qui détenait, te mettant en cause, des secrets infamants... La dernière fois que tu as comparu devant nous, tu as eu une réflexion particulièrement révélatrice. Comme nous t'avions prouvé que l'attribution des quatre domaines était un faux, tu as murmuré : « Si j'avais su... »

— Évidemment, riposta Thiouin, « si j'avais su qu'Aldric avait fait fabriquer ce document »...

— Non, comte Thiouin, non ! répliqua le Saxon, mais « si j'avais su que vous, missionnaires, étiez déjà au courant » !

— Qu'est-ce que cela change, je te prie ?

— Tu pouvais alors penser à un procès public contre Aldric qui, en tout cas, ne disposait plus de cette menace-là. Il est vrai qu'il en avait d'autres. Une telle canaille...

— Alors pourquoi tant d'histoires pour une canaille ? cria Thiouin.

— Mais, comte d'Autun, dit doucement le Saxon, parce que cette canaille est morte empoisonnée et que c'est toi qui as ordonné ce crime !

Thiouin bondit et se mit à hurler :

— C'est une calomnie, une machination, une infamie ! J'en appelle au plaid du roi !

— Vraiment ? demanda ironiquement Erwin.

— Je vous interdis...

— Pas tant de cris ! lança Childebrand.

— Je ne veux plus rien entendre ! Un tissu de mensonges... jeta le comte d'Autun en tournant le dos aux enquêteurs.

— A ton aise, dit l'abbé. Mais tu aurais intérêt à savoir ce que nous allons requérir et comment... Vois-tu, notre venue t'inquiétait déjà, en raison précisément des scandales de ton comté, résultant de tes ordres mais aussi de l'application sauvage qu'Aldric en faisait. Lorsque, immédiatement après la découverte du crime, nous avons entendu ta femme, Hertha, elle a eu ce cri : « N'avez-vous déjà pas fait assez de mal comme cela ! » Des jours après, m'en souvenant, j'ai enfin compris ce qu'elle avait voulu dire : que c'était, en effet, l'annonce de notre arrivée, puis notre installation comme enquêteurs qui avaient précipité les événements...

— Mensonges et calomnies ! interrompit Thiouin.

— Quand tu as appris, poursuivit Erwin sans se laisser troubler, qu'Adrien allait nous saisir des crimes de celui qui avait été son gendre, tu compris que cela motiverait une enquête approfondie, s'ajoutant à celle que nous devions mener concernant les domaines en litige... Aldric parlerait, l'enquête te chargerait... Il fallait donc qu'il disparaisse, et d'autant plus rapidement que, pour tenter de se sauver, il accumulait les entreprises criminelles. De plus, tu pourrais faire retomber sur lui, après son assassinat, tout le déshonneur et le crime.

L'abbé prit sur la table un document qu'il consulta :

— Tu as rencontré une première fois Adrien de Feurs le 10 du mois de novembre. C'est au cours de cette entrevue qu'il t'a mis au courant de ce qui concernait la répudiation d'Anne et l'existence de son fils Cosme.

Thiouin haussa les épaules.

— Tu l'as admis, précisa Erwin... Le lendemain, tu as convoqué Aldric qui, étant en déplacement, n'a pu se rendre en ton château que le 12 de novembre. La rencontre a été si orageuse, les éclats de voix si tonitruants que personne dans ta domesticité n'a pu ignorer la querelle qui vous opposait... Je note au passage qu'une semaine après, quand nous sommes arrivés, tu ne nous as tenus au courant de rien, ni concernant

Anne, ni concernant Hermine... Le 13 de ce même mois, tu as convoqué Bodert. C'est au cours de cette entrevue qu'a été décidé le meurtre d'Aldric.

— Des mensonges encore ! marmonna le comte.

— Nous avons, à ce sujet, les aveux de Bodert, corroborés par ceux de Gertrude.

— Des aveux extorqués... une machination...

Une nouvelle fois, d'une pression de la main sur l'épaule, le Saxon calma Childebrand.

— Il avait d'abord été décidé, reprit-il, qu'Aldric périrait au cours d'un guet-apens. Finalement, le projet fut abandonné, d'abord parce que le vicomte, méfiant, était trop bien protégé, ensuite parce que la découverte de sicaires de confiance, si je puis dire, s'est révélée périlleuse. Alors il vous fallut improviser. Bodert connaissait les talents de Claus. Il te les proposa. Le banquet offrait une occasion, délicate assurément, mais le temps pressait et tu n'avais plus le choix.

— Des mensonges toujours ! Bodert a agi de sa propre initiative. Je n'ai jamais rien su de ce que cet intendant de malheur a manigancé !

— Ce n'est pas ce qu'il dit, ni ce que dit sa femme, et nous sommes amenés à le croire parce que l'existence d'Aldric te menaçait, toi !

— Alors, peux-tu m'expliquer pourquoi Bodert aurait pris tant de risques ?

— Mais, répondit Erwin, pour devenir vicomte !

— C'est à moi que revenait de proposer le successeur d'Aldric ! Et comment aurais-je pu penser à Bodert ?

— Mais c'est pourtant ce que tu lui as fait miroiter ! Souhaites-tu vraiment qu'on évoque maintenant les complaisances de sa femme, ambitieuse Gertrude, séduisante Gertrude qui, apparemment a su être très convaincante ?

— Je ne te permettrai pas... hasarda Thiouin.

— Oh! mais je ne me permets pas, je ne me permets rien, répondit le Saxon. Concernant la succession d'Aldric, il existe une promesse écrite de ta main. Gertrude nous l'a remise avec des aveux circonstanciés. Et concernant ses complaisances...

— Des complaisances?... murmura le comte qui avait blêmi.

— Tu fus bien naïf, là aussi, en attribuant à ta prestance ce qui n'était produit que par l'intérêt.

— Serait-elle allée jusqu'à... prétendre...

— Rassure-toi, elle est trop avisée et sait trop quelles peines cruelles sanctionnent l'adultère. Quant à nous, décidés à ne rien négliger pour mettre au jour forfaits et crimes commis en ton comté, pour punir les coupables, nous ne nous sommes pas occupés de secrets d'alcôve, même quand il s'agit de secrets de polichinelle.

— Quelle honte! dit Thiouin. Cette femme, quelle honte!... M'accuser... m'accabler... fouler aux pieds... Dieu! Tout cela...

— Tu tiens son sort entre tes mains: confirme l'adultère et, aggravant la peine que nous avons déjà prononcée, nous la condamnerons pour ce crime. Mais songe au scandale d'un tel procès. Je ne souhaite pas que nous en arrivions là, car pour moi l'infidélité est plus affaire du Ciel que des hommes, et Christ en a jugé ainsi.

Le comte d'Autun s'était dressé, livide. Il demeura un long moment avec un regard égaré, sans voix.

— Est-ce tout? parvint-il à dire.

— Pour l'essentiel, oui, répondit Erwin. Avant que nous rendions notre arrêt au nom du souverain, souhaites-tu ajouter quelque chose?

Thiouin secoua la tête négativement.

Childebrand, alors, se leva lentement et proclama :

— Nous, envoyés de Charles, roi des Francs et des Lombards, patrice des Romains, t'accusons d'avoir mésusé à grands dommages des pouvoirs qui t'avaient été confiés pour gouverner le comté d'Autun, d'avoir géré de façon calamiteuse et scandaleuse le domaine réservé confié à tes soins, d'avoir ainsi porté tort au trésor du roi, à son ost et à la réputation de la couronne en ce territoire, d'avoir couvert les agissements délictueux et criminels du prétendu vicomte Aldric et d'avoir ordonné sa mort, non par acte de justice mais par acte arbitraire, secrètement. En conséquence nous décidons, sous réserve de l'approbation du roi Charles, ta comparution devant le plaid du souverain pour répondre de ces accusations.

Childebrand se rassit et ajouta :

— Dieu sait ce que cette décision me coûte et combien amer est mon déplaisir que tu nous y contraignes... Ce que je viens de te signifier sera tenu secret. Aussitôt réglées les affaires qui sont la conséquence des jugements que nous avons rendus, nous regagnerons Aix. Tu nous y accompagneras, libre sur parole, et, dès que la chancellerie royale aura terminé sa propre instruction, tu comparaîtras devant le tribunal royal.

Thiouin se laissa tomber sur son siège et murmura :

— Tant d'injustice !... tant de perfidies !... tant de trahisons !

— Encore ceci, précisa l'envoyé du roi : jusqu'à notre départ, tu es prié de rester en ton château. Je t'épargne le désagrément de te faire surveiller par nos gardes, mais au premier manquement je serai obligé d'avoir recours à cette mesure.

Thiouin regarda le comte comme s'il n'avait pas compris puis articula :

— Oui... sans doute... Fais comme tu l'entends.
Et il quitta, voûté, la salle d'audience.

Quelque dépit qu'il en eût, Childebrand dut se rendre à l'évidence : l'application des sentences réclamerait plusieurs jours. Il fallait se résigner à fêter Noël à Autun, ce qui serait préférable que de se trouver Dieu sait où, en chemin, le jour de la Nativité.

Un premier problème se trouvait posé aux missi : la gestion du comté et du domaine réservé ; quelques précautions qu'ils eussent prises, la disgrâce de Thiouin ne faisait plus de doute pour personne à Autun : son absence lors des procès, les accusations graves qui avaient été portées contre Aldric, Bodert et bien d'autres l'atteignant directement, l'attitude de son entourage, son accablement visible, tout confirmait une mise en cause et les langues allaient bon train. Quand il fut annoncé qu'il accompagnerait les envoyés du souverain à Aix, on comprit à Autun que ce n'était pas pour y prendre les eaux. Mieux valait dès lors adopter les mesures que cette déchéance publique impliquait.

Thierry, fils aîné de Thiouin, reçut donc la charge provisoire de gérer le comté avec l'appui de sages tels que Donatien, doyen de municipe — ce « provisoire » suscita bien des sarcasmes. Il fallut procéder à son installation puis prendre des dispositions pour que, sans tarder, les hommes libres et les colons qui avaient été injustement chassés de leurs terres puissent retrouver leurs biens ou leurs manses. Cela constitua un véritable casse-tête, car il fallut recaser ceux qui, de ce fait, responsables en rien des turpitudes comtales, se trouvaient à leur tour dépossédés. Quant à la comtesse Hertha, ses intérêts furent sauvegardés par un acte secret, lui garantissant les revenus d'une partie du domaine réservé.

Puis les missi durent faire procéder à l'évaluation des biens meubles, or, bijoux, monnaies... que possédaient Bodert et Gertrude, les terres dont ils s'étaient emparés revenant au comté. Les colons qui y travaillaient présentèrent à cette occasion de nombreuses requêtes qui furent examinées par Timothée et frère Antoine. La perception et répartition des amendes réclama plusieurs journées de démarches. Mais il était hors de question de revenir à Aix sans un trésor, attestant à sa façon le succès de la mission.

Il fallut aussi apaiser l'évêque Martin. Celui-ci, dépité, furieux que son bon droit n'eût pas été immédiatement reconnu concernant les domaines en litige — l'affaire n'étant même pas venue sur le fond devant le tribunal — multipliait les démarches et réclamations « pour obtenir enfin justice ». Les missi parvinrent à le convaincre que le différend serait réglé équitablement par le roi lui-même, sur rapport favorable à l'évêché.

Quant à Erwin, il mit à profit cette période consacrée à l'application des sentences pour reprendre ses inspections dans les bibliothèques, les *scriptoria*, les couvents de la région, ce qui continuait d'enrager Childebrand sans que d'ailleurs celui-ci sût exactement pourquoi, étant donné qu'il reconnaissait d'autre part l'utilité d'une telle entreprise.

Tout était à peu près terminé quand vint la Noël, qui fut fêtée avec un éclat exceptionnel en présence des envoyés du roi, de leurs aides et gardes en grande tenue. Offices, processions et actions de grâces occupèrent une semaine entière dans une cité décorée. La nuit de la Nativité, après la messe, les missi offrirent un banquet en leur villa aux notables et aux maîtres des corporations. On vit le Pansu à l'œuvre et aucun des gloutons d'Autun n'osa relever ses défis. Dans les campagnes en liesse d'étranges cultes célébrant le solstice d'hiver et le mystérieux sommeil de la terre féconde s'ajoutèrent aux veillées chrétiennes.

La veille de leur départ, les missi dominici, après une visite protocolaire à la comtesse Hertha, se rendirent au chevet de la noble Oda que les difficultés de sa grossesse aggravées par les douloureuses péripéties qu'elle venait de vivre maintenaient alitée. Ils trouvèrent une femme dont le visage amaigri exprimait une détresse toujours aussi poignante, mais dont le maintien et la voix disaient le courage.

— Je vous sais gré, seigneurs, dit-elle, de me faire visite avant de regagner Aix. Mes servantes m'ont rapporté qu'il n'est bruit dans la cité que de l'excellence de votre justice châtiant les coupables, même les plus haut placés, accordant aux plus humbles ce qui leur est dû.

Elle fit une pause, s'essuyant le front avec un mouchoir.

— Quant à Thiouin, on murmure en ville, et moi je présume, reprit-elle, qu'il va avoir des comptes à rendre, et plus d'un.

Childebrand, alors, en lui demandant sa discrétion, la mit au courant des dispositions qui avaient été prises à son sujet en vue d'une comparution devant le tribunal du roi.

— De cela aussi je vous remercie, dit-elle. Je savais qu'Aldric n'avait été en somme qu'un complice, quelle qu'ait été l'étendue de ses crimes !

Après avoir fait apporter pour ses hôtes des boissons aromatisées et pour elle-même une tisane, Oda, s'adressant plus particulièrement à l'abbé, murmura d'une voix faible :

— Quant à moi, mon père, dois-je te dire que la décision que vous avez prise à mon sujet se révèle encore plus cruelle qu'un jugement public ?

Arrêtant d'un geste une protestation, elle poursuivit d'un ton las :

— Me voici seule, jour et nuit, avec mon crime — non, écoute-moi, mon père : que j'aie poignardé un mort ou un vivant, qu'importe ! —, me voici seule devant Dieu ! Comme j'aurais préféré à ce remords qui me ronge l'épreuve d'un châtiment !

— Pouvions-nous rendre justice comme nous l'avons fait en te mettant en cause ? demanda Erwin. Crois-tu que j'aie jamais ignoré ce qu'il en était en vérité ?

— Je ne sais. Mais cela me torture !

— Ne nous demande pas de nous substituer à Celui qui tient notre sort éternel entre Ses mains ! Je sais combien tu souffres et ne puis te dire que ceci : pense à l'enfant que tu portes, fruit de celui que, malgré tout, tu as aimé ! Prie !

— Que fais-je d'autre ! s'écria-t-elle.

— Le temps adoucira ta peine. Tu es jeune. Sais-tu quel destin t'attend ?

— Noble Oda, ajouta Childebrand, au printemps, avec ton nouveau-né, tu partiras pour Metz où tu pourras, au sein de ta famille, illustre s'il en est, commencer une nouvelle vie...

— Hélas ! En aurai-je la force, le courage...

— Dieu te l'accordera, dit l'abbé en donnant sa bénédiction à Oda qui s'était affaissée sur les coussins de sa couche en retenant ses sanglots.

Le cinquième jour de janvier, la mission, après un dernier office, quitta la ville en grand arroi. S'étant rassemblée en haut de la cité devant la cathédrale, elle la traversa sous les acclamations de la foule pour gagner la porte du Nord. Hommes, femmes, enfants, tous étaient sur le pas des demeures pour admirer le cortège. En tête, chevauchait l'officier portant l'enseigne des missi dominici ; Hermant revêtu du casque et de la broigne se tenait près de lui sur un cheval blanc. Venaient ensuite six gardes en armes, les missi eux-mêmes, puis, à distance, Thiouin qui faisait mine de ne pas entendre les railleries, injures et insultes qu'on lui lançait.

Derrière quatre gardes avançaient Timothée et frère Antoine, qu'on saluait familièrement avec des rires, puis des auxiliaires parmi lesquels on remarquait Sauvat, l'ancien geôlier au comble de ses vœux. Doremus suivait, monté sur une mule. Sur son passage le silence se faisait, entrecoupé de quelques encouragements. Les fourgons fermaient la marche, transportant servantes et serviteurs, y compris Guénard qu'on brocardait ; une douzaine d'anciens rebelles, ceux qui n'avaient pu retrouver un manse, escortaient et gardaient les voitures transportant les vivres dont des moutons bêlants. Quand l'arrière-garde du convoi eut franchi l'enceinte de la cité, puis eut disparu au loin et que même le bruit de cette troupe se fut évanoui, une mélancolie s'empara de la ville. Après des semaines excitantes, la grisaille des jours apparut redoutable. Chacun rentra chez soi. Les portes se fermèrent. Dans les rues, les couronnes tressées de branches d'épicéa commençaient à jaunir, les banderoles pendaient lamentablement. Le vent qui descendait de la montagne était glacé.

Bien que Childebrand se montrât de plus en plus pressé de regagner Aix, la mission dut faire étape une journée entière à Poigny où toute la population s'était portée à sa rencontre. Gardes, serviteurs, auxiliaires et autres furent invités à un banquet où furent servis, dans des hangars chauffés par des braseros, des tourtes, des pâtés, des volailles, des gâteaux et du vin en abondance. Cyprien reçut en sa villa les deux missi, Hermant, Timothée et frère Antoine, les officiers de la garde et les notaires ; Thiouin, quant à lui, avait refusé de se joindre à eux. Cyprien confia à Childebrand, à l'intention du roi, un coffret contenant une médaille d'or ancienne à l'effigie de l'empereur Hadrien. Une messe solennelle fut célébrée à la gloire des envoyés du roi que l'évêque couvrit de fleurs de rhétorique.

Après que la reconnaissance de toute une cité eut pu s'exprimer à loisir, le convoi reprit enfin la route, le comte Childebrand affichant un air bourru alors qu'il était en son cœur ravi de l'accueil flatteur que Poigny avait réservé aux « justiciers d'Autun ». Après des jours et des jours d'une marche pénible, la mission, surmontant les obstacles de l'hiver, atteignit enfin Aix. Retrouvant sa demeure, sa famille, ses amis et ses chers bains de Quirinus, Childebrand était tout à sa joie. Erwin, lui-même, était gagné par cette allégresse. Alcuin et ceux de l'Académie lui réservèrent une réception chaleureuse. Le roi reçut ses missi et leurs aides pour les féliciter et s'entretint un long moment avec son abbé missionnaire.

Le plaid royal siégeant, fait exceptionnel, sous l'autorité du souverain lui-même se réunit au début de mars, après que la chancellerie eut étudié les résultats de la mission. Thiouin fut reconnu coupable. Il avait peut-être espéré que sa parenté avec le roi le servirait. Mais Charles, qui avait appris à se méfier de ses proches, n'en tint aucun compte. Le comte d'Autun fut destitué au profit de son fils Thierry. Le crâne rasé, il fut assigné à résidence au couvent de Bobbio où, moine malgré lui, il termina sa vie. Bien que la cause de Martin eût été reconnue juste, les quatre domaines litigieux furent laissés sous administration du comte

Thierry, deuxième du nom, l'évêché recevant par ailleurs de larges compensations.

Doremus, après une année de pénitence dans un monastère nouvellement fondé en pays frison, rejoignit Timothée et frère Antoine auprès d'Erwin, pour l'aider dans ses missions érudites et autres. Il arriva même que le roi Charles prît son avis dans des affaires d'ordre public. Les anciens compagnons du rebelle furent admis dans les unités auxquelles on confiait des opérations particulièrement dangereuses. Guénard, après dix-huit mois de mise à l'épreuve, fut affecté à un escadron qui patrouillait à la frontière pyrénéenne.

Le récit de la mission était devenu le morceau de bravoure de Childebrand, qui était fier, à présent, de l'avoir accomplie en compagnie de l'abbé saxon. Comme il aimait mettre l'accent sur sa propre perspicacité, ce n'était pas tant la façon dont Erwin avait conduit les enquêtes qui alimentait ses éloges que sa vaillance et ses exploits :

— Si vous l'aviez vu, disait-il à ses amis, mettre trois brigands à mort, en trois coups d'épée... comme cela !... Et quand ce fat d'intendant a eu le front de le provoquer... presque sans bouger, avec un glaive magique, hop, une entaille à la poitrine, hop, une autre à la face, et puis sans se presser une blessure à la cuisse, un moulinet, et voici l'épée de ce Bodert qui lui saute des mains ! Et notre Erwin, très calme, posant la pointe de son arme sur la gorge de l'intendant à terre, et disant : « Dieu a jugé. » Ah ! ce n'était plus du tout cet abbé de patenôtres et de grimoires que vous connaissez ! Quel homme ! Où puise-t-il cette maîtrise ? Pas dans cet hydromel qu'il préfère aux meilleurs vins, quand même !... Pourtant... Qui sait ?...

ACHEVÉ D'IMPRIMER SUR LES PRESSES
DE COX & WYMAN LTD (ANGLETERRE)

N° d'édition : 2491
Dépôt légal : février 1995
Nouveau tirage : mars 1995
Imprimé en Angleterre